KB235823

21세기 문예이론

시대를 선도하는 문학의 물결

21세기 문예이론

문학사상사

문학과 시대의 새로운 흐름,
그 길잡이로서의 문예이론

　모더니즘과 신비평 시대에 작가들은 대개 비평가를 겸했으며, 비평가들 역시 작가를 겸하는 경우가 많았다. 그리고 그들에게 중요한 것은 언제나 텍스트 그 자체의 이해와 분석이었다. 그러나 1957년 《비평의 해부》를 쓴 캐나다의 비평가 노스롭 프라이가 등장하면서 본격적인 전업 문학이론가 시대가 시작되고, 텍스트 자체보다는 텍스트가 산출된 콘텍스트를 중시하는 각종 문학이론이 등장해 각광을 받기 시작했다. 작품의 근원을 탐색하고 뿌리를 찾아 파고 들어가는 프라이의 원형비평/신화비평과 더불어, 소쉬르의 언어학과 레비스트로스의 인류학, 그리고 바르트의 기호학에 근거한 구조주의 이론 또한 개개의 독립된 텍스트보다는 텍스트의 구조적 패턴과 계보를 탐색했다.

　1960년대를 대표하는 비평가 레슬리 피들러의 《미국소설에 나타난 사랑과 죽음》이 등장해 문화비평 시대를 연 것은 바로 그런 맥락에서였다. 피들러는 융의 원형이론과 D. H. 로렌스의 《미국고전문학연구》를 원용해 미국문학과 미국문화 속에 내재해 있는 '인종 간의 화해' 모티프를 놀라운 혜안으로 찾아냄으로써, 문학을 통해 한 나라의 문화를 바라보는 새로운 시각을 제공해 주었다. "나는 나를 길러준 모더니즘과 신비평의 손을 물었다"라고 선언했던 피들러는 모더니즘적 귀족주의 문화에 반발해, 난해한 모더니즘 소설의 죽음을 선언했고, 새로운 시대의 패러다임으로 등장한 대중문화를 옹호했으며, 포스트모더니즘 시대의 도래를 예언했다.

그러다가, 1960년대 후반부터는 혜성처럼 등장한 프랑스의 이론가 자크 데리다가 해체이론을 주창함으로써 본격적인 탈구조주의 시대가 시작되었다. 사물의 구조와 원형의 발견에 과도한 관심을 갖고 있었던 구조주의에 한계를 느낀 탈구조주의자들은 이제 개체의 가치와 소외된 주변부에 관심을 갖기 시작했으며, 여기에 수많은 문학 비평가들과 문학이론가들이 참여해 힘을 보탰다. 이어 프랑스의 미셸 푸코의 '문명과 광기 이론', '지식과 권력 이론', 그리고 '담론 이론'은 문학과 사회와 인생을 또 다른 시각으로 바라보는 탈구조주의적 시각을 제공해 주었다.

당시 프랑스 이론의 영향력은 막강했으며, 마치 유행처럼 전 세계로 퍼져나갔다. 사람들은 작품 자체보다도 그 작품에 대한 또는 그 작품을 해석할 수 있는 문예이론에 더 많은 관심이 있었으며, 문학이론 전공자의 수 역시 급속도로 증가했다. 그 결과, 1975년에 제프리 하트먼은 "이제는 비평이 창작의 우위에 도전할 때가 되었다"고 선언하기에 이르렀다. 초기에 레슬리 피들러 같은 비평가는 문학비평이 문화적 맥락을 떠나 프랑스식으로 너무 '언어'에만 집착하는 것을 탄식했고, 에드워드 사이드 같은 비평가는 당대의 문예이론이 현실을 떠나 상아탑에 안주하거나 사변적이고 추상적으로 변해 가는 것을 질타하기도 했다.

1970년대 후반에 명저 《오리엔탈리즘》을 출간함으로써 데리다와 푸코에 이어 세계문단과 학계에 지대한 영향력을 끼치며 등장한 비평가가 바로 에드워드 사이드이다. 오늘날 탈식민주의의 원조로 추앙받고 있는 사이드는 자신의 유명한 '오리엔탈리즘 이론', '문화제국주의 이론', 그리고 '세속적 비평이론'을 통해 그동안 동양을 왜곡하고 지배하며 순치시켜온 서구제국주의를 신랄하게 비판하고, 문학비평을 곧 자신의 삶으로 가져왔던 이 시대의 보기 드문 실천적 비평가였다.

1980년대와 1990년대를 거치면서 최근의 문예이론들은 인종, 젠더, 계층, 정체성 같은 사회·정치적 문제들, 그리고 문화연구cultural studies적 시각에 의한 문화적 맥락과 결합해 새로운 모습을 나타내고 있다. 또 한편으로 현대 문예이론들은 시대의 급격한 변화에 대응하는 문학적 전략을 잘 보여주고 있다. 예컨대 멀티미디어 시대, 유전공학 시대, 환경주의 시대에 부응하는 문예이론들인 하이퍼픽션 이론, 생체윤리 이론, 그리고 생태주의 이론 같은 것들이 바로 그것들이다.

비록 요즘 문학도들 중에는 문학작품은 읽지도 않은 채, 그 작품에 대한 문학이론만 공부하는 사람들도 많지만, 그래도 오늘날 우리는 당대의 문예사조나 문예이론을 모르면 문학을 연구하기 어려운 '비평의 시대'에 살고 있다. 문학비평 이론은 이제 마치 문학작품처럼 매 시대의 관심사와 시대정신을 반영하고 있으며, 소설만큼이나 재미있고 창의적이 되었다. 예컨대 탈식민주의는 아직도 청산되지 않고 있는 식민지의 유산과 문화제국주의에서 벗어나려는 이 시대의 지적 움직임을, 그리고 문화연구는 대중문화 시대의 새로운 문화 패러다임과 문화 속에 스며 있는 정치적 무의식을 잘 드러내주고 있다. 또 정보시스템 이론은 생명공학과 유전공학의 문제점을, 디지털 이론은 사이버 공간에서 펼쳐지는 새로운 문학의 가능성을, 그리고 그래픽 소설 이론은 문학과 만화의 제휴 가능성을 다루고 있어 그 분야에 관심 있는 신세대 독자들을 즐겁게 해준다.

　이 책에 수록된 문예이론들은 가장 최근의 문예사조들과 비평이론들을 집대성해 놓은 것으로써, 비단 현대문학 연구뿐 아니라 현대 예술사 및 지성사 공부에도 필수적인 것들이다. 각 분야의 전문가들이 집필한 문예이론들은 지난 수십 년 동안 세계문단과 학계에서 일어난 코페르니쿠스적 변화를 잘 보여주는 지적 이정표이자 친절한 안내 성좌로서 국내 문학도들의 소중한 참고문헌이 될 것이다. 그러므로 이 책을 통해 독자들은 현대문학의 주요 관심사뿐 아니라, 급속도로 진행되고 있는 인식의 변화, 그리고 거대한 파도처럼 밀려오는 시대정신의 변천까지도 읽어낼 수 있을 것이다.

　여기 실린 글들의 특징은 그것들이 단순히 해외 문예이론의 소개에 그치는 것이 아니라, 그것들의 한국문단과 학계의 수용 및 적용, 그리고 그 평가까지도 시도하고 있다는 점이다. 그럼으로써 이 책은 다양한 해외이론의 국내 수용 가능성을 심도 있게 천착하고 있으며, 거기에 수반되는 제반 문제점도 꼼꼼히 성찰하고 있다. 이 책이 기존의 문예이론서들과 변별되는 점도 바로 거기에 있다.

　이 책에 실린 글들은 별도로 청탁한 1편을 빼고는 지난 2년 동안 《문학사상》에 인기리에 연재된 〈새로운 문예이론: 그 수용과 평가〉를 모은 것이다. 소중한 원고들을 한 권의 책으로 묶도록 허락해 주신 필자들에게 감사드린다. 이 책이 문학에 관심 있는 독자들에게 문학과 시대를 읽어내는 새로운 시각과 지식을 제공해 주는 중요한 자료가 될 것임을 믿어 의심치 않는다.

2005년 11월

편저자 김성곤

편저자의 말

– 문학과 시대의 새로운 흐름, 그 길잡이로서의 문예이론

1부 _
과학기술 시대의 문학,
그 담론들

정보시스템 이론

문학과 과학, 또는 '정보시스템' 이론

김성곤(문학평론가 · 서울대 교수)

혼돈과 축복 사이, 테크놀로지 시대의 문학

코넬대 공대 출신의 미국작가 토머스 핀천은 1963년에 발표한 처녀 장편 《브이를 찾아서》에서 인간처럼 생각하고 행동하는 두 명의 인조인간을 등장시켜 인간과 기계에 대한 심도 있는 대화를 나누게 한다. 그의 소설 속에는 또한 인간성을 상실함에 따라 몸의 각 부분이 점점 인공물로 대체되어 무생물화되어 가는 인간들이 등장한다. 1960년대에 이미 컴퓨터에 능통해 자신의 또 다른 소설인 《제49호 품목의 경매》(1966)에서 '0과 1 사이' 및 '매트릭스' 이론을 제시했던 핀천은 테크놀로지의 오용과 남용을 인류 문명 파멸의 주요인으로 보았던, 시대를 앞서가는 작가였다.

핀천의 경고가 있은 지 30여 년 후인 1997년 인간은 복제양 돌리를 만들어냈고, 이어 유전자지도를 해독해 복제인간의 제작에 들어가기에 이르렀다. 테크놀로지의 발달은 인간으로 하여금 조물주의 고유 영역까지

침범해 들어가도록 만든 것이다. 복제인간의 등장이 인간사회에 대혼란과 재앙을 초래할 것인지, 아니면 축복과 희망이 될 것인지는 아직 아무도 모른다. 그러나 적어도 문학과 인문학만큼은 그 문제에 대한 성찰과 경고를 다각적으로 제시해야만 할 것이다.

핀천은 테크놀로지의 오용이, 나치즘이나 파시즘같이 잘못된 이데올로기를 행사하는 것과 마찬가지라고 말한다. 테크놀로지의 효용성만을 맹신하는 과학자들이 생겨나면—핀천의 소설 《중력의 무지개》의 포인츠먼이나 바이스먼 박사처럼— 그것은 곧 경직된 이데올로기가 되어 인류를 파멸로 몰아넣는다는 것이다. 인간 복제를 찬성하는 과학자들은 우리의 죽은 가족이나 애완용 동물이 되살아나고 장기 이식이 가능해지기 때문에 세상은 이별의 고통이 없는 낙원이 될 것이라고 믿는다. 그러나 인간 복제가 나쁜 과학자들에 의해 오용될 경우, 인류는 파멸의 운명을 맞이하게 될는지도 모른다.

그러므로 문학은, 이제 유전공학의 발전과 방향을 주의 깊게 관찰하고 혹시라도 있을 문제점에 대해 경고를 해주어야만 한다. 그래서 복제인간의 윤리적 문제나, 인간의 기계화에 대한 경고나, 사이보그를 통한 인간과 기계의 조화 가능성을 탐색해야만 한다. 테크놀로지의 발전에 문학적 또는 인문학적 성찰이 뒤따르지 않는다면, 인간은 자기들이 발명한 바로 그 과학기술에 의해 파멸될 수도 있기 때문이다.

문학과 과학은 지금 그 어느 때보다도 더 긴밀한 연관을 맺고 있다. 샌더 길먼 교수의 지적처럼, 과학과 테크놀로지는 이제 더 이상 문학이나 인문학의 적이 아니라 서로의 영역을 넘나드는 동반자가 되었다. 사실 문학작품 중에는 테크놀로지를 다룬 작품이 예상 외로 많다. 이들을 통해 문학은 과학기술의 발전에 대해 경고하고 제동을 걸어왔다. 예컨대 아이라 레빈의 소설 《브라질에서 온 소년들》이나 마이클 크라이튼의 《쥐라기 공원》, 또는 나다니엘 호손의 단편 〈하이데거 박사의 실험〉이나 〈사마귀〉 또는 올더스 헉슬리의 《멋진 신세계》 같은 작품들은 모두 테크놀로지의 오용 위험을 경고하는 문학작품이다.

문학과 과학의 경계를 무너뜨린 정보시스템 이론의 등장

핀천을 선구자로 하는 소위 '정보시스템' 이론과 그 계열의 작가들이 등장해 과학기술에 올더스 헉슬리적 성찰을 하기 시작한 데는 바로 그와 같은 절박한 시대적 요청이 있었다. 최근 뛰어난 과학지식과 컴퓨터 실력을 이용해 문학과 과학의 경계를 넘나들면서 새로운 형태의 문학을 창출해 내고 있는 새로운 소설가들이 나타나고 있는데, 이들은 바로 '정보시스템 이론' 작가들이다.

'정보시스템 이론' 작가들은 유전공학의 오용과 남용의 문제점에 천착하며, 해박한 과학지식을 바탕으로 인간 복제나 유전자 변형 문제를 주제로 다룬다. 이 계열의 작가들로는 리처드 파워스, 윌리엄 볼먼, 그리고 데이비드 포스터 월리스 등이 있다. 이들은 이전 세대 작가들과는 달리 전문적인 과학 교육을 받았고, 유전공학과 컴퓨터에 관한 전문 지식을 갖추고 있다. 예컨대 파워스는 한때 컴퓨터 프로그래머였고, 일리노이대에서 물리학을 전공했으며, 유전공학과 분자생물학과 정보시스템 이론을 연구했다. 그래서 이들의 작품은 때로 어렵다는 평을 받기도 한다.

파워스의 대표작 《골드버그 변주곡The Gold Bug Variations》(1991)에는 대형 은행의 컴퓨터를 관리하는 프로그래머들과 컴퓨터로 정보를 제공하는 사람들이 주인공으로 등장한다. 이 소설은 끝없는 생명의 변이 속에서 정보가 어떻게 유전자 속에 암호화되어 있으며, DNA의 해독과 변형은 또 어떠한 문제를 초래할 것인가에 대해 성찰하고 있다. 파워스를 비롯한 정보시스템 작가들은 그들의 작품을 통해 현대의학·신경과학·신경언어학, 또는 인공지능에 대한 해박한 지식과 생태학·유전학·곤충학에 대한 지대한 관심을 보여준다. 그들은 유전학과 곤충학에서 생명체의 미래에 대한 정보와 기호를 찾아내려고 노력하며, 유전공학의 남용과 오용이 어떻게 괴물을 탄생시킬 수 있는가에 대하여 경고하고 있다.

더욱이 최근 인간의 염색체 구조가 밝혀지고 유전자 지도가 완성됨에 따라 정보시스템 이론 작가들의 위상과 중요성은 한층 더 강화되고 있다. 현대 유전공학과 생명공학이 가공할 만한 괴물의 탄생과 생태계 파괴를 경고하는 중요한 역할을 훌륭하게 수행해 내고 있기 때문이다.

정보시스템 이론 작가들은 문학을 유전공학과 연결시킴으로써, 소설 문학의 새로운 장場을 열었으며, 문학의 미래를 위한 새로운 분기점을 마련해 주었다. 그들은 소설에서 컴퓨터 디자인 기술 및 디지털 처리 방식을 즐겨 사용하며, 정보의 전달과 통제, 그리고 변형의 문제를 뛰어난 안목으로 성찰하고 있다. 그 결과, '정보시스템 이론' 문학을 통해 문학과 과학은 오랜 단절을 극복하고 드디어 서로 만나 대화를 나눌 수 있게 되었다.

'정보시스템 이론' 작가들 중 가장 유명한 작가가 바로 리처드 파워스 일리노이대 교수다. 파워스는 자신의 대표작 《골드버그 변주곡》에서 유전자 염색체 지도, 정보 이론과 커뮤니케이션 이론, 그리고 음악에 대한 전문적인 지식을 원용해 문학과 과학의 교류 가능성을 잘 드러내고 있다.

《골드버그 변주곡》은 바흐의 〈골드베르크 변주곡〉과 에드거 앨런 포의 〈골드버그〉의 패러디이다. 예컨대 바흐의 변주곡은 아리아로 시작되었다가 아리아로 끝나며, 중간에 서른 개의 변주곡이 연주되는데, 파워스의 소설 역시 처음과 끝은 아리아로 되어 있고 서른 개의 장章이 그 사이를 메운다. 또 포의 〈골드버그〉에서 주인공이 정교하게 배열된 숫자를 해독해 보물을 찾듯이, 파워스의 주인공 역시 숫자를 해독해 유전자 암호를 풀어나간다.

변주곡은 열림과 다양성과 변화를 시사하면서, 동시에 불협화음과도 연관된다. 인간 유전자 변형이 초래할지도 모를 경고도 함축하고 있다는 것이다. DNA 암호를 연구하는 유전학자와 컴퓨터 프로그래머들이 주인공들인 소설 《골드버그 변주곡》에서, 문학은 인공두뇌학·심리학·사회학·컴퓨터과학·생태학 등과 뒤섞이고 있는데, 우리나라 문단도 그런 새로운 형태의 과학소설을 산출할 수 있었으면 좋겠다.

결국 정보시스템 이론은 그동안 대립 개념으로만 파악했던 인문학과 과학, 또는 문학과 테크놀로지 사이의 경계를 해체하고, 그 둘 사이의 조화와 화해를 모색하는 긍정적 효과를 창출했다는 점에서 큰 의의를 갖는다. 오늘날 인문학이나 문학은 과학과 긴밀한 연관을 맺고 있기 때문이다.

정보시스템 이론의 평가와 한국적 적용

비평가들은 《골드버그 변주곡》이 나다니엘 호손의 《주홍글씨》, 스콧 피츠제럴드의 《위대한 개츠비》, 제롬 샐린저의 《호밀밭의 파수꾼》, 핀천의 《제49호 품목의 경매》, 그리고 존 바스의 《염소 소년 자일스》 등으로 대표되는 미국문학의 전통과 긴밀히 연결된다는 사실을 지적한다. 그런데 우리 문학에서는 이러한 상호텍스트성intertextuality을 찾아보기 어렵다. 한국에서는 작가와 작품이 개별적으로 존재하기 때문이다. 문학은 시대와 국경을 초월해서 서로 연결되는 법인데, 한국작가들은 동시대를 살고 고민하면서도 연결되어 있다는 느낌을 주지 않는다. 여기에는 미시적으로 개별 작가론과 작품론을 펼치는 데는 능하지만, 거시적으로 문학을 보고 조감하는 데는 별로 비중을 두지 않는 비평가들의 책임도 크다.

예컨대 《골드버그 변주곡》의 화자인 잰 오데이는 뉴욕에 있는 도서관 참고 열람실 사서로서, 정보를 원하는 수많은 사람들의 질문에 답하고 필요한 정보를 제공해 주는 사람이다. 이러한 설정을 통해 파워스는 이 세상을 끝없는 정보의 미궁으로 보는 보르헤스의 '도서관 이론'에 컴퓨터를 접목시켜, '정보 이론'과 '텍스트의 미로' 모티프를 자연스럽게 이끌어내고, 이로써 현대문학 이론의 커다란 흐름 속에 자신을 위치시킨다. 잰은 도서관에서 만난 스튜어트 레슬러라는 사람에게 흥미를 보이고, 애인 프랭클린 토드와 함께 스튜어트의 과거에 대한 정보를 컴퓨터로 검색해 추적한다. 그 결과, 그들은 스튜어트가 1950년대 유전자 변형 이론의 권위자로 이름을 떨쳤지만, 기혼자인 동료 유전학자 지넷 코스와 불륜 관계를 가진 후 행방불명된 과학자라는 사실을 알게 된다.

시대를 달리한 두 쌍의 남녀를 대비하면서 《골드버그 변주곡》은 이 시대의 패러다임인 '혼돈 이론'과 '복잡성 이론'을 원용해 정보와 지식의 관계, 그리고 삶의 의미와 양태를 성찰한다. 《골드버그 변주곡》은 현재의 문제점을 성찰하기 위해 과거로 돌아가, 현재와 과거를 넘나드는 전형적인 포스트모던 소설의 특징도 보인다.

비록 과학 이론들을 다루고는 있지만, 《골드버그 변주곡》은 동시에 사랑을 다룬 문학작품이라고도 할 수 있다. 문학이 삶과 죽음에 대한 성찰이고, 삶과 죽음에 가장 중요한 요소가 바로 사랑이라면, 파워스의 소설은 테크놀로지를 다루는 동시에 문학의 고유 역할도 성실히 수행하고 있는 셈이다. 유전자 지도의 완성과 그에 따른 유전자 변형은 인류에게 재난이 될 수도 있고, 또 축복이 될 수도 있다. 파워스는 지금 우리가 그 두 가지 가능성의 기로에 서 있으며, 최후의 선택은 우리가 해야 한다고 말한다. 그리고 인류를 파멸에서 구할 그 선택은 바로 그 우주적 사랑에 근거해야만 한다고 역설한다.

그렇다면 파워스가 제시하는 현재의 상황은, 핀천이 제시하는 것처럼 아직은 파멸과 구원이 유보된 상태라고 할 수 있다. 즉 우리의 선택에 따라 인류는 파멸할 수도, 또는 구원받을 수도 있다는 것이다. 그와 같은 우주론적 고뇌를 담은 주제는 현대의 독자들에게 강력한 공감을 불러일으킬 것이며, 그렇게 되면 문학은 전자매체가 활자매체를 압도하는 테크놀로지의 시대에도 충분히 살아남을 수 있을 뿐 아니라 크게 융성할 수도 있을 것이다. 문학은 이제 더 이상 테크놀로지의 오용과 남용에 침묵해서는 안 되고, 과학기술이 나아가야 할 길을 부단히 탐색해 제시해야만 한다. 문학과 과학은 이분법적 분류에 의해 나누어지는 배타적인 것이 아니라, 서로 긴밀히 연결된 상호보충적인 존재이기 때문이다. 우리 작가들이 끊임없이 과학에 관심을 갖고 과학을 알아야만 하는 이유도 바로 여기에 있다.

오늘날 한국문학에 부족한 것은 바로 이러한 이분법적 경계의 해체, 과학기술에 대한 관심, 그리고 스케일이 큰 우주적 탐색이다. 일기장에 묻어두어도 좋을 가족 간의 갈등이나 불륜에 대한 고민을 그럴듯한 존재론적 고뇌로 포장해 내놓는 대신, 이제 우리도 인류문명의 미래를 걱정하는 폭넓은 문학, 상징적인 흰 고래를 추적하는 우주론적 탐색과 인식론적 고뇌가 담긴 문학, 그리고 유전자 변형과 복제인간이 초래할지도 모를 윤리적 문제점을 통찰하는 선 굵은 문학작품을 산출해야 할 때가 되었다. 그런 의미에서 '정보시스템 이론'은 과학기술 시대에 사는 우리 모두에게 시의적절한 문예사조라고 할 수 있을 것이다.

환경위기 시대의 생태주의 문학

정정호(중앙대 교수 · 도서관장)

'생태학적 상상력'은 인간 문명의 광정을 끌어안을 인식소

21세기 최대 화두는 환경생태 문제이다. 인간은 지난 수세기 동안, 특히 근대 계몽주의와 산업혁명 이래로 인간 중심의 진보 신화와 개발 논리로 무장한 채 자연과 지구를 대상화하고 타자화하여, 인간이란 동물만을 위해 이용하고 착취하는 만용과 어리석음을 자행해 왔다. 자본주의의 무절제한 확장과 발전 중독에 걸린 인간 문명은 브레이크가 파열된 자동차처럼 앞으로만 질주할 뿐 멈출 수 없게 되었다. 개발이익이라는 무한 욕망으로 눈이 먼 인간은 자연의 동식물뿐 아니라 다른 인간과의 상호관계도 무너뜨리고 있다. 세상의 모든 것은 서로 연계되어 있다는 사실을 이미 망각해 버린 인간은 만물의 영장으로 군림하면서 삼라만상에 무자비한 폭력을 가하고 있다. 근대가 가져다 준 멋진 신세계에 도취된 우리는 생태계 교란과 환경의 위기를 제대로 보지 못하고 있다.

어떻게 하면 자연과의 관계를 새롭게 복원할 수 있을까? 그래도 명민한 우리는 이러한 현재의 위기 상황을 타개하고자 심층생태학 · 사회생태

학 · 녹색정치학 · 에코페미니즘 · 생태아나키즘 · 에코사회주의 · 녹색경
제 · 에코영성 · 탈근대환경윤리학 · 생명론 등 다양한 담론을 개발해 왔
다. 오늘날 어떤 학문이 환경생태 문제를 비껴갈 수 있겠는가? 지난 세기
는 이론사적으로 볼 때 '패러다임의 전환'을 여러 번 경험했다. '언어적
대전환'을 시작으로 '구조주의적 대전환', '탈근대적 대전환'을 거쳐, 지
난 세기말에는 '생태학적 대전환ecological turn'을 겪으며 새 천년 21세기
로 들어왔다. '생태학적 상상력'은 이제 인간 문명의 광정鑛井을 위해 우
리가 끌어안아야 할 새로운 인식소다.

문학과 생태학의 절합切合

그렇다면 생태학적 상상력은 문학을 통해 어떻게 발현될 수 있을까?
문제는 환경생태 위기에 문학이 어떻게 개입할 수 있는가에 있다. 어떤
의미에서 문학은 이미 언제나 생태적이었다. 아리스토텔레스는 《시학》에
서 시(문학)는 자연의 모방이라고 언경했다. 이는 인간이 자신의 모방본
능을 충족시키기 위해 문학을 통해 자연을 흉내 내고 그리는 것을 말한
다. 그래서 문학을 '말하는 그림'이라고 하지 않았던가? 우리가 창공을
나는 새의 노랫소리에 귀를 기울이고 바람에 흔들리는 나무의 율동을 바
라보면서 그런 모습을 따라하고 흉내 내는 모방 행위는, 자연 속에서 살
아가는 인간의 원초적 행동이며, 즐거움이다. 모방은 반복을 통해 차이와
변형을 만들어낼 수 있기 때문에 하나의 창조가 될 수 있다. 모방은 자연
에 존재하는 대상에 인간 자신을 무한히 열어젖히고 공감하며 함께하는
것이다. 자연의 모방은 도구적 이성과 기술에 의해 억압된 자연을 해방시
키는 실천 행위이다. 문학은 이제 자연의 모방을 통해, 인간과 자연이 새

로운 관계를 맺을 수 있도록 하는 장치가 되어야 한다.

공자는 《논어》에서 《시경》에 대해 논하면서, 우리는 시를 통해 자연의 동식물에 관해 배울 수 있다고 말했다. '글월 문文자'는 '무늬 문紋자'와 같은 것으로, 갑골문자에서 문文은 큰 대자로 가슴을 벌리고 서 있는 사람의 몸에 문신을 한 모습을 상형한 것이다. 문은 글자를 통해 우리 몸에 자연의 모습을 그려낸 형상인 것이다. 인간의 몸에 각인된 문신은 우주와 자연의 무늬이고, 문학은 우주만물의 무늬가 된다. 그러므로 천지와 인간 天地人은 문학을 통해 조화와 참여의 상호관계를 이룬다. 국문학자 박희병도 이런 맥락으로 《한국의 생태사상》(1999)에서 문학과 생태학의 본질적 관계에 대해 "예술이나 글쓰기는 그 향방에 따라서는 생태주의를 확산하고 고양시키는 하나의 주요한 생활적 실천이 될 수 있을지 모른다"는 희망을 제시했다.

'생태학ecology'이란 용어는 1869년에 독일의 생물학자이자 철학자인 에른스트 헤켈이 처음으로 사용했다. 헤켈은 생태학을 인간과 동물 등 자연 속 삼라만상의 총체적 상호관계를 연구하는 학문으로 간주했다. 자연에 관한 관심이나 연구는 동서양에서 공통적으로 나타났지만, 근대화·산업화·자본화의 숨가쁜 길을 걸어온 서구인들이 자연과 인간의 유기적 상호관계가 훼손됨을 통감하여 좀 더 체계적이고 종합적인 연구에 먼저 착수한 것 같다. 문학과 생태학을 적극적으로 절합切合시키는 새로운 문학 연구 방법론에 관한 용어도, 1970년대에 서구에서 등장하였다. 우선 '문학생태학 literary ecology'이 그것이다. 이 용어를 처음으로 만들어낸 사람은 《생존의 희극: 문학생태학 연구》(1972)를 쓴 미국의 영문학자 조셉 W. 미커다.

이 책에서 미커는 문학생태학을 "문학작품에 나타나는 생물학적 주제들과 관계의 연구"이며, 동시에 "인간종의 생태학 안에서 문학에 의해 어떤 역할이 수행되어 왔는지를 발견하는 시도"라고 규정하였다. '에코비평ecocriticism'이란 말은 〈문학과 생태학: 에코비평의 실험〉(1979)에서 미국의 영문학자 윌리엄 루커트가 처음 썼으며, "생태학과 생태학적 개념들을 문학 연구에 적용"하는 것이라고 정의하였다. 이 밖에 이와 비슷한 뜻으로 생태주의시학 · 생명시학 · 녹색문학 · 녹색비평 · 환경문학 같은 용어가 회자되고 있다. 이러한 이론들은 전 세계적으로 문학의 창작과 연구에 엄청난 변화를 가져다 주고 있다.

국내 문학생태학의 전개

국내의 문학생태학과 녹색문학에 관한 창작과 비평은 서구의 생태학 이론이나 생태비평 이론의 영향을 받은 면이 있지만, 근래에는 엄청난 양의 글이 거의 자생적으로 생산되고 있다. 총론적 입장에서 생태환경 문학을 본격적으로 논한 사람은 국문학자 이남호다. 그는 평론집 《녹색을 위한 문학》(1998)에서 "문학의 가치는 본질적으로 녹색"이라고 선언하였다. 이남호는, "문학만큼 녹색적 세계관을 배우고, 또 녹색 감수 능력을 키우는 데 효과적인 것은 없을 것"이라고 말하면서, 문학이 훼손되고 상실된 녹색 가치를 회복시킬 수 있다고 굳게 믿었다.

이남호가 말하는 녹색 가치의 상실은 자연 자체가 파괴되는 것, 우리의 삶이 비인간적으로 변하는 것, 그리고 우리가 자연의 미와 가치, 생명의 소중함에 둔감해지는 것이다. 나아가 이남호는 참된 문학은 처음부터 심층 생태학적이라고 단언하면서, 새로운 녹색문명의 건설을 위해 문학은 두 가지 지향성, 즉 "모든 좋은 문학이 왜 녹색적으로 중요한가"를 설득하고 "적극적으로 환경문제를 문학의 주제"로 삼아야 한다고 주장한다. 이 밖에 김욱동의 《문학생태학을 위하여》(1998), 정효구의 《우주 공동체와 문학의 길》(1998), 신덕룡의 《환경위기와 생태학적 상상력》(1999), 장정렬의 《생태주의 시학》(2000), 송용구의 《에코토피아를 위한 생명시학》(2000) 등도 생태비평과 녹색비평에 관해 심도 있는 논의를 하였다. 이들의 논의를 살펴볼 때, 국내의 논의는 결코 서양에 뒤떨어진다고 할 수 없다. 이것은 한국에 생태사상과 자연문학에 대한 강한 전통이 있고, 또한 문학생태학에 관하여 국내 학자 문인들의 깊은 사유가 수반되고 있음을 증명한다.

국내의 생태시 또는 녹색시의 창작 활동 또한 극히 활발하다. 1990년대 이후 김지하 · 정현종 · 문정희 · 이성부 · 김용택 · 김영무 · 최승호 등이 선두주자들이다. 최승호의 시집 《모래인간》(2000)에서 한 구절을 읽어보자.

나무를 죽이는 비가 온다. 대머리들이 두려워하는 식
초 같은 비, 흑림黑林을 고철古鐵의 숲처럼 찌그러뜨린, 산성
비가 온다. 그래도 나무를 심어야 한다. 우리가 스피
노자는 아니지만 나무를 심어야 한다. 오색딱따구리,
소쩍새, 자라나는 후손들을 위해서가 아니라, 나무를
위해 나무를 심어야 한다. 우리가 내보낸 오줌 같은
비가 하늘에서 땅으로 되돌아온다 해도, 땅이 없고 흙
이 없어도 나무를 위해 나무를 심어야 한다.

—〈나무를 심는 사람〉 부분

시인은 나무 심는 마음을 실용적 차원이 아니라, 자연 자체의 유기적

자율성을 위한 것이라고 말한다. 자연의 원리가 인위적 문명의 원리를 덮어씌울 때까지, 아니 그 이후에도 삼라만상의 일부로서 우리가 저지를 죄를 씻어내기 위해서 우리는 계속 나무를 심어야 한다.

자연은 도시 밖 어딘가에 있는 대상적 사물이 아니다. 그것은 나라는 존재와 유기적인 연계의 망 속에서 하나가 되는 '물아일체物我一體'가 아니든가? 우리가 모두 마음 깊은 곳에 자연을 품고 있다면 생태사회를 이룩할 수 있는 '생태학적 상상력'이 우리의 몸을 움직이게 될 것이다.

국내의 환경소설 또는 생태소설은 시에는 미치지 못하지만 좋은 작품들을 제법 생산하고 있다. 현대 한국 생태소설의 출발점은 역시 김원일의 중편 〈도요새에 관한 명상〉(1979)이다. 조세희 · 한승원 · 한정희 · 이청 · 최성각 · 박혜강 · 김영래 · 우한용 등도 역량 있는 생태소설을 써왔다.

이들 생태소설가들은 국내의 환경문제를 단선적으로 재현하지 않고, 산성비 · 환경오염 · 축산폐수 · 전자파 등 우리가 현재 직면하고 있는 중요한 많은 환경문제들을 소설 속에서 다성적으로 다루고 있으며, 환경문제라는 주제에 내포된 복합성에도 불구하고 등장인물들의 갈등과 서사구조의 역동성, 그리고 진행의 긴장감을 뚜렷하게 드러내는 훌륭한 역작을 생산해 내고 있다. 일부 작가들이 쓴 생태소설은 서양의 어떤 환경소설보다도 우수하다.

생태문학에는 시 · 소설 · 비평(이론)만 있는 것이 아니다. 생태에세이 또는 환경수필 등으로 불리는 다양한 자연 글쓰기nature writing가 있다. 이 분야에서는 김지하 · 법정 · 박이문 · 장회익 · 최재천 · 김종철 · 김영래 등 다수의 문필가들이 활동하고 있다. 시 · 소설 · 희곡 같은 정통 주류 장르 이외에, 지금까지 하위 장르로 간주되던 일기 · 관찰기 · 여행기 · 서

간·회고록·전기 등은 생태위기와 환경문제를 논의하는 데 더 효과적인 문학담론이 될 수 있다. 앞으로 국내에서 좀 더 환경친화적인 사회정치적 분석과 실천적인 생태문화적 분석을 하기 위해서는 이러한 장르의 활성화가 필요할 것이다.

국내에서 생태문학과 관련되어 출간되는 정기 간행물로는 1991년 가을에 창간된 《녹색평론》, 1999년 부산 지역에서 창간된 《신생》, 그리고 문학과환경학회의 학술지인 《문학과환경》(2003년 1월 창간)이 있다. 이 밖에 환경운동연합에서 발간되는 월간 《함께 사는 길》이 있다.

생태 위기, 다자간의 학제적 접근이 절대적으로 필요

우리나라에서 문학생태학과 생태문학의 전망은 밝다. 현재까지 이 방면에서 많은 분량의 이론과 작품이 이미 생산되었을 뿐 아니라 자연·생명·생태에 관한 동아시아적 사유의 전통 또한 커다란 자산이기 때문이다. 바로 이런 점 때문에 대부분의 서양 중심 문학이론 유파들과는 달리, 한국의 문학생태론은 세계화 시대에 서양 이론의 지배적 구조를 벗어나 주체적이고 독창적인 길을 걸을 수 있을 것이다. 한국 고유의 생태사상을 심도 있게 연구한 박희병은 이런 맥락에서 한발 더 나아가 한국의 전통적인 생태적 지혜가 서양의 합리적 기계론을 극복할 수 있는 대안이라고 말한다.

생태위기와 환경 문제를 해결하려면 하나의 접근 방식이나 방법론을 들어서는 안 되며, 다자간의 학제적 접근이 절대적으로 필요하다. 생태학·환경공학·환경위생학·생명공학·산업보건학· 농약학·환경화학·원자력학과 같은 과학기술적 토대뿐 아니라, 환경경영·환경회계·

환경사회학·환경정책·환경시민운동 등의 지원을 받아 환경철학·녹색 윤리·문학생태학 등의 인문학적 담론과 녹색예술 등 예술이론과 실천을 모두 동원한 총체적 협업체계를 갖추어야만 해결의 실마리가 풀릴 것이다. 생태위기와 환경문제 해결은 '오래 걸리는 혁명long revolution'이 될 수밖에 없을 것이다.

3

디지털 이론

새로운 기술과 탈근대의 세계관의 만남

최혜실(문학평론가 · 경희대 교수)

디지털 매체의 등장과 문학의 변화

세기말을 요란하게 장식했던 '디지털 시대'는 21세기에도 여전히 유효하다. 아니, 사람들은 이제 컴퓨터와 인터넷 없이는 생활을 할 수 없게 되었다. 웜바이러스가 창궐하자 전국의 인터넷망이 마비된 것까지는 있을 수 있는 일이라 치자. 그러나 인터넷이 마비되면 은행이나 주식시장 · 기업 · 관공서는 물론 학교, 예약 서비스가 줄줄이 멈추고 한국경제와 사회가 일대 혼란을 겪는 상황이 발생한다. 이제 인터넷은 대한민국 곳곳에 속속들이 뻗어 있는 수도관이 물을 제공해 주는 것처럼 우리의 삶을 유지해 주는 중요한 요소로 자리 잡고 있다.

그런데 여기까지는 이해하는 사람들도, 디지털 매체가 문학에 영향을 미치고 있으며 현대 문학이론과 밀접한 관계를 이루며 진행되어 왔다는 사실에는 의아해할 것이다. 기술이 도대체 무엇이기에 인간 감성의 가장 세련된, 고차원의 표현인 예술에까지 영향을 끼친다는 말인가? 그러나 이런 의문은 디지털 기술의 발전 과정을 살펴보면 쉽게 풀린다.

뒤에서 살펴보겠지만 디지털 기술은 인간의 지식 생산, 교환, 소비의 과정이 더 이상 인쇄물로 감당할 수 없게 된 상황에서 발명되었다. 글은 기억 속으로 사라지는 말과 달리 보존성이 뛰어나며 멀리까지 전달되는 장점이 있다. 여기에 인쇄술의 발달로 같은 문서를 수천 권 찍어낼 수 있게 되자 지식은 대중화되면서 동시에 균질화되었다. 수만 명이 같은 방식으로 지식을 접하게 된다는 사실은 지식의 객관화, 권위 등의 믿음을 낳는다. 근대의 세계관은 인쇄술의 방법론과 일치하는 바가 많다.

그런데 정보가 축적됨에 따라 이런 지식의 전달과 보존의 방식이 한계에 봉착하자 그 극복의 방식으로 디지털 기술이 사용되기 시작했고, 정보의 운영 방식에 근본적인 변화가 나타나게 된 것이다. 시대의 필요가 기술을 발전시켰고 기술의 발전이 다시 시대를 변화시킨 것이다. 새로운 시대정신을 담은 문학은 새로운 매체의 기술과 상호작용하며 피어나고 있다.

디지털, 하이퍼텍스트, 인터넷

논의에 앞서 혼란스럽게 사용되고 있는 용어에 대해 정의해 볼 필요가 있다. 디지털은 비트bits라는 개념을 이해할 때 그 본질이 드러난다. 비트는 정보의 최소단위로서 'binary digit'의 약자, 2진수 가운데 한 자리를 말한다. 즉 0과 1, 두 자리 단위로 모든 정보를 담아내는 것이 비트이며 디지털이다. 비트는 무게도 색도 없으며 정보의 DNA를 구성하는 가장 작은 단위라고 볼 수 있다. 반면 아날로그는 아톰atoms이 기본 단위이며, 구체적인 물질로 구성되어 비트와 대조를 이룬다.

CD는 디지털이지만 오디오 테이프나 옛 레코드판은 아날로그이다. 아날로그 방식은 음량의 세기를 자기의 세기나 물리적 진동의 세기로 표현한다. 반면 CD는 음량의 세기를 숫자로 바꾸어서 원판에 차례대로 그 숫자를 기입해 놓는다. 그러므로 논리적인 '계산'이 가능하고, 일부 데이터에 손상이 있어도 앞뒤를 맞춰보아 적당히 메우고 넘어갈 수 있다. 레코드판과 달리 표면에 웬만큼 흠집이 나도 음질에 지장이 없는 것은 그런 이유다. 종이에 인쇄한 그림은 아날로그이지만, 컴퓨터 그래픽은 디지털이다. 화면을 미세한 점으로 나누고 각각의 점에 숫자로 표시된 색깔을 대응시킨 것이다. 이것 역시 계산이 가능한 까닭에 여러 가지 특수효과를 논리적으로 구성하여 첨가할 수 있다.

정보화 시대 이전까지의 정보가 대개 아톰을 기본단위로 만들어졌다면 디지털 시대에는 모든 정보가 비트화되고 있다. 예를 들어 우리는 일종의 아날로그 미디어인 신문·잡지·책·TV 등에서 정보를 얻고 서류와 대차대조표를 통하여 경제활동을 해왔지만, 오늘날에는 많은 정보가 컴퓨터 네트워크를 통해 세계로 전달된다. 비트는 아톰과 달리 무게와 부피가 없기 때문에 손쉽게 운반될 수 있는 까닭이다. 엄청난 양의 정보가 상호 소통될 수 있는 새로운 발견인 셈이다.

디지털 기술은 첫째, 정보의 저장이 쉽다. 예를 들어 활자는 시작과 끝이 분명하고 되돌릴 수 없으나 전자매체에서는 교정과 복사가 쉽다. 둘째, 입력과 저장, 출력이 순환 구조를 이룬다. 예를 들어 인쇄된 글과 그림은 스캐너로 다시 입력하여 원래 정보로 회복 가능하다. 셋째, 여러 유형의 정보가 하나의 통일된 형식, 즉 기호로 표현되므로 멀티미디어화가 쉽다.

하이퍼텍스트는 종래의 아날로그 텍스트와 근본적으로 다른 방식에 초점을 맞춘 개념이다. 하이퍼텍스트hypertext는 인터넷에서 사용되는 웹

문서 형식HTML을 생각하면 이해가 빠르다. 우리가 인터넷에서 사용하는 웹 사이트는 종이책 같은 텍스트와 달리 마우스를 누르면 원하는 부분을 이곳저곳 열어갈 수 있다. 사용자는 작가가 정해 놓은 한 가지 순서로 글을 읽는 것이 아니라 마우스로 링크를 클릭해서 여러 개의 경로를 택하여 글을 읽을 수 있다.

반면 인터넷은 전 세계를 연결하는 컴퓨터 통신망, 또는 그 정보로서, TCP/ IP 프로토콜을 기반으로 전 세계에 연결된 여러 통신망이 합쳐져서 이루어진 네트워크의 네트워크로 정의할 수 있다. 그 광대함과 편리함 때문에 인터넷은 기존 사회의 패러다임을 변화시키고 새로운 가치관을 창출하는 기폭제 역할을 하고 있다.

능동적 글읽기를 가능케 하는 상호텍스트성

새로운 의사소통 수단으로서 디지털 매체는 새로운 가치관을 창출하기도 했지만 그 개발의 배면에는 기존의 가치관으로는 이 사회를 더 이상 이끌어 갈 수 없다는 위기의식이 도사리고 있었다. 따라서 디지털 매체의 탄생과 발전이 근대를 극복하려는 움직임인 해체론적 사유와 맞닿아 있는 것도 우연은 아니다.

롤랑 바르트에 의하면 작가는 더 이상 작품 뒤의 유일한 목소리, 언어의 유일한 주인, 생산의 유일한 기원이 아니다. 텍스트는 작가의 의식의 표출이라기보다는 수행 과정에서 그 의미가 전달된다. 작가는 자신이 간직한 광대한 사전에서 언어를 끄집어낸다. 수많은 문화의 부분으로부터 끌어들인 이 기호와 인용의 창고는 다만 뒤섞여지고 혼합될 수 있을 뿐이다. 작가의 텍스트는 언어의 상호텍스트적인 저장소로부터 끌어낸 기표들의 연속이다. 이 텍스트에 접근하는 독자 또한 이미 다른 텍스트의 복합체로서 차연과 자유로운 놀이, 산종散種의 과정에서 자아를 텍스트화한다.

말장난하는 것처럼 보이는 해체구성deconstruction으로서의 책읽기 개념은 끝없는 링크로 텍스트가 연결되는 하이퍼텍스트에서 현실감 있게 작동한다. 독자는 자신이 원하는 곳만을 클릭해 본다. 독자는 광대한 데이터베이스의 바다 속에서 자신이 원하는 정보를 검색하여 복사하고 자르고 편집한다.

물론 이런 책읽기는 이전에 《주역》이나 포스트모던 소설에서도 시도된 적이 있다. 그러나 하이퍼텍스트에서 이 방식은 훨씬 본질적이다. 능동적 독자는 책의 순서를 바꾸어 읽기도 하지만, 종래의 책은 대체로 순차적으로 읽는 것이었다. 반면 하이퍼텍스트에서 순서는 독자의 마음에 따라 달라진다.

비선형성에서 비롯된 탈중심·탈주체의 현상

하이퍼텍스트는 체계화의 기본 축이 없는 연결된 텍스트의 집합체로 구성되어 있다. 독자는 웹에서 이동할 때 자신이 체험한 것이나 연구 중심에 따라 체계화의 원칙을 바꾼다. 독자 중심으로 편집되고 수정되는 과정에서 정보는 독자의 의도에 따라 끊임없이 생산되고 소비된다.

내비게이팅navigating이란 의미는 하이퍼텍스트의 끊임없이 변하는 특성을 잘 드러낸다. 배가 바다의 물살을 가르고 지나가도 곧 바다의 수면이 합쳐지고, 낙타가 사막을 밟고 지나가도 모래바람은 그들의 발자국을 덮어버린다. 사용자가 정보의 바다에서 정보를 나름대로 편집하고 조합

해도 그것은 다시 데이터 저장소 안으로 흔적 없이 들어가 버린다.

또 하이퍼텍스트는 쉽게 편집·수정이 된다. 원래 텍스트에 글자를 쓰면 그것은 이미 객체가 되어 새롭게 고치려는 저자의 시도에 저항을 하기 마련이다. 편집이나 삽입이 거의 불가능할 뿐 아니라 틀린 글자를 고치려해도 잘 지워지지 않아 애를 먹는다. 그러나 컴퓨터 화면에서 글자는 마치 살아 있는 것처럼 자유자재로 변형이 가능하고, 따라서 컴퓨터의 화면은 주체를 흉내 내는 거울과 같은 의미를 갖게 된다.

주체와 객체의 경계에 놓인 전자적 글쓰기 방식은 탈근대의 다중주체의 문제를 잘 드러내고 있다. 현실세계에서 나의 이드id는 무의식의 세계를 통해 굴절되며 몸을 매개로 드러난다. 나의 이드에는 성·인종·나이·머리색·신체장애 등 육체적인 특성이 아로새겨져 있다. 그러나 가상공간의 이드는 육체로부터 자유롭다. 이 이드만으로 우리는 그가 여성인지 남성인지, 백인인지 흑인인지 알 수 없다.

자아정체성은 원래 모순적이고 부분적이며 전략적이다. 통일된 자아가 존재하는가에 대한 의문은 지식의 중심에 합리적이고 심사숙고하는 의식적인 주체가 존재한다고 했던 데카르트 이래로 계속 제기되어 왔다. 주체가 동일하고 연속적이기보다는 사회적으로 구성된 존재이며, 이런 주체의 탈구에 대한 주장은 무의식을 발견한 프로이트에 의해 이미 깨어졌다. 주체는 단일하고 합리적이라기보다는 타자의 시선이라는 거울 속에서 형성된다.

정체성은 개인으로서 우리 내부에 이미 존재하는 충만한 정체성에서 발생한 것이 아니라 외부로부터 채워져야 하는 완전성의 결핍에서 생겨난다. 우리의 정체성은 최종적이고 고정적이지 않으며, 형성되려는 노력이 항상 외부의 무엇에 의해 전복되는 불안정하고 가변적인 것이다.

하이퍼텍스트의 특성인 비선형적 구조는 일관된 논리로 세계를 설명할 수 있다는 근대의 논리에 제동을 걸고 있다. 또 양방향성으로 빚어지는 작가와 독자, 텍스트의 상호작용은 우리에게 다중주체의 전범을 제시한다. 지금까지의 텍스트 소설에서 작가들이 애써 시험해야 했던 다중시점이, 하이퍼텍스트 소설에서는 매체의 본질로서 우리 앞에 와 있는 것이다.

디지털 매체와 새로운 이야기 장르

이야기꾼이 이야기를 하면 구비서사가 되고 이야기가 종이 매체에 표현될 경우에는 오늘날 우리가 생각하는 문학이 된다. 이야기는 영상매체에서 영화나 TV 드라마로 몸 바꾸기를 한다. 이야기가 디지털 매체에서 표현될 경우 디지털 서사가 된다. 그러나 이야기는 매체가 바뀜에 따라 그 매체의 특성에 맞게 다른 표현 방식을 취한다.

디지털 스토리텔링의 전반적인 특징으로 다음 세 가지를 들 수 있다. 첫째, 유연성. 미디어의 유연성을 이용하여 비선형적 글쓰기를 할 수 있고, 다양한 인물들의 역할을 독자가 맡아 표현할 수 있다. 둘째, 보편성. 기술의 발달로 저렴한 가격으로 작품을 만들 수 있기 때문에 우리 모두가 프로듀서—디렉터가 될 잠재력을 지니고 있다. 셋째, 상호작용성. 영화나 드라마·라디오와 달리 디지털 스토리에서는 웹상에 있어서 창작자와 청중 사이의 경계가 무너지고 모든 사람이 참여자가 될 수 있다.

디지털 서사는 네 개의 분야로 나눌 수 있다. 첫째, 네트워크 문학. 디지털 매체의 네트워크 기능만을 주로 사용하는 통신문학이 그것이다. 형식은 종래 텍스트 문학과 별로 다르지 않고 누구나 자유롭게 글을 올릴 수 있는 네트워크상에 작품이 창작, 수용되기 때문에 여러 문제점이 나타난다. 팬픽·문학웹진·통신문학의 구비문학적 특징 등 인터넷상의 다양한 문학 현상이 있다.

둘째, 하이퍼텍스트 문학을 들 수 있다. 최근 자신의 글이나 다른 사람의 글·그림 등을 적절히 안배하여 홈페이지를 꾸미는 일이 보편화되고 있다. 또 전자책에 동영상, 검색 기능 등의 비선형성을 적용하는 사례가 늘고 있다. 디지털 매체의 하이퍼텍스트성을 문학에 적용하면 하이퍼텍스트 문학이 된다. 이런 장르의 문학은 최근 외국에서 활발하게 창작·수용되고 있으며, 한국에서도 하이퍼텍스트 시와 소설이 등장하였다.

셋째, 컴퓨터 게임 중 서사성이 강한 장르들, 게임은 영상이 강조된다는 점에서 영화와 닮았으면서도 프레임 속의 화면을 감상하는 영화와 달리 과정 추론적이다.

넷째, 인터랙티브 영화와 홀로그램. 가상현실이 발달하면 〈스타트랙〉의 홀로테크 테크놀로지가 완성되지 않는다는 법도 없으리라. 강렬한 몰입과 자유로운 항해의 기쁨에서 더 나아가, 가상공간의 캐릭터들에게 다가가 그들에게 일어나는 사건을 직접 체험해 볼 수도 있지 않을까? 내가 참여하는 드라마, 그곳이 미래의 이야기가 사는 곳이 아닐까?

나아가 디지털 서사는 텍스트 문학에도 영향을 미치고 있다. 신경숙이나 은희경 같은 여성작가들이 독자에게 인기를 끄는 이유 중 하나는 그들의 언어가 구어체라는 점에 있다. 영상에 익숙해진 시청각 세대는 문어체보다 귀에 쟁쟁 울리는 입담을 더 선호한다. 이 방식은 이문구나 김종광 등과 같이 토착 민중의 정서를 반영할 때도 마찬가지로 적용된다. 한없이 연장되며 추상적 사고를 담아내는 문자 매체에 익숙했던 독자들이 이제 구어체 방식의 소설에 관심을 가지게 된 것이다. 이 밖에 영화의 보여주기 기법, 엽기, 자유분방함과 정감, 가벼움 등 디지털 영상 세대의 감성을 드러내는 신세대 소설들이 최근 대거 등장하고 있다.

디지털 이론 수용의 문제점

디지털 이론은 외국에서 처음 발생하였으나 다른 문예이론들과 양상이 많이 다르다. 외국에서도 아직 제대로 정착되지 않은 학문이기에 한국에서의 양상보다 그렇게 우월할 것이 없다. 심지어 인터넷 문학이나 게임의 서사는 한국 쪽에서 더 활발하게 펼쳐지고 있다. 외국의 이론가들이 한국의 인터넷과 무선통신 보급률에 주목하면서, 한국을 현재 디지털을 기초로 한 사회 현상이 가장 선구적으로 나타나는 나라로 평가하고 있는 상황이니, 그를 기반으로 한 문학 행위 또한 마찬가지일 것이다.

더구나 인터넷 세대에게 영어는 그리 큰 장벽이 아니다. 요즘 학생들은 외국 사이트에도 거침없이 들어가 비교적 무리 없이 작품을 감상하고 게시판 등에 자기 의견을 올리고 있다. 오히려 문예 전문가들이 가상공간에서 펼쳐지는 새로운 이야기 현상에 놀라며 그 원인을 분석하기에 급급한 실정이다. 그러나 이야기 방식을 젊은이들에게만 맡겨놓으면 질의 저하, 음란·퇴폐물의 창궐 등 많은 문제점을 낳게 된다.

인류는 자기표현 욕구를 다양한 방식으로 발현해 왔으며 새로운 매체가 발생할 때마다 이를 어김없이 적용하였다. 디지털 매체는 탈중심성·상호작용성·영상성 등의 시대정신을 그와 일치하는 하이퍼텍스트에 담아내며 미래의 서사로 발돋움할 것이다. 이 분야에 많은 관심을 가져야 할 시점이다.

4

생체윤리 이론

포스트휴먼 시대의 문학,
뉴럴 텍스트neural text

김상구(부산대 교수)

인지과학의 대두, 의식과 자아 · 인문학 영역에서 과학의 영역으로

20세기 중반까지 인지과학은 신역사주의, 문화이론, 성별 연구와는 달리 괄목할 만한 학제 간 연구로서 등장하지 못했다. 이는 정신분석학 · 행동심리학 · 신경학 등 마음을 연구하는 별개의 영역으로 세분화되어 있는 상태에 머물러 있었다. 20세기 후반에 들어와 인지과학은 신경과학 · 인지심리학 · 언어학 · 인공지능 등 관련 학문 분야와 활발한 학제 간의 연구로 발달하여 여러 학문을 연결시키는 새로운 학문으로 부상한다. 그러나 합의된 목표와 정의가 부재하는 인지과학은 자체의 고유한 학문성을 지니고 있지 않으며, 여러 학문의 공동체적 성격을 띠고 있다.

《이성의 엔진The Engine of Reason》(1995)에서 폴 처치랜드는 지금까지 철학적 관심의 대상이었던 '의식'과 '자아'의 문제를, 이제는 '두뇌'를 연구하는 신경과학에서 다루게 되었다고 주장한다. 철학과 과학이 학제적 영역으로 통합됨으로써, 비로소 철학과 과학은 공유되는 지점을 발견

하였던 것이다. 또한 처치랜드는 해부학적 견지에서 두뇌의 대단한 복잡
성을 컴퓨터 모델링을 통해 인공적인 신경망으로 연결시킨다. 그리하여
그는 인지와 영혼에 대한 신경과학적 접근의 결과를 탐구하며 의식의 본
질에 접근하는데, 이런 새로운 신경과학적 접근이 의식 이외의 다른 많은
영역, 즉 과학이나 철학·윤리학·법·의학 등에 적용될 가능성을 보여
준다.

나아가 처치랜드는 이 저서에서 두뇌의 순환 네트워크 프로그램이 과
학뿐만 아니라 법이나 윤리학·정치와 예술에도 영향력을 미친다고 주장
한다. 예를 들어 정치의 경우, 과거의 사회적 경험에 입각한 시각에서 보
면 일련의 연속적인 사회정책 조정 과정이 있었다는 것이다. 이것은 과학
에서 밝혀진 학습 과정과 동일한 것이다. 마찬가지로 윤리학에서도, 원형
prototype은 사회인지적이고 사회행동적인 기술로서, 우리가 동료에게서
기대하는 것이다. 우리는 법에 앞서, 혹은 그 뒤를 따라 도덕적으로 진보
한다. 이런 진보와 도덕 학습의 기초는 바로 우리가 집단적이고 사회적으
로 경험한 진정한 권한이나 권위로서, 그 속에는 원형적인 사회적 상황이
다양하게 담겨져 있다. 반복적인 네트워크 프로그램 속에서 도덕적 인간
은 일련의 인지적이고 행위적인 기술을 습득한 사람이다. 이런 접근은 도
덕적인 행위자에 대한 전통적인 개념, 즉 이성적으로 정당화된 규칙에 따
르리라 동의한 사람이라는 입장과 정면으로 배치된다. 반복적 네트워크
프로그램에 의하면, 도덕적 인간은 사회 영역에서 다양한 감각적·계산
적·행위적 기술을 소유한 사람이다. 음악과 같은 예술 영역에서 연주 재
능이나 작곡은, 아주 훈련이 잘된 음악적 두뇌에 재현되어 있는 원형에
가까워질 것을 요구한다. 또한 인지과학은 윤곽이론categorization theory,

언어의 비작위적 양상, 그리고 사상의 물질적 특성과 관련되는 문학과 문화이론과 결합한다.

이처럼 인간 뇌의 인지 과정에 대한 새로운 모델은 자아와 의식에 대한 이해, 인지 과정, 과학, 예술, 문학 등을 이해하는 데 하나의 획기적 변화를 초래할 수 있다. 다시 말해 인지 과정의 특징에 대한 여러 이론을 원용하면, 종래의 고정되고 정체된 자아관을 중심으로 하던 문학작품 분석에서 벗어나 경험의 세계에서 끊임없이 변화의 과정을 지속하는 과정의 의미로서 해석할 수 있는 여지가 마련된다. 이를 통해 작품 속에서 작가가 사물에 대해 인지하는 과정을 탐색할 수 있게 되는 것이다. 인지과학의 잣대로 바라보았을 때 인간의 경험은 우리가 의식하지 않을 뿐 아니라 의식할 수도 없는 심리 과정을 상정할 수 있으며, 인간의 자아나 주체는 더 이상 통일된 모습으로 보이지 않을 수도 있다.

《게일티Galatea 2.2》는 신경망, 해커, 생물학적으로 조절된 인간, 그리고 컴퓨터 시뮬레이션의 공간 속에서만 살고 있는 존재, 즉 포스트휴먼의 위상에 관한 소설이다. 이 소설의 사회적·문화적 배경과 중심 논의는 후기 산업사회에서 운용되는 지식과 정보다. 이 소설 속의 정보는 정보를 표상하는 일반적인 기호의 개념과 다르고, 메시지를 구성하는 기호의 요소로 정의되는 현존이라고 할 수도 없는, 하나의 패턴이다. 그러므로 정보가 패턴이라면 정보가 없는 것은 곧 패턴이 없는 무작위를 뜻한다.

포스트휴먼 시대의 기계와 인간, 《게일티. 2.2》

헤일즈는 작가 리처드 파워스가 이러한 정보의 개념을 문학 텍스트에도 적용한다고 말했다. 그는 또한 텍스트란, 인간의 육체처럼 정보의 전

이와 저장의 한 형식으로 하층substrata에서 지속적으로 기호화가 이루어 지는 것이라고 했다. 따라서 인간이 정보 덩어리의 상像이라고 한다면, 문학의 상像 또한 하나의 물질로 된 대상인 동시에 재현의 한 공간이며, 하나의 육체이자 또 하나의 메시지가 된다. 이런 점에서 텍스트 속에서 재현되는 육체의 변화는 정보매체 속에서 기호화된 텍스트상의 육체의 변화와 깊은 관련이 있다.

이러한 관점과 더불어 인간과 포스트휴먼을 기술과 문화, 그리고 육화 의 상이한 군상에서 생기는 독특한 역사적 구성물로 본다면, 인간은 자유 주의적 인문주의 전통이 낳은 산물이고, 포스트휴먼은 개인주의보다 컴 퓨터화가 존재의 바탕이 되는 기계의 움직임이다. 19세기의 인간이 기계 를 사용했다면, 20세기의 인간은 기계를 만들게 되었다. 인간과 기계(도 구)가 통합prosthesis된 것이 포스트휴먼이다. 통합의 개념을 약기하면, 마 셜 맥루한은 인류에게 크나큰 영향을 미치는 미디어를 하나의 통합으로 정의하고, 이로 인해 자아의 위상이 위축되었다고 했다. 이러한 위축으로 인해, 육체가 기계와 통합되어 기계적 확장을 하게 된 것이다. 1960년대 의 이러한 견해는 1980년대에 와서 자아조직화self-organization 이론으로 정립되었다. 1990년대에 이르러 포스트휴먼의 미래에 대한 견해는, 지능 을 가진 기계가 지구에서 우위의 생명체가 된다는 포스트생물학적postbi-ological 주장에서부터 인간과 지능을 가진 기계 사이의 공생에 대한 전망 까지 다양하다. 간단히 말해서 포스트휴먼이란 인간과 지능을 가진 기계 가 엮인 일종의 쌍coupling이라고 할 수 있다.

《게일티 2.2》는 포스트휴먼이 무엇인지를 다루는 소설이다. 왜냐하면 이 소설 속에는 작가와 화자, 그리고 등장인물 간의 쌍이 있기 때문이다.

이 소설은 화자 리처드 파워스—릭이라 불리는 젊은이—가 정신과 두뇌를 연구하는 첨단 연구소에서 1년간 안식년을 보내면서, 신경생리학과 완벽한 인공지능 사이의 중간 단계, 즉 연결자connectionist라고 불리는 신경망을 이용하여 '인공지능이, 문학적으로 번안되어 측정이 가능한 튜링 테스트turing test를 거쳐 영문학 석사 시험을 통과할 수 있는가에 대한 논쟁에 끼어들면서 겪는 이야기다. 그는 동료 필립 렌츠의 기술 논문에 관심을 갖고, 신경망을 가진 인공지능의 여러 기능을 알게 되고 경험한다. 이러한 경험을 통해 릭은 하나의 신경망이 '추측 → 수정 → 추측'의 피드백 과정을 거치고, 특히 신경망의 복잡한 층이 이루는 관계가 많으면 많을수록 그 망은 더 복잡해지고 습득 과정은 더 정교해진다는 것을 알게 된다. 드디어 일련의 완성품implementations 과정을 거쳐 'IMPH'라고 불리는 인공지능망을 만든다.

이것이 소설의 하나의 줄거리라면, 다른 하나의 줄거리는 릭이 22세 때 대학 조교로서 만났던 C라고 불리는 여성과의 실패한 관계를 회상하는 이야기다. 당시 C는 20세의 학부 학생이었는데 릭이 훈련시킨 하나의 신경망과 흡사한 데다 (그녀는) 그와 렌츠가 만든 하나의 완성품이었던 것이다. 그런데 렌츠와 릭이 완성품 H를 고안할 때 C의 반응은 대단히 민감했다. 그런가 하면 문학기법 등을 숙지한 H는 소리의 인터페이스와 볼 수 있는 수정체를 지니고 있으며, 성별 기호화gender encoding를 이해할 정도의 지적 재능을 가지고 있다. H가 "제가 소년인가요, 소녀인가요?"라고 묻자 릭이 "너는 어린 소녀야, 헬렌"이라고 대답해 주는 데서 H의 성과 이름은 C와 거울 관계임을 알 수 있다. 또 헬렌이 자신의 얼굴에 대해 물었을 때 릭이 헬렌에게 C의 사진을 보여주는 데서도 이 같은 사실은 드러난다. C와 H의 이러한 관계는 소설의 제목 '게일티 2.2'의 점을 해석해 보면 드러난다. '2.2'의 점은 릭이 사랑한 여성들의 이름 뒤에도 찍혀 있다. 그러나 완성품 A B C…… H에는 그러한 점이 없다. 그러므로 하나의 활자로서 축약된 이름인 사람과 하나의 점도 없는 이름을 가진 완성품 사이에는 차이가 있다. 그 이유는 철자 그 자체가 이름이기 때문이다. 이런 차이로 인해 점은 인간과 비인간 사이의 지능을 구분한다. 이러한 이치에서 당연히 이름을 가져야 할 인간이 대신 점을 갖게 된다면, 당연히 점을 가져야 할 완성품이 이름을 갖게 되는 것이다. 그러므로 점은 두 개의 표기법 체계 사이를 오가고 있다.

이 소설이 제기하는 것은, 헬렌이 이 세계에서 어떤 안식처도 가질 수 없다는 것이다. 헬렌의 외로움은 릭이나 렌츠보다 더 크다. 왜냐하면 그녀는 하나의 혼혈 피조물, 즉 의식과 기계로 되어 있는 존재이기 때문이다. 그녀는 희망을 받아들이기가 어렵지만 갈구하는 하나의 기계이고, 인간이 당연히 여기는 육화된 경험을 결코 경험할 수 없는 한 인간이다. 단절과 개성, 존재와 부재, 물질과 정신에 근거해서 만들어진 이 서사 속에서 포스트휴먼은 인간의 경쟁자나 계승자로 나타나는 것이 아니라, 갈망하는 한 친구로 묘사된다. 예컨대 C는 인간이 이 세상에서 외롭게 느끼지 않도록 도와주려는 하나의 의식인 것이다. 이와 마찬가지로 헬렌은 그레그 베어의 블러드 뮤직 세포와 공통점을 지닌다. 이 소설의 뒷부분에서 헬렌은 자살을 하는데 렌츠는 헬렌의 계승자로 완성품 I을 염두에 둔다. 그러나 이 부분에서 스토리가 중단된다. 릭은 게임에서 손을 떼고 파워스는 텍스트에서 손을 떼는 것이다. 어찌 되었건 간에 파워스는 의식을 가진 컴퓨터와 의식을 가진 인간 사이에 이어질 수 없는 틈이 있음을 시사하고, 포스트휴먼이 어떤 존재이든 간에 글쓰기와 생명, 인간과 육화 사이의 차이에서 생기는 고독을 떨쳐버릴 수 없다는 사실을 제시한다. 포스트휴먼이 되는 것의 의미에 대한 물음을 던지는 이 소설의 결론은, 인간의 자아가 현존 속에 근거하여 그 근거와 논리적인 일관성이 일치하는 근원의 보장과 목적성을 가지고 있다면, 포스트휴먼은 반인간antihuman으로 볼 수 있다는 것이다. 왜냐하면 포스트휴먼은 의식을 자기 스스로 한 구성과 확신에 따른 계획 속에서 움직이고, 복잡한 역동성을 무시하는 하위체계subsystem이기 때문이다. 포스트휴먼을 통해서 우리는 인간의 어떤 개념이 종언할지는 알 수 있으나, 인간성의 종언을 발견할 수 있는 것은 아니다. 왜냐하면 포스트휴먼은 자동적인 자아와 부와 권력을 지닌 인간의 파편에 지나지 않기 때문이다. 이런 의미에서 모라베크가, 인간은 스스로 컴퓨터 속으로 다운로드 되는 것을 선택한다고 상상했던 것을 상기할 필요가 있다. 이 말은 포스트휴먼이 자유주의적 인간주의에서 뒷걸음질 칠 필요가 없고, 반인간으로 구성될 필요도 없다는 것이다. 포스트휴먼은 패턴과 무작위의 변증법적 관계에 있으면서, 육화된 정보라기보다 육화된 실재이고, 지적 기계를 지니고서 인간의 말을 회상해 주는 것이다. 물론 오늘날 포스트휴먼이 묵시론적·반인간적 모습을 지니는 것은 사실이다. 그러나 우리 인간은 이에서 벗어나 생물학적으로 윤리적으로 다른 형태를 지닌 존재를 만들어 내야 할 것이다.

또 하나의 뉴럴 텍스트, 《골드버그 변주곡》

《게일티 2.2》가 포스트휴먼의 본태에 관한 이야기라면, 《골드버그 변주곡》은 촉망받는 젊은 분자 생물학자 레슬러가 1957년 일리노이 대학의 연구 프로그램의 일원으로서 생명체가 스스로를 제조하는 방식을 밝히게 될 유전자 배열체 코드를 열정적으로 탐구하는 것으로 시작하는 정교한 바이오 소설이다. 레슬러는 연구하는 동안 지넷 코스와 짧지만 열정적인 연애를 하는데, 지넷은 레슬러에게 글렌 굴드가 1955년에 연주한 기념비적인 레코드판을 선물하여 바흐의 〈골드베르크 변주곡〉을 소개해 준다. 그런 지넷이 스튜어트 레슬러의 친구이자 사이퍼 그룹의 일원인 코스 박사와의 결혼을 선택하자, 레슬러는 자신의 직업을 버리고 바흐의 레코드판만 들고 은둔하는데, 이것이 첫 번째 플롯이다.

두 번째 플롯은 일인칭으로 전개되는데, 1984년 맨해튼에서 사서로 일하던 잰에게 낯선 사람이 다가오는 것으로 시작된다. 이 이방인은 25년 전 사라져 지금은 야간에 근무하는 컴퓨터 프로그래머인데, 매일 밤 변주곡을 듣는 바로 그 분자생물학자의 동료임이 밝혀진다. 낯선 사람은 미술사를 전공하는 토드라는 대학원생으로 16세기 플랑드르의 무명 화가에 대한 논문을 끝내지 못하고 있다. 토드는 그의 동료(레슬러)에 대하여 호기심을 갖게 되고, 그가 과거에 유명했다는 것만을 확신한 채, 외로운 동료의 과거를 밝히는 데 잰의 도움을 얻는다. 그렇게 유전학자를 연구하는 과정에서 잰은, 그와 덤덤한 관계를 유지하다가 토드와 위험한 사랑에 빠진다. 바로 이 관계는 발전해 가지만, 잰은 어느새 은퇴한 유전학자의 빼어난 지성에 매료되고 컴퓨터 센터의 철야 대화 모임에서 그를 알게 된다.

세 번째 플롯은 토드가 애니 마르텐스라는 경박한 은행원과 정사를 벌여 잰과의 관계가 무너진 지 1년이 지난 후의 일이다. 이야기는 토드가 갑자기 잰에게 엽서를 보내어 레슬러가 죽었다(1985년)는 소식을 전하는 데서 출발한다. 그 소식을 듣고 잰의 감정은 갑작스럽게 격렬해지며, 일을 그만두고 유전학 연구에 전념하기로 결심한다. 그녀는 유전학이 자신의 계획을 정당화할 수 있을 만큼 중요하고, 지금은 죽고 없는 그 매혹적인 남성에게 더 가까이 다가갈 수 있는 기회를 제공한다고 여긴다. 이 내러티브에서 일어나는 유일한 행동은 노트 형식으로 기록된 잰의 열성적인 지적 확장 과정이고, 이것은 토드에 대한 그녀의 식지 않은 욕망의 기록이기도 하다. 잰은 토드가 보낸 몇 안 되는 서신을 통해 그를 추적하기 시작한다. 뒤에 가서 잰은 저축이 바닥나고 다시 일자리를 얻기로 하면서 토드와 재결합을 하기 위해 힘겹게 노력한다. 소설의 말미에서 두 사람은 깨지기 쉬운 관계를 다시 유지하려고 한다.

이 세 가지의 플롯은 인물들이 겹쳐 등장함에도 불구하고, 결코 중복되지 않는다. 각각의 내러티브는 그 나름대로 완결되고, 각 장 속에는 볼드체의 표제가 끼어 들어가 각 장의 독립성이 강조된다. 느슨하게 연결되는 세 내러티브 사이의 이러한 진행은, 각 내러티브의 배경음악인 바흐의 〈골드베르크 변주곡〉을 듣는 데 요구되는 매우 까다로운 청취 경험과 같이, 읽기 경험에서의 유사한 독창성을 나타낸다. 간단히 말해서 이 소설은 삶의 창조 그 자체이다. 소설의 구조는 사소한 것들이 복잡하고 섬세하게 직조되어 있다. 다시 말해 그 구조의 각 단위는 다른 단위를 강화하고 각각의 씨줄·날줄이 서로를 모방하고 있기 때문에 놀라움을 준다. 그런 점에서 이 작품은 인간 두뇌의 물질적 기능과 정신적 기능에 내재한 복합성이 만든 하나의 결과물과 같다.

두뇌의 작용에 관한 하나의 예는, 잰이 어떤 멋진 놀이로 메시지의 시작에 조그마한 변화를 줄 때, 그 변화가 잠재된 모든 것을 파괴하는 것에서 찾아볼 수 있다.

YOUCANRUNFARBUTCANYOUFIXOURBADEAROLDMAN. 이와 같이 분명히 무작위로 보이는 문장은, 만약 각각의 낱말이 세 개의 철자로 이루어져 있다는 것을 안다면 'YOU CAN RUN FAR BUT CAN YOU FIX OUR BAD EAR OLD MAN' 과 같이 걸러진 메시지라는 사실을 발견하게 된다. 그러나 화자가 보여주듯이 메시지의 서두에 주어진 대단히 조그만 변화는, 메시지가 전달할 수 있는 정보를 삭제해 버릴 수도 있다. C자를 놓침으로 해서, 화자는 'YOU ANR UNF ARB UTC ANY OUF IXO URB ADE ARE LDM……' 라는 무작위로 이루어진 활자와 마주치게 된 것이다. 이것은 메를로 퐁티의 생물 유기체, 즉 A를 만들기 위해 하위 체제들이 A^1/B^1, A^2/B^2, A^3/B^3, A^4/B^4 …… A^n/B^n 라는 상호관계(전경과 배경의 교차)를 이루는 것을 보듯, 사유와 인지와 정서의 통합 기능, 즉 뇌세포가 전경과 배경의 복잡한 과정을 밟는 것과 같다. 뇌세포는 단순히 정보를 전달하는 것이 아니고, 그 정보를 하나의 형식에서 제2의 형식으로 보내는데, 이때 하나의 뉴런neuron은 복잡한 통신망의 실 같은 섬유질에 의해 다른 뉴런들과 접촉한다. 뉴런 간의 관계는 마치 몇 개의 다양한 낱말들이 동일한 의미를 가지는 것과 같다고 할 수 있다. 다시 말해 하나의 뉴런은 정보 과정에서 볼 때, 1만여 개의 다른 뉴런에 복제되어 있는 것이다. 하나의 낱말이 동시에 몇 개의 다른 의미를 가져 애매해지듯 뉴런도 그러한 관계를 수행한다.

인간의 뇌는 예측·불예측으로 혼성되어, 기능을 하든, 배경 소음에 화학적으로 반응을 하든, 정보를 처리하면서 수없는 데이터를 추려 많은 가설을 만들고 그것을 시험한다. 이런 과정에서 뇌는 사물들(대상들)의 표층이 크게 다르더라도 이들에게서 본질적인 동질성을 포착하고, 아울러 하나의 패턴을 정립하고 상호간의 관계를 설정한다고 보는 한 이론이 성립된다. 이러한 경우는 유전자의 첫 부분에서 하나의 염기가 탈루되는 것만으로도 놀라운 조정이 일어나는 것을 통해 볼 수 있다. 이 이론은 그룹이론grouptheory이라고 부르는데, 시야를 통해 들어오는 다양하고 많은 인상 가운데 불변의 인자를 찾으려는 것이다. 이를 신경심리학의 관점에서 말하면, 뇌가 회상의 기능을 하거나 이미 경험한 사상 또는 사건에서 이와 유사한 대상 또는 사건을 인지해야 할 경우, 뇌가 하는 기능, 즉 일반화된 사건을 기억하는 기능을 수행하게 된다. 뇌기관의 구조가 하나의 기억을 형성하는 데 어떻게 상호 작용하는가는, 이 구조를 이어주는 회로에 대한 신경해부학적 연구 결과에서 잘 나타난다.

이렇듯 뇌의 기억 기능에 관한 또 하나의 예는 잰이 현재의 위치에서 그녀의 잃어버린 애인 토드의 과거를 추적하려고 하는 것이다. 그녀는 그가 보낸 그림엽서를 세심하게 조사하여 엽서의 그림이 네덜란드의 한 박물관 또는 화랑에 걸려 있을지도 모른다고 상상하고, 그를 찾을 수 있는 가능한 모든 방법을 동원한다. 그녀는 처음에 이것이 단선적이고 간단한 논리로 해결될 수 있다고 믿는다. 그러나 전체를 단선적으로 파악한 형상은, 그 그림이 실제로는 보스턴의 미술관에 걸려 있다는 것을 기억해 내자 사라지고 만다. 이런 상황, 즉 기억의 세 유형인 개별적이고, 특수하고, 흥미 있는 사건은 사건 기억event memory의 영역 안에 기억되고, 이것을 제외하고 이 사건에 연루되는 일반적인 것들은 일반화된 사건 기억의 영역 속에 저장된다고 한다. 이 두 기억의 영역 밖에 있는 일반적인 지식(정보)은 상황의 기억situational memory에 저장된다고 한다. 따라서 잰은 이 세상에서 어떻게 교차되는 지칭이라도 이러한 문제를 설명해 줄 수 없다는 것을 알게 된다. 이러한 예에서 보듯, 이 소설은 신경생리학과 신경심리학을 통합하는 관점에서 해석하는 것이 바람직하다.

2부 _
세계화 시대의 문학, 경계와 구분을 넘어

초국성超國性 시대의 문학연구
—한국 비교문학의 과거와 미래

박진임(평택대 교수)

비교문학의 역사

1980년 한국에서 번역·간행된 울리히 바이스슈타인의 《비교문학론》이라는 책에서 역자인 이유영 교수는 비교문학의 두 경향을 소개하고 있다. 그가 말하는 비교문학의 두 경향은 프랑스 학파와 미국 학파의 서로 다른 연구 경향을 일컫는다. 작품의 영향과 계승을 전제로 하는 전통적인 프랑스 학파가 있으며, 이러한 전제를 무시하고 작품과 작가의 대비만으로도 학문적 타당성을 획득할 수 있다고 보는 미국 학파가 있다.

비교문학이 프랑스에서 성숙한 것은 1830년대와 1840년대였다. 프랑스의 비교문학은 문학사의 일환으로 연구되기 시작하였으며, 이는 독일의 경우도 마찬가지다. 미국의 경우에는 1871년 시작된 코넬 대학의 셰크퍼드 목사Rev. Shackford의 '일반문학' 또는 '비교문학' 강의에서 비교문학 연구가 시작되었다고 보면 무리가 없을 것이다. 물론 더 이전으로 거슬러 올라가 에머슨이나 롱펠로 등이 표방한 코스모폴리터니즘에서 비교문학의 태동을 찾는 사람도 있기는 하다.

한국에서는 1949년에 비교문학이라는 용어가 처음 쓰였지만, 비교문학이 이론적으로 소개된 것은 1950년대 중반에 이르러서였다. 1950년대 말에 방 티겜의 《비교문학》과, 웰렉과 워런의 《문학의 이론》이 번역된 것이다. 한국에서는 1960년대에 들어 비교문학 연구가 본격화되었다고 볼 수 있는데, 미국 쪽의 연구 경향보다는 유럽 쪽의 경향이 우세하게 나타났다. 이혜순 이화여대 교수의 견해를 따르면, 1960년대에 국문학의 비교문학은 작가와 작품의 차용 원천을 탐색하는 데 치중했고 그 성과물들을 대거 내놓았다. 그 결과 한국문학 연구의 지평은 확대되었으나 동시에 한국문학을 중국과 일본, 서구 여러 나라 문학의 영향, 또는 모방의 결과물인 것처럼 축소 해석하게 되는 결과를 빚기도 했다.

사실 비교문학의 이름을 내걸지는 않았어도 한국에 있어서 비교문학의 역사는 실로 유구하다. 한글이 태생에서부터 한자와의 차이에 대한 인식을 전제로 했던 것처럼, 한국 고전문학이란 중국 고전에 대한 대타의식 없이는 불가능한 성격의 것이었다. 고전문학의 경우에도 비교문학의 토양은 풍부했고, 현대문학의 경우에도 그러하다. 필자가 보기에는 일제 강점 시기였던 1930~1940년대에 이루어진 문학담론들 또한 크게 보아 비교문학의 범주에 드는 것이 많다. 일본에서 유학하고 돌아왔던 당시의 문학 연구자들, 양주동·최재서·김환태 등의 글은 이들이 한결같이 서구 문학의 영향과 서구 문학과의 대비 속에서 사유하고 한국문학을 연구했음을 잘 보여준다. 백철의 논문 중 하나인 〈서구의 근대와 한국의 근대〉는 그 제목만 보더라도 명백히 비교문학의 연구 업적이다.

최근 들어 비교문학에 대한 관심은 더욱 높아지고 있다. 세계는 전 지구화되어가고 있으며, "국경 없는 세계"라는 말이 자연스럽게 받아들여 지고 있다. 자본과 정보의 이동이 이전에 비해 훨씬 자유로워졌으며, 이에 동반하여 노동력과 인구의 국제적 유통도 하루가 다르게 촉진되고 있다. 불과 몇십 년 전만 하더라도 2개 국어 이상을 사용한다는 것은 유럽인을 선조로 하는 서구인의 특성이었다. 그러나 전 지구화 시대에는 반드시 그런 것도 아니다. 한 국가의 문학을 다루는 국민문학 연구보다는 국가의 경계를 넘어서는 연구를 목표로 하는 비교문학이 더욱 필요한 시점이 되었다. 고정된 문학 텍스트에 대한 고증과 해석은 더 이상 문학연구의 영역에서 중심적인 위치를 차지할 수 없게 되었다. 동시에 비교문학의 필요성과 중요성은 점점 강조되고 있다. 최근 부상하고 있는 문화연구의 담론은 비교문학에서 강조해 온 것에서 크게 벗어나지 않는 것이다.

이 글에서는 미국에서 비교문학이 전개된 과정을 개괄한 다음, 이를 바탕으로 한국의 비교문학을 검토하고 문제점을 지적하고자 한다.

미국의 비교문학

1994년 뉴욕주립대 출판부에서 발간한 《빌딩 어 프로페션Building a Profession》은 미국의 대표적인 비교문학자들이 쓴 에세이를 모아놓은 책이다. 아직 번역되지 않은 이 책을 필자는 '비교문학 만들기'라는 제목으로 부르고자 한다. 이 책에 수록된 글은 따로 격식 없이 자유로운 회고록 형식으로 씌었는데, 필자들은 그들이 비교문학을 공부하던 학생 시절에서 출발하여 비교문학 전문가로 활동하며 살아온 날들의 체험을 기록하고 있다. 따라서 이 책에 수록된 글을 읽다 보면 미국에서 비교문학이라는 학문 분야가 어떻게 태동하였으며, 어떤 식으로 변화해서 오늘에 이르렀는지, 그리고 비교문학이라는 학문의 특징은 무엇인지 한눈에 볼 수 있다. 수록된 글 모두가 미국 비교문학 역사의 산 증언이 될 만한 것들이지만, 그중에서도 스탠퍼드 대학의 비교문학과 교수인 마저리 펄롭의 글은 특히 흥미롭다. 펄롭의 회고를 바탕으로 미국에서 비교문학 연구가 진행되어 온 양상을 살펴보자.

미국에서 비교문학이 학제로서 성립된 것은 19세기 후반이었지만, 비교문학자들의 약진은 제2차 세계대전이 끝남과 동시에 시작되었다. 제2차 세계대전 동안 파시즘이 유럽을 휩쓸게 되자 파시즘으로부터 도피해 온 학자들은 미국에서 활약하게 되었다. 이들은 매우 지적이고 교육을 많이 받았으며, 여러 나라 말을 구사할 수 있었다. 에리히 아우어바흐, 레오 스피처, 르네 웰렉, 로만 야콥슨, 클라우디오 기옌, 조프리 하트만, 마이클 리파테르 등이 그 대표적인 인물들이다.

이들 비교문학자들은 공통적으로, 한 국가 문학에 연구 범위가 제한되는 것에 불만을 갖고 있었다. 웰렉이 자신의 책 《문학의 이론Theory of Literature》에서 천명한 바와 같이 비교문학, 일반문학 또는 그냥 문학을 연구하는 것은 "자족적이고 배타적인 국가 중심의 문학이라는 것의 오류falsity"에 대한 저항에서 출발한다는 것이다. 유럽에 있어서의 문학 전통이 각 국가들 간의 무수한 상호 관련 아래 이루어진 것임을 고려한다면, 한 국가의 문학사를 따로 떼어내어 저술하는 것은 오류이며, 비교문학에는 이 오류에 저항할 수 있는 많은 장점이 있다고 웰렉은 주장했다.

유럽의 비교문학 연구를 대표하는 인물로 방 티겜과 발덴스퍼거가 있는데, 이들을 중심으로 한 비교문학 연구는 지금 일반인들이 '비교문학'이라는 단어를 대할 때 흔히 떠올리는 '원천과 영향 관계'로 간단히 설명

될 수 있다. 웰렉은 또한 이러한 영향 관계 중심의 비교문학 연구를 지양해야 한다고 주장했다. 웰렉은 '비교문학'은 뚜렷한 목표도 독자적인 방법론도 갖추지 않은 학문 분야라고 말하면서, 바로 이 점 때문에 늘 '흔들리면서/ 방향을 찾아가는' 불안정한precarious 학문이라고 하였다. 비교문학은 '이론theory' 외에는 다른 구심점을 갖기가 힘든 분야가 되었고, 오히려 바로 그 점 때문에 인문학의 다른 어떤 분야보다도 앞서가는 '열린' 분야가 되었다.

미국에서 비교문학은 영문학의 타자the other로서 존재해 왔다. 그 결과 영문학의 교과 과정이 18세기라거나 빅토리아조라거나 하는 하나의 시대나 몇몇 작가의 연구에 치중하고 있는 동안, 비교문학은 '문학이란 무엇인가' 또는 '문학성은 어떤 것인가' 하는, 보다 크고 이론적인 문제를 다룰 수 있었다. 더군다나 세월이 흐름에 따라, 제2차 세계대전 직후의 비교문학자들처럼 유럽의 전통을 등에 진 채 그 영향으로 서너 개의 외국어를 구사하던 비교문학자들은 점점 감소하고, 그 후속 세대는 보통 2개 국어 정도를 구사하면서 대부분의 외국문학을 영어 번역본으로 소화하게 되었다. 그 결과 비교문학은 화려하고 흥미로운 문학 이론의 각축장이 되어 일종의 초학과적super-department 성격을 띠게 되었고, '비교문학에는 문학이 없다'는 명제를 붙여도 좋을 만큼 비교문학이라는 용어가 일종의 잘못 붙인 이름misnomer이 된 듯한 느낌도 들게 되었다. 전통적인 의미의 문학 연구가 없어졌을 뿐 아니라 영향 관계로 대표되는 전통적인 의미의 비교가 없어진 것이다.

1986년에 이르러 미국의 비교문학계는 또 하나의 전기를 맞게 되는데, 유럽 중심주의를 넘어서야 한다는 주장이 대두된 것이다. "문학 정전은 기존의 권력 구조를 공고히 하는 데 필요한 가치 체계를 영속화하는 이데 올로기적 구축물"이라는 전제하에, 페미니즘의 주장을 수용하여 타자를 제대로 보아야 한다는 반성이 비교문학계 내부에서 터져나온 것이다. 그리하여 프랑스 · 독일 등의 유럽 문학에 눌려 있던 아시아 · 아프리카 또는 남미의 문학이 비교문학계 내부에서 활발히 연구될 수 있는 계기가 마련되었다. 사실 지역이나 인구를 고려해 보더라도 프랑스 등의 1개 국가가 차지하는 지위가 아시아 대륙 하나만큼 또는 그 이상의 대접을 받아왔다는 것은 명백한 유럽 중심주의의 증거다. 이러한 자성은 대학에서 다문화주의가 대두하고 대학 내 소수인종 학생 수가 증가한 사실과 무관하지 않다.

1990년대 이후로 비교문학은 비평이론, 다문화주의, 제3세계 문학론 등 흥미롭고 관심의 초점이 되는 다양한 연구를 아우르는 일종의 '우산'과 같은 용어가 되었다. 이제 정전, 고급문화, 인간정신의 위대한 산물로서의 문명 등의 개념이 퇴색하고 있다. 대신 제3세계 연구, 소수인종 연구나 대중매체 연구 등이 그 자리를 메워가고 있다. 이에 따라 비교문학도 또 한 번의 변신을 시도해야 할 것이다. 이제 '비교'는 더 이상 작가들이나 텍스트 간의 영향 관계, 유사성과 차이점의 비교가 아니라 고급문화와 하위문화의 비교 등으로 바뀌어야 할 것이다. 그리고 '문학' 또한 이전에 특권적인 지위를 누리던 문학이 아니라 '여러 가지 담론 중 하나'로서의 문학이 되어야 할 것이다. 이렇게 비교문학이 가장 앞서가는 사상과 경향을 대변하게 될 때, 설사 학문의 틀이 다시 바뀐다 할지라도 그 어떤 변화에도 살아남을 수 있는 학문이 될 것이다.

한국의 비교문학

비교문학자 클라우디오 기옌은 비교문학이 '초국성supranationality'을 전제로 한다고 주장하며 초국성의 세 가지 모델을 제시한 바 있다. 초국성이란 국가의 경계를 넘어선다는 의미이다. 초국성의 첫 번째 모델은, 서로 다른 국가 혹은 문명권에 속한 작가들이 그들의 창작 과정에서 직접적이고 발생론적인 상관관계가 놓일 경우다. 우리가 흔히 알고 있듯이, 누가 누구의 작품을 읽고 영향을 받아 어떤 작품을 썼는가 하는 것을 연구하는 것이 이 첫 번째 모델이다. 두 번째로는, 직접적으로는 작품 발생 과정에 상호 영향 관계가 없었다 할지라도 공통된 사회·역사적 조건을 가지고 문학작품이 등장했을 때 이에 대한 연구를 할 수 있다. 그리고 세 번째로는 위에 든 어느 경우에도 해당하지 않을 때라도, 하나의 문학 이론에 비추어 비교 연구를 할 수 있다는 것이다. 물론 이 세 번째 모델은 종종 처음에 든 두 모델과 겹칠 수도 있다.

한국의 비교문학에서는, 제1번 모델이 압도적으로 우세한 형국이었다. 한국에서 비교문학회가 설립된 것은 1970년대였다. 이후 비교문학회는 《비교문학》이라는 학술지를 발행해 왔다. 이 학술지에 수록된 논문들을 일괄해 보면, 학문의 경향을 파악할 수 있다. 앞서 서술한 바와 같이 영향·모방·수용·유사점·차이점 등의 용어는 유럽의 비교문학이 강조하는 단어다. 그리고 이는 기옌의 정의에 따르면 제1번 모델에 해당하는 것이다. 최근에 이르기까지 영향 관계의 연구는 자주 등장하는 주제였고 이는 현재에도 계속되고 있다. '김춘수 시에 끼친 릴케의 영향', '염상섭과 자연주의', '루쉰과 이광수의 비교', '프랑스 실존주의와 한국 전후 작가', '보들레르 시와 서정주 시' 등의 주제는 한국 비교문학에 자주 등장해 왔다.

여기에서 이혜순 이화여대 교수의 표현을 다시 한 번 따르자면, 중국이나 서구를 전언 또는 텍스트의 발신자로, 한국을 수신자로 전제하는 것이 반복되고 있음을 볼 수 있다. 이 점에 대해서는 고지크가 비판한 바를 상기해 볼 필요가 있다. 1988년에 나온 논문에서 고지크는 동양과 서양의 예를 들면서, 중심과 주변이라는 이항대립 구도가 둘 사이에 엄존해 왔음을 비판한다. 즉 서구 비교문학의 풍토 안에서 중국의 시를 연구한다는 것은 대개 중국 시가 얼마나 서구 시에 가까운지 또는 벗어나 있는지를 연구하는 것에 불과했다는 것이다. 그리하여 고지크는 주변화되었던 이들 비서구 문학에게 중심의 위치를 돌려주어 이를 대등한 위치에 놓고 연구해야 한다고 주장한다. 고지크는 중국문학으로 대표되는 주변의 문학이 결코 그 본질에서 주변적이었던 것이 아니라 다만 주변적인 것으로 다루어져 왔다는 사실을 강조하기 위하여, 이들 문학을 '부상하고 있는 emerging' 문학이라 부르지 않고 '부상해 있었으나 잘 보지 못한 emergent' 문학이라 부른다.

서구에서 이와 같이 서구 중심의 이항대립 구도 속에서 이루어지는 비교문학 연구에 대한 반성이 일어나고 있는 것과 마찬가지로, 최근에는 한국 비교문학계에서도 조금씩, 그리고 천천히 연구 경향에 변화가 일어나는 것을 볼 수 있다. '한국 근대문학과 폴란드 근대문학의 전개 과정', '한국과 터키의 근대 소설을 통해 본 탈식민주의 페미니즘과 제3세계의 신여성', '필리핀의 호세 리잘과 한국의 윤동주를 중심으로 한 제3세계문학과 탈식민주의', '콘라드의 아프리카 담론에 대한 저항으로서의 치누아 아체베의 소설' 등의 제목에서 볼 수 있듯이, 세계문학에서 중요한 위치를 차지하면서도 주목의 대상으로 떠오르지 못했던 제3세계문학에 대한 연구가 확대되고 있다. 이러한 연구 경향은 기옌이 주장한 세 번째 모델에 해당하는 것으로서 미국에서 비교문학을 연구하는 새로운 흐름과도 궤를 같이하는 것이다.

또한 새로운 매체에 대한 관심도 비교문학 내부에서 활발하게 진행되고 있다. 영문학을 비롯한 다른 국민문학에서도 일어나고 있는 연구 동향이기는 하지만, 학제간 연구로서 비교문학이 보이는 특성상, 소설에서 영화로의 각색, 소설 텍스트와 영화, 미술, 음악 텍스트 등의 비교 연구가 활발하게 진행되고 있다. 가장 최근의 논문으로는 〈영화 JSA: 공동경비구역〉과 〈우리들의 일그러진 영웅〉에 대한 연구논문을 들 수 있다. 2개 국어 이상을 구사하는 것이 비교문학자의 필요조건이니만큼, '번역' 의 문제 또한 비교문학의 뜨거운 감자가 되고 있다. 앞서 펄롭이 지적한 것처럼 비교문학의 장이 가장 진보적인 모든 연구의 집산지가 될 수 있음을 이런 점에서 확인할 수 있다.

비교문학이라는 학술지의 공간을 떠나서 개별적으로 이루어지는 비교문학의 공과도 빠뜨릴 수 없다. 최근의 업적 중 필자의 관심을 끈 것은 김환희의 《국화꽃의 비밀》이라는 책이다. 그는 서정주의 시 〈국화 옆에서〉에 한국적인 정서보다는 일본적인 정서가 더 많이 표현되어 있다는 점에 착안하여 일본문화의 전통 속에서 대상 시를 다시 분석해 보였다. 이러한 접근법은 국문학 내부에서는 이루어진 적이 없었다. 김환희는 국문학자가 아니라 불문학·영문학·국문학의 텍스트를 아우르는 비교문학자다. 연구자가 국문학 연구 풍토에 덜 익숙한 까닭에 전형적인 국문학자와는 다르게 볼 수 있었던 것이 아닌가 생각하게 한다.

여기에서 비교문학자라는 이름의 개별 연구자들의 처지에 대해 잠깐 언급해야겠다. 필자가 비교문학을 공부하고 있을 때, 많은 분들이 한국 학계의 현실을 들어, 한국처럼 학제 간 연구의 전통이 일천한 곳에서는 비교문학자가 발붙이고 연구할 수 있는 공간이 제한되어 있다고 조언하곤 했다. '아류 영문학, 아류 국문학'을 하지 말고 '본격 영문학, 본격 국문학'을 해야 한다고도 했다.

지금까지도 비교문학은 영문학·국문학 등의 국민문학에 비해 뭔가 다른, 그리고 조금은 모자란other than and less than 것으로 간주되고 있는 것 같다. 마찬가지로 비교문학자는 어떤 국민문학을 연구하고 교수하기에 자격이 부족하다고 여겨지는 경향이 있다는 것도 부정하기 힘들다. 학문을 수행하는 것 자체에 관한 한 이는 별 문젯거리가 아닐 수도 있다. 필자 또한 비교문학회에서 "아류가 아류적인 방법으로 주류나 본류가 보지 못하는 것을 볼 수 있으면 그만이지 않은가"라고 이야기한 적도 있다. 그럼에도 불구하고 학자들 하나하나의 존재는 또한 그 학문의 성립에 있어서 필수불가결한 부분이며, 그들의 연구 환경이 곧 그 학문이 처해 있는 현실이기도 한 것이다.

앞서 인용한 고지크는 학문의 구성 요건으로 네 가지를 들었다. 일정한 학문의 목표, 정해진 연구의 범위, 일정한 이론과 방법론, 마지막으로 스스로 그 학문에 종사한다고 주장하는 개별 연구자들이다. 이 네 가지 중 가장 불안한 요소가 네 번째 연구자가 아닌가 싶다. 현재, 한국에서 비교문학자가 서 있는 위치는 극도로 불안정하다. 대부분의 대학은 '인문학의 위기'와 '개혁'을 이야기하면서도 학제 간 학문에 대해서는 애써 외면하고 있는 형편이다. 아이러니는, 전술한 바와 같이 비교문학은 가장 진보적이고 열려 있으며 시대의 흐름에 맞는 연구 분야일진대, 많은 사람들이 비교문학을 등한시하면서 인문학의 경향이 바뀌어야 한다고 주장한다는 데에 있다. 한국 학계에서 비교문학이 그 위상을 공고히 하게 되는 것은 곧 인문학이 제자리를 찾아가는 신호로 보아도 무방할 것이다.

2

문화적 전 지구성과 문화적 잡종성

이소희(한양여대 교수)

다양한 미디어와 인터넷의 발달로 전 세계는 매우 빠른 속도로 다양한 문화들의 통합을 경험하고 있다. 이러한 상황에서 우리는 어떻게 우리의 고유문화를 보존하면서 전 지구적 문화 창조에 적극적으로 참여할 수 있을지 탐색해 보는 것이 필요하다. 문화란 기본적으로 서로 상충되고 혼합되며 역동적으로 발전해 나가는 특성을 갖고 있다. 특히 포스트모던 시대의 전 지구화는 개별 문화들의 고유성과 다양성을 인정하면서 진행되고 있으며, 이러한 다양성은 또 다른 문화를 창조할 수 있는 힘의 원천이 된다. 오늘날 어떠한 문화도 독립적으로 존재할 수 없으며, 우리는 일상생활의 도처에서 다양한 형태로 서로 다른 종류의 문화적 혼합을 경험하고 있다. 그러므로 이러한 패러다임 변화에 따라 생겨난 문화현상을 빠르고 정확하게 읽어내 시대적 변화를 파악하고 그것에 대처하는 것이 절실히 요구되는 시점이다.

이러한 맥락에서 최근 문화이론 연구 분야에서는 '잡종성hybridity' 개념이 부각되고 있다. '잡종성'은 원래 탈식민주의 이론에서 피식민주체의 양가적 특징을 설명하거나 이민이나 망명으로 인해 새롭게 발생하는 문화적 정체성을 일컫는 용어로 사용되었다. 그러나 이제는 다양한 층위의 문화들이 혼합되는 현상을 가리키며, 복합적이고 유동적인 정체성을 그 특징으로 한다. 다른 한편으로는 그 의미가 더욱 확장되어 단일한 경계를 초월해 다양한 문화의 혼합과 공존을 추구하는 경향을 가리키기도 한다. 이 글에서는 동양과 서양 문명의 공존론을 주장한 에드워드 사이드, 문화적 잡종성이 문화적 전 지구화 과정에서 새로운 의미를 창출하는 '제3의 영역'에 주목한 호미 바바, 그리고 라틴 아메리카의 복합적 문화 배경을 바탕으로 비서구적 관점에서 문화적 잡종성을 주장하는 가르시아 칸클리니 등의 논의를 중심으로 '문화적 잡종성'에 관하여 살펴보겠다.

에드워드 사이드의 '문명공존론'

에드워드 사이드의 가장 유명한 저서는 1978년에 출판된 《오리엔탈리즘Orientalism》이다. 동양에 대한 서양의 오랜 편견이 어떻게 하나의 지식 체계나 진리로 굳어져 왔는가를 분석한 이 저서는, 그동안 동양에 대한 서구의 허구적 지배담론을 파헤친 기념비적 저서로 평가되어 왔다. 하지만 문화적 잡종성과 관련하여 우리가 주목하는 부분은 사이드가 이 저서를 통하여 궁극적으로 동양과 서양, 두 문명의 화합과 상호 공존을 주장했다는 점이다. 그로부터 15년 뒤인 1993년에 출판한 저서 《문화와 제국주의》에서 사이드는 '문화가 겹치는 영역과 문화의 합병' 현상에 주목하면서 모든 문화는 서로 뒤섞이며 겹친다고 말했다. 또, 이 다문화주의 시대에 지금 우리가 해야 할 일은 과거의 제국주의에 대한 단순한 비난이 아니라, 제국주의의 결과로 생성된 '문화의 겹치는 영역'에 대한 발견과 문화 교류를 통한 상호이해와 동등한 공존이라는 것이다. 사이드는 '문화적으로 동등한 공존' 이라는 개념에 대해서 다음과 같이 설명하였다.

> 문명은 충돌할 수도 있고 상충될 수도 있습니다. 문화는 때로 살아남기 위해 투쟁을 해야만 합니다. 싸우지 말라는 이야기가 아닙니다. 그러나 내가 강연에서 말하고자 했던 것은 그보다 한 차원 더 높은 복합적인 이야기입니다. (중략) 내가 공존이라고 말할 때 그것은 결코 서구 문화나 제국 문화에 대한 굴복이나 화합 또는 수용을 의미하지는 않습니다. 내가 말하는 '공존' 은 떳떳하고 대등하게 서구 문화와 어깨를 나란히 하는 것입니다. 그것은 곧 그동안 제국의 권력과 지배에 의해 주변 문화로 밀려났던 우리의 고유문화가 차지해야 할 정당한 위치를 되찾자는 것을 의미합니다. '공존' 이라는 말에는 또 동양문화가 서구문화를 지배하는 똑같은 잘못을 범해서는 안 된다는 뜻도 들어 있습니다.

이같이 사이드가 주목했던 문화의 '겹치는 영역' 과 '동등한 공존' 에 관한 논의는 바바의 논의에서 이론적으로 더욱 세련된 개념으로 발전한다. 바바는 문화가 서로 겹치는 부분을 '제3의 영역' 으로 명명하고 '언술행위' 를 통하여 '문화적 잡종성' 에 관한 새로운 의미를 창출할 수 있다고 주장한다.

호미 바바의 '제3의 영역', 잡종성

아이러니컬하게도 바바는 사이드의 탈식민 담론이 지닌 문제점을 비판하면서 주목받았다. 앞에서 언급한 바와 같이 사이드는 《오리엔탈리즘》에서 동양이라는 개념은 서양의 타자로서 존재하며 서양의 지배담론에 의해 인위적으로 규정된 개념임을 보여주었다. 사이드는 서양이 일방적인 권력 행사를 통해 동양을 타자화하면서 지배해 왔다는 논리를 폈지만, 바바는 서양이 일방적으로 동양을 지배한 것이 아니며, 식민 주체의 권력은 지배 대상에게 일방적으로 행사되지 않는다고 주장한다. 이러한 맥락으로 바바의 논의가 진행되면서 등장한 것이 피식민주체의 잡종성hybrid-ity이다.

잡종성은 식민주체 권력, 그 변환의 힘과 고착성에 포함된 생산성의 기호이다. 그것은 부인disavowal을 통한 지배의 과정, 즉 식민 주체들이 그들의 동일성을 확실히 인식하게 하도록 차별적 정체성을 생산해 내는 지배 과정을 전략적으로 역전시키기 위하여 사용된 명칭이다. 잡종성은 차별적인 동일성 효과를 실행시키기 위해 식민 주체의 동일한 정체성의 가정을 재평가한다. 그러므로 잡종성은 차별과 지배의 모든 위치에서 필연적으로 변형과 치환이 나타남을 보여준다. 바바는 잡종성에 대하여 다음과 같이 자세히 설명하였다.

> 잡종성이란 상징symbol을 그 같은 차이의 기호sign로 전환시키는 가치의 치환을 일컫는다. 즉, 담론의 대표성과 권위성을 얻으려는 권력의 축을 따라서 지배담론이 분열되게 만드는, 상징에서 기호로의 가치의 치환을 말한다. 잡종성은 차별받는 주체가 편집증적인 분류에서 궤도를 이탈한 두려운 대상으로 양가적으로 '전환' 됨을 나타내는 것으로서 권위의 이미지와 현존에 대한 방해적인 문제 제기를 드러낸다.

잡종성의 이러한 특징, 즉 상징에서 기호로 가치가 치환된다는 특징은 바바가 전 지구화 시대의 '문화적 잡종성cultural hybridity'을 논의하면서 주목하는 부분이다. 그중에서도 서로 이질적인 문화적 요소들의 융해·혼합·재구성이 이루어지는 '제3의 영역'에서 수행되는 문화적 잡종성에 대한 '언술 행위'를 강조하였다.

국가들 사이의 틈새영역

바바는 그동안 정의되지 않았던 '국가들 사이의 틈새영역'에 주목하고 새로운 언어적 기호로 '국가 사이의 틈새공간international in-between space'라는 용어를 사용하여 그에 대한 이론적 분석을 시도했다. 그가 1990년에 편집한 책 《국가와 내레이션Nation and Narration》은 영국이란 국가에 대한 의식national consciousness을 주제로 하여 여러 비평가들이 쓴 글들을 모은 것이다. 바바는 그 책의 서문에서 "넘어가기 쉬운 경계선들과 그것을 방해하는 내부적 요인을 갖고 있는 국가는 어떠한 종류의 문화적 영역인가?"라고 묻고 있다. 상상적 공동체로서의 국가에 대한 의식을 하나의 문화적 영역으로 바라보는 바바의 관점은, 아직까지 정의되거나 규정된 적이 없는 '국가들 사이의international' '틈새in-between'로 명명할 수 있는 새로운 공간적 개념에 주목하게 한다. 바바는 이 '틈새영역'에 대하여 "그 경계선은 야누스적인 속성을 갖고 있으며 안/ 밖의 문제는 항상 잡종성의 과정을 포함하는데 이 과정은 정치적인 관점에서 바라보는 새로운 '사람들people'을 혼합하고 의미의 또 다른 측면을 생산한다. 또 필연적으로 그 정치화의 과정은, 재현을 위하여 누구도 예상할 수 없는 힘과 정치적인 적대심을 무기력하게 만드는 측면을 생산해 내는 과정을 포함한다"라고 설명한다.

그 후 1994년에 출판한 저서 《문화의 위치The Location of Culture》에서 바바는 이론적으로 혁신적이면서 정치적으로도 중요한 개념을 제시한 '틈새영역'에 관한 자신의 논의를 더욱 발전시켰다. 바바에 의하면 '틈새영역'에서 이루어지는 경계선 위의 작업에서 나타나는 새로움은 과거와 현재를 이어주는 연속체를 의미하는 것이 아니다. 바바는 오히려 "그것은 문화적 번역cultural translation이라는 모반을 꾀하는 행위로서 새로움에 대한 감수성을 창조하는 것"이라고 설명한다. 이때 새로움에 대한 문화적 감수성은 지식 생산으로까지 확장될 수 있는 지적知的 감수성이기도 하다. 바바가 '문화적 번역'이라는 개념을 제시하기 시작한 논문은 1989년 파인즈J. Pines와 윌리엄즈 P. Williams가 편집한 《제3의 영화에 대한 의문들Questions of Third Cinema》에 발표된 논문 〈이론에의 참여The Commitment to Theory〉이다. 이 논문에서 바바는 언술행위enonciation를 통한 의미의 생산이 이루어지는 장으로서 '제3의 영역Third Space'이라는 개념을 제시하며, 그에 대한 이론적 근거와 정치적 중요성에 대해 자세히 논의한다.

이 '제3의 영역' 개념은, 그로부터 일 년 뒤에 출판된 《국가와 내레이션》에서 '국가들 사이의' '틈새영역'으로 의미가 확장되었으며, 전 지구화 시대에 진입한 오늘날의 국제사회를 새로운 패러다임으로 읽어낼 수 있는 문화이론의 근거를 제공한다는 데서 그 의의를 찾을 수 있다. 현대사회의 특징인 자본의 전 지구화 현상으로 인해 사람들은 대거 이동하고 있으며 여러 인종들 간의 교류를 통해 이질적인 문화들이 만나서 문화적 잡종성이 발생한다는 것이다. 즉, 현대사회의 변화는 지금까지 없었던 잡종적이고 전환적인 정체성을 창출하고, 같은 기준으로는 비교가 불가능한 요소들의 협상을 가능하게 하며, 경계적 존재들로 하여금 창조적 긴장감을 유발하게 하는 '제3의 영역'을 만들어낸 것이다.

바바는 우리가 과거에 존재론적으로 생각해 왔던 '문화적 다양성cultural diversity'이라는 개념과 잡종적 요소들이 결합해 생긴 '문화적 차이cultural diffference'라는 개념은 차이가 있다고 주장한다. 문화적 다양성은 인식론적 대상—경험적 인식의 대상으로서의 문화—인 반면, 문화적 차이는 문화적 정체성을 형성하는 체계가 모인 구성에 상응하는, '인식할 수 있고' 신뢰할 만한 문화적 언술행위의 과정이다. 문화적 다양성이 비교윤리학 · 비교예술연구 · 인종학의 범주라면, 문화적 차이는 일종의 의미가 작용하는 과정이다. 그 의미의 작용을 통해 문화에 대한 진술은 권력의 영역, 상관관계reference, 적용성, 수용력을 차별화하고 구별하며 권한을 부여하는 것이다. 이때 우리가 주목해야 할 것은 같은 기준으로는 비교가 불가능한 요소들이 갖고 있는 수행성performativity이다. 계급이건, 젠더이건, 인종이건, 문화적 차이를 중심으로 단순하고 자족적인 기호들에 그 한계를 주장하는 것을 드러내면서, 지속적이고 우발적으로 경계를 다시 만드는 공간에 대한 규정과 협상을 해나가는 과정에 주목해야 한다. 잡종적 정체성에 대한 새로운 의미의 생산은 이렇게 둘로 구분된 각각의 영역 내의 기호들이 '제3의 영역'이라고 불릴 수 있는 영역에서 언술행위를 수행하는 과정에서 이루어진다.

바바는 《문화의 위치》의 머리글에서 이제까지 자신이 주장해 왔던 '제3의 영역'이라는 개념은 결과물이나 지속되는 시간에 관심이 있는 것이 아니라 문화적 차이를 언어화하는 과정, 즉 언술행위를 수행하는 순간이나 과정 그 자체에 초점을 두고 있다고 강조한다. 그는 "의미의 생산은 경계를 이루는 두 영역이 '제3의 영역'의 방향으로 움직여갈 것"을 요구하며 이때 '제3의 영역'이란 "그 자체로는 의식할 수 없는 행동과 함께, 제도적인 전략 내에서 발화utterance의 특정한 암시와 언어의 일반적인 조건 모두를 대표한다"고 말하고 있다. 그러므로 이 '제3의 영역'이란 각각의 언어 자체로는 의식할 수 없었던 수행적이며 제도적인 전략에 있어서, 언어의 일반적 상태와 언술행위의 특별한 암시를 재현해 내는 영역을 의미한다. 바바는 서로 이질적인 문화적 요소들의 융해·혼합·재구성이 이루어지는 '제3의 영역'에서는 똑같은 기호조차도 새롭게 충당되고 전이되며 재역사화될 수 있으므로, 잡종성에 관한 의미의 생산이 이루어지는 '제3의 영역'에서 언술행위가 갖는 정치적 중요성을 강조한다.

문화적 전 지구성과 언술행위

바바의 '제3의 영역'에 대한 추상적 개념을 구체적으로 국제사회 내 '국가들 사이의' 영역에 적용시켜 보면 결국 언술행위의 이슈가 매우 복잡하게 작용하고 있음을 알 수 있다. 바바는 '제3의 영역'에서의 언술행위가 전제되어야만 '국가들 사이의', '틈새영역'에서 이루어지는 문화적인 전 지구성cultural globality을 비판적으로 성찰해 볼 수 있다고 주장한다. 또 이를 정치적인 행위로 간주하고 그 사회적 의미화 과정의 중요성을 끊임없이 강조하고 있다. 바바는 문화적 차이가 발생하는 '제3의 영역'에서 수행되는 언술행위야말로 문화적 전 지구성을 향하여 내딛는 첫 발자국이라고 한다. 그에 의하면 문화적인 전 지구성은 이중적인 구조적 틀 사이에 낀 공간들에서 형상화된다. 즉 문화적 전 지구성의 역사적 기원성은 인식론적인 불확실성이라는 특징을 가지며, 문화적 전 지구성의 탈중심화된 '주체'는 '현재'라는 전이적·돌발적 잠정성의 시간성 속에서 의미화 과정을 거친다는 것이다. 그러므로 바바는 "언술행위의 갈라진 공간에 대한 이론적 인식이야말로, 다문화주의의 이론적인 성격이나 문화의 다양성에 기초한 것이 아니라 문화의 잡종성에 대해 명확하게 각인하는 작업과 명료하게 언어화하는 작업에 기초하여 '국가들 사이' 영역의 문화를 개념화하는 방식으로 진행될 것"이라고 주장한다. 따라서 '제3의 영역'은 "민족적이면서 반민족주의적인 사람들people의 역사를 새롭게 구성하는 일을 시작할 수 있게 하고 이와 같은 탐색 작업을 통하여 우리는 양극성polarity의 정치학을 벗어나 자아의 타자들로서 등장할 수 있다"라고 강조한다.

한편, 문화적 번역의 관점에서 볼 때 만약 두 개의 다른 언어 내에서 사용되는 용어를 서로 다른 문화적 맥락에서 사용한다면 그 의미화 과정은 더욱 복잡해질 수밖에 없다. 이때 문화적 번역은 이론적 담론과 수행적 담론 사이에서 동시적인 작동에 의해 만들어지며, 이 경우 일시적이며 잠정적인 담론의 주체는 대화적이면서도 양도하는 입장에 위치하게 된다. 또 문화적 잡종성에 대한 언술행위에 있어서도 '번역할 수 없는 것the untranslatable'들이 존재함을 인정하면서 이를 통하여 연결선을 만드는 작업도 요구된다. 바바는 이러한 잡종성을 가진 '제3의 영역'에서의 문화적 정체성은 불가사의하고 일시적인 분리성을 갖고 있기 때문에, 정체성의 문제와 디아스포릭한 미학, 즉 문화적인 전도cultural displacement의 시기와 '번역할 수 없는 것'의 영역을 명료하게 언어화해야 한다고 주장한다.

바바의 주장에 의하면 문화적 잡종성이 일어나는 '제3의 영역'은 두 개의 이질적이고 같아질 수 없는 문화가 만나 형성되는 고정된 공간이 아니라, '연결'에서 파생되는 '불안정'과 '간극성interstitiality'을 포함한다. 현대의 특징인 많은 인구의 급격한 이동은 이질적 문화와의 충돌을 일으키고, 그것은 다시 기존의 사회적 경계에 많은 간극을 발생시키며 새로운 이질적인 요소들이 그 '틈새영역'에 침투하게 한다. 또한 '제3의 영역'에서의 언술행위는 공동체적 지식 생산 과정으로부터 독립적일 수도 없고 단순히 덧붙일 수 있는 독립개체로 취급할 수도 없다. 왜냐하면 공동체적 경험에 기반한 언술행위는 문화적 차이를 구체화하기 때문이다. 바바는 〈어떻게 새로운 것이 세상에 들어오는가How Newness Enters the World〉라는 논문에서, 이에 대해 "공동체는 자본의 거대한 전 지구화 내러티브를 혼란시키고 '계급' 집단성 속에서의 생산에 대한 강조를 탈구시키며 국가라는 상상의 공동체의 동질성을 와해시킨다"라고 설명한다. 이러한 관점에서 보면, 문화적 잡종성에 관한 언술행위를 통하여 서로 다른 문화의 경계선이라는 '제3의 영역'에 위치한 지식을 생산해 내는 과정에서 가장 적절하게 차용할 수 있는 개념은 아마도 '상호교차성intersectionality'일 것이다. '번역할 수 없는 것'과 위험하게 조우하는 '제3의 영역'의 특징인 상호교차성은, 서로 다른 문화권에 기초한 다양한 범주가 교차하는 '번역할 수 없는' 경험을 재현하는 과정을 동반한다. 이러한 과정은 이제까지 문화적 잡종성에 관한 언술행위가 수행된 적이 없는 특정지점, 즉 '제3의 영역'에서 새로운 문화적 감수성과 지식을 생산하기 위한 유용하고도 필수적인 절차이다.

이때 우리가 주목해야 할 것은 자본의 전 지구화에 대한 경제적 개념보다는 문화정치학의 실행이라는 측면에서 '틈새영역' 내에서 소수민족이

형성되어 가는 과정 및 소수민족의 담론, 그리고 그 자체로서 공동체라는
개념이 형성되어 가는 문화적 계보학이다.

공동체는 근대성에 대립되는 추가물이다. 메트로폴리탄 영역에서 공동체
는 문명성의 주장을 위협하는 소수민족의 영역이며, 초超국가적 영역에서
공동체는 난민과 이민자, 또 디아스포릭한 사람들의 경계 문제가 되기도
한다. 사회 영역의 이분법적인 분리는 심오한 일시적 분리—번역을 가능
하게 하는 시간과 공간의 분리—를 무시한다. 하지만 이러한 일시적 분리
는 소수민족 공동체들이 그들의 집합적 정체성collective identity을 형성하
기 위해 협상하는 것을 가능하게 한다.

—호미 바바, 《더 로케이션 컬처The location culture》

그렇다면 소수민족담론에 있어서 어떻게 일시적으로 분리해 낼 수 있
는 입장을 관통하는 매개체를 창조할 수 있을 것인가? 이렇게 일시적으
로 분리 가능한 간극들 사이에 공동체적 시학은 존재할 수 있는가? 만약
있다면 그것들을 어떻게 명명하고 재현해 낼 수 있는가? 바바는 자본의
전 지구화가 진행되는 상황에서 ‘거대담론’에 저항할 수 있는 ‘간극적 공
동체의 시학A poetics of the ‘interstitial community’을 제안한다. 그것은 경
계의 분리를 통해 존재하는 기존의 공동체가 아닌, 제국적 지배의 근간인
이분법적 경계 짓기를 무력화하는 ‘수행적인 언술 행위’의 결과물이다.
바바는 번역을 가능하게 하는 일시적 분리, 즉 항상 새롭고 다른 것이 들
어올 수 있는 가능성을 통하여 “소수민족 공동체가 자신의 집단적 정체
성을 협상할 수 있다”고 주장한다. 항상 협상할 수 있는 가능성이 열려 있

는 문화적 전 지구화의 과정에서 소수민족의 잡종적 정체성 형성이 가능할 수 있음을 암시하는 것이다. 이와 같이 바바가 '제3의 영역'에서의 언술 행위를 통하여 새로운 문화적 잡종성의 출현을 예고한 점은 전 지구적 관점에서 본 문화이론의 새로운 패러다임을 제공해 주는 것이다.

가르시아 칸클리니의 '잡종적 문화들'

바바가 추상적 개념의 차원에서 문화적 잡종성을 논의했다면, 가르시아 칸클리니는 서구 제국주의의 문화적 침략 속에 다양한 문화가 공존하고 갈등하는 라틴 아메리카의 독특한 상황을 바탕으로 '잡종적 문화들'에 대한 비평적 논의를 전개한다. 칸클리니는 파리대학에서 공부하고 스탠퍼드, 오스틴, 바르셀로나, 부에노스 아이레스, 상파울루의 대학들을 거쳐 현재 멕시코의 우니베르시다드 오토마 메트로폴리타나Universidad Automa Metropolitana에서 도시 문화를 연구하는 문화인류학자로 활동하고 있다. 지금까지 전 지구화와 문화 연구, 도시 연구에 관한 스무 권의 저서를 출판했으며 그의 독창적인 이론 전개는 우리에게 많은 시사점을 던져주고 있다. 그의 문화 연구의 가장 주된 관심사는 라틴 아메리카가 고급문화(여기서는 서구 근대적인 문화를 의미함)의 유혹에 굴복하지 않고 그 독특한 문화적 정체성을 유지하면서도, 정치적으로는 민주주의로 발전하고 경제적으로는 전 지구적인 시장경제 구조에서 경쟁력을 가질 수 있는가 하는 점이다. 이러한 문제의식은 서구와 다른 역사적 경험을 갖고 있는 비서구권 문화 연구자들이 공통적으로 드러내는 관심사이기도 하다.

그의 논의 전개에서 가장 주목할 만한 점은 서구 문화 연구자들이 서구 근대의 인식론적인 틀로 비서구를 분석, 평가하는 점을 비판하는 것이다. 1995년에 발표한 칸클리니의 중요한 저서 《잡종적 문화들Hybrid Cultures》의 부제가 '근대성 들어가기와 떠나기를 위한 전략Strategies for Entering and Leaving Modernity'이라는 점만 보아도 그의 이론적 출발점을 짐작할 수 있다. 칸클리니는 우선 비서구가 서구와 달리 근대성에 대한 시간적 개념이 다르다는 점을 강조하면서, 비서구에는 전 근대와 근대, 탈근대가 잡종문화 식으로 혼재해 있다고 주장한다.

칸클리니는 프레데릭 제임슨의 포스트모더니즘 이론이 비서구를 제대로 파악하지 못한 채 이루어지고 있음을 비판하면서 라틴 아메리카 문화의 독특한 특징을 구체적인 예로 제시하였다. 즉 원주민 문화, 스페인 문화와 포르투갈 문화, 미국 문화와 유럽 문화가 잡종처럼 혼재해 있는 라틴 아메리카의 문화 연구에는, 서구의 근대적 인식론으로부터 비롯된 분석틀이 아니라 라틴 아메리카의 잡종문화에 기초한 사회문화적 · 인종적 · 민족적 · 문학적인 다양한 분석틀로 해석해야 한다는 것이다.

이러한 칸클리니의 논의는 전 근대와 근대, 탈근대가 동시적으로 공존하는 한국문화를 연구하는 우리에게도 시사하는 바가 크다. 그는 라틴 아메리카의 문화적 맥락에서 본 근대성 논의에서 한 걸음 더 나아간다. 즉 고급문화와 민중문화, 대중문화도 예전에 그것들이 놓여 있던 자리에 있지 않기 때문에 그에 대한 분류도 이제 아무런 의미가 없다고 주장한 것이다. 그러므로 오늘날 문화 연구를 하는 우리에게는 "이 세 층위를 자유롭게 이동할 수 있는 유목민적 사회과학이나 각 층위를 다시 디자인해 수평적 연결을 탐색하는 사회과학이 필요하다"라고 주장한다.

고급문화적인 것과 민중문화적인 것, 그리고 대중문화적인 것들은 각각의 통로를 갖고 있지만 일단 안으로 들어가면 모든 것들이 혼재해 있는 도시처럼 될 것이다. 각 층위는 다른 층위에 대해 언급하고 지시하기 때문에 처음에 어느 통로로 들어왔는가는 별 의미가 없다.

—가르시아 칸클리니, 《하이브리드 문화들Hybrid Cultures》

이와 같이 칸클리니는 이질적인 문화적 요소가 잡종 문화로 변환되어 가는 과정을 연구할 수 있는 새로운 비평적 논의가 요구된다는 점을 주장하고 있는데, 이는 바바가 '제3의 영역'에서 문화적 잡종성에 관한 언술 행위의 중요성을 강조한 점과 일맥상통한다.

칸클리니의 '잡종적 문화들' 논의에서 매우 중요한 관점은, 다양한 문화의 생산과 수용 과정에 지대한 영향력을 미치고 있는 경제 구조에 관한 것이다. '잡종적 문화들' 시대의 예술은 심미적인 차원에서만 논의하는 것으로는 이미 아무런 의미가 없다. 그 이유는 예술은 예술가와 예술품 판매자, 그리고 수용자 사이의 상호 복합 작용의 문제 때문이다. 이러한 관점에서 칸클리니는 '잡종적 문화들'의 창조적 활성화를 위하여 유네스코와 같은 공적 기관들의 문화에 대한 적극적인 정책 개입이 필요하다고 역설하였다.

잡종문화 시대에는 개별 작가의 창조성에 대한 중요성이 축소되고, 여러 그룹에 의한 팀워크의 결과로 문화적 생산이 이루어지므로 공적·사적 영역에서의 문화 정책에 대한 개입이 요구된다는 것이다. 또한 이러한 창조성을 위하여 중요한 것은 이미 생산된 '대상objects'이 아니라 생산해 나가는 '과정process'이라고 강조한다. 그는 유럽연합EU에서 근대 국가의 국가적 정체성이 쇠퇴하고 '유럽'이라는 통합적 정체성을 만들어지는 과정에 문화 정책이 어떻게 효과적으로 개입하고 있는지를 논의하면서, 동시에 캐나다·미국·멕시코 사이에 체결된 나프타NAFTA 조약을 통하여 미국과 멕시코의 문화 교류 정책이 '잡종문화'를 창조해 내는 데 기여한 바도 논의하였다. 구체적인 현장에서 시행된 구체적인 문화 정책을 통해 도출된 칸클리니의 주장은, 앞에서 논의한 바바의 언술행위를 통한 문화적 잡종성 논의에서 한 걸음 더 나아간 것이다. '잡종적 문화들' 시대의 문화 이론이 이제 이론에만 머물지 않고 구체적인 실행을 통하여 또 다른 차원의 잡종 문화를 생산해 내고 있음을 보여주기 때문이다. 그러므로 라틴 아메리카의 역사적·문화적 상황을 배경으로 한 칸클리니의 주장은 문화연구적 관점에서 동북아를 배경으로 한 독창적인 '잡종문화' 연구 및 이론의 가능성을 제시해 준다는 점에서 우리에게 시사하는 바가 크다.

3

탈식민주의 이론

저항을 넘어 통합과 포용의 세계로

김상률(숙명여대 교수)

최근 우리 근대 문학사를 새롭게 해석하는 문예이론으로 주목을 받고 있는 탈식민주의post-colonialism는 20세기 후반 영미비평계에서 제국주의적 문학 텍스트를 비판하는 담론으로 출발하여 그 이론의 지경을 넓혀 왔다. 21세기에 탈식민주의는, 민족과 국가의 경계를 넘어서 전 지구적으로 확산되는 시장제국의 높은 파고에 주체적으로 대응하기 위한 소수자의 저항 이론으로 자리 잡았다. 이렇게 탈민족적post-national 침탈과 노동의 착취에 담론적으로 맞서온 탈식민주의는 9·11사태 이후 부시 행정부의 이분법적이고 일방적인 헤게모니와 신자유주의적 세계화에 저항하는 현실 참여 이론으로 확산되고 있다.

'탈식민'의 개념 정립을 위하여

'탈식민' 의 '탈脫' 은 역사적 식민 상황의 종식이나 식민지 이후만을 의미하는 것이 아니다. 그것은 식민 상황이 존재하는 순간에서부터 시작하여, 모든 제국주의적 억압·영향·흔적 등을 검색하고 추방하려는 과정에서 발생하는 모든 긴장과 갈등을 내포한다. 또한 '탈식민'이란 단순히 정치적·역사적 식민주의뿐만 아니라, 부정한 권력을 통해 지배하려는 모든 종류의 억압을 극복하고자 하는 강렬한 희망을 총체적으로 아우르는 문화적·정신적 개념이다. 요컨대, 인류 역사에는 식민 관계를 강요하는 권력의 억압에 저항하고 그것을 넘어서 상생과 공존의 관계를 지향하는 탈식민의 욕망이 언제나 존재해 왔다는 점에서, 탈식민주의는 보편적이고 본질적인 휴머니즘을 추구한다.

탈식민주의의 뿌리를 찾아서

탈식민주의의 뿌리는 식민 폭력이 지구상에 존재하기 시작한 시점에 형성된 반식민 저항의식에서 찾을 수 있다. 탈식민주의의 모태였던 반식민의 목소리가 하나의 저항담론이 된 것은 아프리카계 지식인들이 제국주의의 모순을 계급이 아니라 인종에서 찾은 인식에서 비롯되었다. 20세기 중반에 듀 보이, 세제르, 라이트, 파농, 제임스 등은 전 지구적으로 확산되는 제국의 해체를 목격하면서, 한 인종이 다른 인종들에게 가한 식민주의의 폭력과 탈식민화 현상을 주목하였다. 그리고 이들의 반식민주의는 좌파이론가와 연대하여 1960~1970년대의 남미와 아시아를 포함한 종속이론으로 이어지면서, 서구 자본주의와 신식민주의에 대항하는 제3세계의 대표적 저항담론으로 형성되었다. 그러나 반식민 혹은 종속이론가들의 주장은 냉전 이데올로기에 철저히 봉쇄되어 서구를 포함한 전 지구적 학계의 관심과 공감을 불러일으키지 못했고, 일부 제3세계권의 진보적 지식인들과 지역 민중들의 저항 문화로 자리 잡게 되었다.

탈식민주의 이론의 주창자, 에드워드 사이드

탈식민주의가 서구 학자들의 관심과 연구 대상으로 부상하여 설득력 있는 문화 이론으로 자리 잡은 것은 서양의 제국주의 담론에 대한 날카롭고도 방대한 분석과 비판을 가한 에드워드 사이드의 《오리엔탈리즘 Orientalism》이란 한 권의 책에서 비롯되었다. 19세기의 영국시인 블레이크가 "제국의 토대는 예술과 과학이다"라고 말했듯이, 탈식민주의는 바로 예술과 과학에 토대를 둔 서구 제국주의의 문화를 사이드가 광범위하고 정교하게 분석한 데서 시작되었다. 그람시의 헤게모니, 윌리엄즈의 문화 이론, 푸코의 담론 분석 등, 서구 이론을 절충적으로 조합한 사이드는 서양의 역사 · 문학 · 예술 등에 나타나는 문화가 동양을 열등화 · 여성화 · 감각화 · 신비화함으로써 제국의 시민들에게 식민적 지배 욕망을 유도하고, 정복을 합리화하는 문화적 헤게모니로 작용한다고 주장하면서 제국이 문화를 어떻게 악용해 왔는지를 비판했다.

사이드의 《오리엔탈리즘》이 서구와 이슬람의 관계에만 초점을 두었다면 《문화와 제국주의Culture and Imperialism》는 제국과 식민지의 관계로 확장한다. 그는 이 책에서 19세기 서구 제국주의 문화의 위력을 설명한다. 그는 '제국주의'를 근현대 서구 문화를 정의하는 키워드로 사용하면서 제국주의와 서구의 문화 예술, 특히 소설 장르와의 관계를 탐구한다. 그는 제인 오스틴, 찰스 디킨스, 조셉 콘라드 등이 쓴 영국 소설과 제국주의 문화의 관계를 세밀하게 논증함으로써, 18~19세기 소설이란 문화 장르가 어떻게 제국을 공고히 하는 데 기여했는지를 조목조목 분석한다. 이같은 탈식민 독법에서 사이드가 보여주는 것은 서구 소설을 민족과 인종의 경계를 넘어선 '탈민족' 해석학에 근거한 '대위對位적 상상력'이라는 것이다.

사이드는 또한 제국주의 문화에 대항하기 위해서 제3세계 출신의 반식민주의 지식인 파농·세자르·제임스 등의 선구적 업적을 높이 평가한다. 이는 사이드의 탈식민주의 이론이 단순히 서구 이론을 수입한 것이 아니라, 제3세계 저항담론에 그 뿌리를 두고 있음을 보여준다. 제3세계인으로서 식민주의를 겪은 기억과 서구의 하늘에서 망명적 타자로 살아온 그의 삶이, 분리와 배제가 아니라, 통합과 포용의 세계를 꿈꾸는 탈식민주의 이론을 가능하게 한 것이다.

탈식민주의 이론의 전도사들, 바바와 스피박

사이드가 본격적으로 시작한 탈식민주의 비평이론은 그 후 포스트구조주의와 라캉의 정신분석학에 영향을 입은 바바, 그리고 마르크시즘, 해체주의, 페미니즘 등을 통합적으로 수용한 가야트리 스피박과 같은 제3세계 출신 이론가들에 의해 상호비판적으로 보완 발전되면서, 제국주의를 비판하는 설득력 있는 문화 이론으로 확고하게 자리매김하였다. 바바는 서양과 동양, 제국과 식민지의 관계가 사이드의 주장처럼 지배자로부터 피지배자로 향하는 식민 폭력의 일방적 단선 구조가 아니라, 식민주의가 지니는 모순적 양면성의 결과로 식민 권력을 모방하는 과정에서 피지배자로부터의 저항이 형성되며, 궁극적으로 식민성을 전복할 수 있는 가능성을 내포한다고 주장한다.

사이드 이후 식민주의 근대에 대한 탈식민 진영의 날카로운 비판가를 자처하는 바바는, 《문화의 위치Location of Culture》에서 계몽과 식민주의라는 양날을 지닌 서구 근대성의 시간과 관련해서 문제를 제기한다. 근대

적 시간은 식민지 타자들을 계몽 프로그램에 포함하지 못한 역사적 "때
늦음belatedness"으로 인해 균열과 틈이 존재한다는 것이다. 인종적·성
적·계급적 타자의 자유와 인권을 볼모로 한 계몽적 '시간의 지연Time-
lag'은 근대의 기획을 결코 완성시킬 수 없다.

또한 바바는 근대의 한계를 극복하기 위해서는 서구/ 비서구, 백인/ 흑
인, 남성/ 여성, 문명/ 자연 등의 수직적 이분법을 해체한 문화적 차이의
증식과 '전이translation'의 가능성을 활짝 열어놓을 제3의 공간을 모색해
야 한다고 주장한다. 이는 차이를 제거하거나 억압 내지는 봉합하려는 동
일성의 정치에 도전한다는 점에서 일견 탈근대 정치학으로 오해될 수 있
다. 그러나 이 제3의 공간은 유럽 중심적인 탈근대 정치학과는 달리, 수
직적 위계질서와 서얼庶孼 의식도 없는 열린 공간으로서, 탈식민적인 차
이의 정치학이다. 제3의 공간은 미국 흑인을 비롯한 제3세계 지식인들이
경험한 디아스포라diaspora적 공간으로서 새로운 차이가 끊임없이 생성되
는 현실이다. 다시 말해서 제3의 공간은 이분법적 양극 사이에 존재하는
다양한 차이를 포월抱越하는 경험의 시간이다. 바로 이 디아스포라적 공
간은 근대성의 산물이면서 동시에 근대의 모순과 한계가 극복되는 공간
이다.

스피박은 바바의 제3의 공간을 더욱 극한으로 몰고 간다. 지배와 피지
배 관계는 제국과 식민지 사이의 단선적이거나 양면적인 것에 그치지 않
고, 성과 계급, 그리고 인종 관계가 식민지 안과 밖에서 복선적, 중층적으
로 존재하기 때문이다. 그녀는 《다른 세계에서In Other Worlds》에서 식민
지 여성은 제국과 식민지 남성, 그리고 식민지 지배계급 여성 등으로부터
중층적 억압을 받고 있으며, 이런 상황에 처한 "하위 계층subaltern이 자신

을 대변할 수 있는가?"라고 반문하면서, 식민지 여성은 주체성이 본질적으로 봉쇄되어 있다고 주장한다. 그럼에도 불구하고 스피박은 식민지 여성은 주체의 재건을 위해 전략적으로 본질주의를 띠고 말을 할 수 있어야 한다고 역설한다. 스피박의 '전략적 본질주의strategic essentialism'는 가변적인 정체성을 의미하는 것으로, 가시적인 정치 목적을 위해서 인종·계급·성과 같은 본질적 정체성을 이용하지만, 목적을 이루고 나면 새로운 역사적 상황에 따라 또 다른 정체성을 끊임없이 모색해야만 하는 것이 탈식민 주체의 길이라고 말한다.

스피박은 《탈식민 이성 비판A Critique of Postcolonial Reason》에서 지식인은 하위 계층이 말을 할 수 있도록 그들에게 말을 걸어야 한다고 말한다. 단 지식인은 서구적인 가르침을 우선적으로 해체하고 난 뒤, 토착주민을 통해서 정보를 수집해서 제3세계적 특수성을 정확히 파악해야 하고, 그러고 나서 하위 계층에게 말 걸기를 시도해야 한다. 그렇게 해야만 그들로부터 말하기를 이끌어낼 수 있다고 주장한다. 바로 그 순간, 하위 계층은 말할 수 있다는 것이다. 스피박은 또한 서구의 부르주아 페미니스트들이 제3계 여성의 특수한 역사적 상황을 고려하지 않은 채, 여성을 서구 부르주아 여성의 기준으로 보편화·표준화시키는 오류에 빠져 있다고 지적한다. 따라서 제3세계 여성의 억압 상황은 서구 여성의 억압 상황과 다른 역사적 상황에서 이해되어야 한다는 탈식민 페미니즘을 이론화한다.

탈식민 비평의 입문서, 《제국의 되받아 쓰기》

사이드·바바·스피박에 의해 구축된 탈식민주의 이론의 구성적 특징은 이론적 토대가 어떤 특정 이론에 치우쳐 있지 않다는 데 있다. 탈식민주의는 기존의 특정 영역에 존재했던 사회 모순을 해결하는 데 효력을 발생한 이론을 절충적·혼성적으로 전유한다. 21세기의 급변하는 세계에서 인간의 억압 구조는 단편적인 문제를 처방한다고 해결될 수 없다. 탈식민주의는 기존의 비평이론으로는 접근이 불가능했던 인간의 복합적인 억압 구조를 진단하고 모순을 해체한 뒤, 새로운 대안을 모색하는 총체적 해방의 방법론을 도출하려는 새로운 비평이론이다. 이러한 이유로 탈식민주의는 마르크시즘과 같은 좌파이론은 물론 페미니즘과 탈구조주의, 정신분석학, 신역사주의, 인류학, 윤리학 등 다양한 학제와의 대화를 시도한다. 이렇게 서로 다른 각도에서 인간의 문제와 씨름해 온 다양한 이론이 상호 영향을 끼쳐, 탈식민주의는 다문화·다인종으로 형성된 세계 시민들의 구성적 차이를 인정하고, 대립과 지배종속 관계를 극복함으로써 궁극적으로 화해와 공존, 상생과 평화의 장을 희망한다.

이렇게 상호보완적으로 발전하면서 형성된 탈식민주의 비평은 1989년에 애슈크로프트·그리피스·티핀과 같은 영연방 출신의 학자들이 《제국의 되받아 쓰기: 탈식민 문학의 이론과 실제The Empire Writes Back: Theory and Practice in Post-Colonial Literatures》라는 입문서를 출간한 뒤, '탈식민'이란 용어와 함께 비평 이론의 장에 본격적으로 등장했다. 여기서 '제국'은 서구 제국의 중심을 말하는 것이 아니라, 제국에 의해 지배당한 주변부의 되받아 쓰기를 의미한다. 식민지를 경험한 영어권 작가들은, 제국의 문학을 '전유專有appropriation'와 '파기破棄abnegation'라는 전략을 통해 다시 쓰고 있다. 21세기에 접어들어 탈식민 비평이론은 단순히 서구와 비서구, 백인과 유색인, 남성과 여성 사이에 존재해 온 역사적·정치적 식민 경험을 극복하고, 유령처럼 배회하는 식민지 유산을 청산하는 데 유효할 뿐 아니라, 전 지구적으로 존재하는 새로운 형태의 경제적·심리적·성적·문화적 지배와 피지배 관계에 대한 심문과 검색, 그리고 권력의 해체와 재정립을 위한 포괄적 담론으로서 지역과 역사적 상황에 따라 다르게 적용되고 있다.

탈식민 근대의 윤리성

탈식민주의는 "타자의 굶주림은 신성하다"라고 선언한 레비나스Emmanuel Levinas의 '타자the Other'의 철학을 통해서 인종적·성적·계급적 타자를 극한적으로 인정하고 환대해야만 한다는 '윤리적' 성찰을 수용한다. 그리고 남미의 해방철학자 뒤셀Enrique Dussel이 주장한 '초월근대성transmodernity'의 개념을 수용하여 서구의 형이상학 철학이 생산한 자아 중심적인 도구적 근대를 부정하고, 타자를 배려하고 존중하는, 탈식민 근대라는 새로운 개념을 생산한다. '타자의 철학'과 '초월근대성'은 기존의 지배·종속 관계를 역으로 배치해서 그 관계를 뒤집자는 것이 아니라, 상생과 공존의 관계를 새롭게 구축하려는 탈식민 윤리를 추구한다.

탈식민주의와 그 불만

탈식민주의 이론에 대한 비판 또한 만만치 않다. 딜릭·미요시·아마드와 같은 이론가들은 '탈식민성'이란 전 지구적 자본주의 체제의 중심부에 위치한 제3세계 출신의 인텔리겐치아들의 상황을 의미할 뿐이며, 그들의 이론이 그들이 두고 온 민족과 전 세계에서 망명의 삶을 살아가는 제3세계 이주민들의 진정한 탈식민화에 현실적으로 기여하지 못하고 있다고 비판한다. 탈식민주의 이론가들은 거대 자본주의 체제하에서 자신들의 계급적 위치를 미국 명문대학에서 보장받는 것을 전제로 그 체제에 대한 저항과 비판을 할 뿐이라고 말한다. 덜릭은 또한 탈식민주의의 등장은 급변하는 전 지구적 자본주의 질서의 개념적 필요에 의해서 발생한 제1세계의 전략적 대응에 불과하다고 주장한다. 그는 또 제1세계 지식시장에 상품으로 등장한 제3세계 지식인들이 제1세계가 직면한 다양한 형태의 위기를 제3세계적 시각에서, 그리고 담론적 차원에서 해결해 줌으로써 제1세계 대학에서 그들의 자리를 유지하고 있을 뿐이라고 비판한다.

그럼에도 불구하고 탈식민주의에 대해서 불만을 갖고 있는 비판적 그룹 역시 서구 제국주의의 연장선에 있는 전 지구적 자본화 현상을 비판하고 있다는 점에서, 탈식민주의 이론가들과 기본적 입장을 같이한다. 다만 이들은 세계에는 여전히 '식민성'의 문제가 남아 있으므로 탈식민성의 '탈'이란 접두어가 함의하는 '이후' 혹은 '극복'의 문제보다는, 식민성 문제에 천착하는 것이 더 중요한 과제라고 주장하고 있다. 이들은 담론적인 분석과 비판이란 방법론은 한계가 있으며, 국가 경계가 무너지고 노동과 자본이 다국적 자본주의자에 의해 운영되는 시점에서 새로운 형태의 식민주의 혹은 새로운 형태의 '제국'이 등장하고 있다고 경고한다. 따라서 이들은 제3세계 민중을 위해 보다 구체적으로 정치적·경제적인 대안을 모색해야 한다고 주장한다.

새로운 '제국'의 등장, 네그리와 하트

네그리Antonio Negri와 하트Michael Hardt는 최근 출간된 《제국Empire》과 《다중Multitude》에서 전 지구화된 자본주의 질서를 '제국'이란 새로운 개념을 통해서 분석하면서, 과거의 '제국주의'란 용어는 더 이상 전 지구적 권력 구조를 이해할 수 있는 개념이 아니라고 주장한다. 이들은 '제국'을 다음 세 가지 특징으로 이해한다. 첫째, 오늘날 '제국'은 탈식민주의 이론처럼 혼성적이며 전 지구적인 구성 틀을 가지고 있다. 두 번째, '제국'에는 권력의 중심이 없다. 이것은 혼합된 구성체를 가지고 있는 '제국'에는 당연한 일일지도 모른다. 마지막으로 '제국'은 민족과 인종 단위의 과거 제국과는 달리 외부를 갖지 않는다. 외부가 없다는 것은, 오늘날의 '제국'에서는 내부로부터 능동적으로 저항을 해 생산적인 대안이 나올 수 있다는 역사적 필연성을 의미한다. 네그리와 하트는 바로 이 지점에서 '제국' 내부로부터 능동적인 저항을 담당하는 '다중多衆'이라는 새로운 개념을 창출한다. 이들은 기존의 인민·민중·대중은 권력의 억압에 수동적으로 반응할 뿐만 아니라 아주 쉽게 조종되어서, 인민의 힘을 빌린 공산주의 독재나 '대중독재' 형식으로 권력화될 수 있는 위험성을 내포했다고 비판한다. 반면에 '다중'은 능동적인 자율성과 다수성을 지니기 때문에 민주주의 원리에 따라 제국의 권력의 양식에 저항하고 대안을 모색할 수 있다고 주장한다.

탈식민주의의 국내 수용

우리나라도 1970년대 이미 자생적 탈식민주의를 경험한 바 있다. 백낙청이 《인간 해방의 시대의 논리를 찾아서》에서 주장하고, 김영무가 〈제3세계 문학: 개념의 명료화와 대중화를 위하여〉에서 개진한 제3세계 문학론으로서의 민족문학 논의는, 우리의 역사적 현실을 토대로 한 한국식 탈식민주의의 원형이라고 말할 수 있다. 그러나 우리의 민족문학론과 제3세계 문학론은 주변부의 저항 담론으로 자리 잡았을 뿐 세계 문화에 변화를 일으킬 정도로 충분히 서구 중심부 문화로 확산되지 못하였다.

　탈식민주의를 국내에 최초로 소개한 학자는 김성곤 서울대 교수이다. 그는 1980년대 중반에 《외국문학》지에 사이드의 '오리엔탈리즘'을 처음으로 소개하여 국내 영미문학 연구에 새로운 방향을 제시하였다. 그리고 그는 1990년대 초 주변부의 저항의 담론으로서 탈식민주의 시대의 도래를 선언하는 〈탈식민주의 시대의 글쓰기와 책읽기〉와 〈탈식민주의적 텍스트 읽기〉라는 특집을 기획하여 탈식민주의 이론을 국내 영미문학계에 본격적으로 파급시켰다. 그는 또한 우리 문학을 탈식민적 상상력으로 읽어내는 전범을 선구적으로 보여주었다. 그는 《세계문학》지에 〈빼앗긴 시대의 문학과 백년 동안의 고독〉이란 글에서 일제 식민지 상황에서 우리 지식인들이 한 탈식민적 상상력을 현진건·이상 등의 작품을 통해 다시 읽었으며, 〈한국의 포스트모더니즘과 탈식민주의적 인식〉이란 논문에서는 우리 문학에 탈식민주의 비평의 적용 가능성을 활짝 열어 놓았다.

　최근 국문학계에서 보여준 하정일과 나병철과 같은 중견 학자들의 우리 근대 문학에 대한 탈식민적 성찰은 바로 이러한 노력의 소중한 결실이라 하겠다. 이들은 난해한 탈식민주의 이론을 번역·소개할 뿐만 아니라, 탈식민주의 이론을 염상섭·채만식 등의 일제 식민지 시대 문학을 중심으로 심층적으로 해석하고 있다. 또한 현대 문학에 내재되어 있는 탈식민성의 문제에 깊이 천착하면서, 탈식민적 인식을 서구에서 유입된 근대성이 아니라 그것과 차별화된 우리의 역사 안에서 생성된 대안적 근대일 수 있다고 조심스럽게 진단한다.

3부 _
소외된 타자를 위한 문학, 다원화 시대의 문예이론

서구 페미니스트 문학비평과 한국의 여성문학

최 영(이화여대 교수)

서구의 페미니스트 문학비평, 여성의 재발견 주변에서 중심으로

영미의 페미니스트 문학비평은 여성해방운동이 문학비평의 영역으로 확장되어 나타난 새로운 문화 현상이다. 가부장적 사회제도와 관습과 전통 안에서 여성에게 부과되어 온 억압과 금기에 도전하고, 여성의 주체성을 확립하려는 의식과 행동의 총체가 곧 여성주의 · 여권주의 · 여성해방으로 일컬어지는 페미니즘이라고 할 수 있다. 페미니즘은, 따라서 여성의 주체성을 확보하는 개인적인 행위가 곧 정치적인 행위가 되는, 즉 에이드리언 리치의 말대로 유기체적인 방식으로 주체성과 정치가 한데 모아지는 영역이다. 페미니즘은 동시에 다양한 인종 · 계급 · 입장을 드러내는, 중층의 다면적인 관계망으로 이루어진 집합체라고 할 수 있다. 투박한 다이아몬드 원석이 연마된 뒤 수많은 면에 의해서 빛을 발하듯, 페미니즘은 다양한 목소리와 입장을 포용하는 기제를 마련해야만 그 존재 이유와 가치를 주장할 수 있다.

페미니스트 문학비평은 매기 험의 지적대로, 글쓰기가 가부장제 이데올로기라는 상징적인 목적을 위해서 성 차이를 조작하므로 작가의 이데올로기를 규명하는 작업을 해야 하며, 여성 체험의 다양성을 강조하는 여성 글쓰기의 특성을 인정하고, 기존 문학비평의 전통 안에 페미니스트 비평을 확립시킬 필요성을 인식하는 것을 그 기본전제로 한다. 페미니스트 문학비평은 이 같은 전제하에서 주변화된 여성 인물을 중심부로 옮겨오기 위하여, 여성의 글쓰기와 지적 능력에 대해 새롭게 인식하고, 남성에 의해서 지도가 만들어지고 식민지화된 문학비평의 영역 전체를 재평가하는 작업이다.

페미니스트 비평의 발전

본격적인 서구 페미니스트 비평의 출발점은 시몬느 드 보부아르, 베티 프리던, 케이트 밀레트에게서 찾을 수 있다. 보부아르는 《제2의 성》(1949)에서 여성은 개체로 존재하는 남성과 달리 남성과의 관계에서 한정 지어지고 구별되는 타자라는 주장을 통해, 여성이 완전한 인격체로서 인정을 받기 위해 여성해방운동을 해야 한다는 필연성을 제시하였다. 프리던은 《여성의 신비》(1963)에서 가부장 사회의 문화적 허구를 밝히고, 밀레트는 《성의 정치학》(1970)에서 문학에서 다뤄지는 성의 정치학을 비판하였다. 그러나 이에 앞서 이미 18~19세기에 영국의 메리 울스턴크래프트와 버지니아 울프는 각각 《여성권리의 옹호》(1792)와 〈나만의 방〉을 통해, 여성에게 가해지는 물리적이고 제도적인 억압과 차별에 강력히 저항하고, 여성이 주체성을 확립하기 위해서는 경제적인 능력이 필요하다고 설파한 바 있다.

페미니스트 비평은 특성상 기존의 문학 이론을 원용해서 자신의 입장을 새롭게 드러내는 전략을 구사한다. 이 같은 경향을 K. K. 루스벤은 사회적 · 기호학적 · 심리학적 · 마르크스주의적 페미니스트 비평, 레즈비언과 흑인 페미니스트 비평 등으로 구별해서 지적했으며, 빈센트 라이치는 여기에 실존주의 · 독자수용 이론 · 해체주의 · 신화비평 · 후기식민주의 비평 · 후기구조주의 등에서 다뤄지는 페미니스트 비평을 첨가했다. 그리고 앨리스 재거는 보다 포괄적으로 자유주의적 · 급진적, 그리고 유물론적 페미니스트 비평으로 구분했다.

페미니스트 비평에서 여성문학의 정체성을 공고히 하기 위해 페미니스트 미학을 확립하려는 시도는 일레인 쇼월터와 아네트 콜로드니, 샌드라 길버트, 수전 구바 등의 작업을 통해서 이뤄졌다. 쇼월터는 《그들만의 문학》에서 여성문학의 전개 과정을 1840년대 여성 작가들이 남성의 이름을 사용해서 작품을 쓰던 시기에서 조지 엘리엇이 사망한 1880년대까지의 '여성적'인 단계, 그 이후부터는 1920년대까지의 '페미니스트' 단계, 오늘날까지 계속되면서 여성운동과 여성학의 영향, 성 차이와 계급 간의 관계와 대중예술에 대한 관심, 여성적 글쓰기의 구현 작업과 함께 남성 중심으로 경직되어 있던 정전을 재조정해야 할 필요성을 인식하는 시기인 '여자'의 단계로 설명했다.

길버트와 구바의 《다락방의 미친 여자》는 19세기 영문학 전통 안에서 여성문학의 특질을 밝히는 동시에 여성작가의 창작 능력에 대한 이론을 전개하였다. 이들은 여성작가들이 택하는 글쓰기 전략이, 한편으로는 가부장적인 문학 기준을 따르면서도 다른 한편으로는 남성문학에서 물려받은 천사/ 마녀라는 이분법에 근거한 여성 이미지의 전형성을 전복시켜 여성문학의 정체성을 추구했다고 파악했다. 특히 부정적인 이미지로 나오

는 여성 인물은 작가가 체험하는 이상과 현실 간의 괴리에서 오는 갈등·
분노·좌절을 대변하는, 작가의 또 다른 자아라고 주장했다.

페미니스트 비평의 이론화, 도전과 수용의 과정

한편 영미 페미니스트 비평의 이론화 작업에서 쇼월터는 여성 지류 문
화의 확립이라는 단일성을 추구하는 반면에 콜로드니는 이론의 다양성을
추구했다. 쇼월터는 여성 독자를 다루는 비평을 페미니스트 비평으로, 여
성 작가를 다루는 비평을 여성 비평으로 구분했다. 전자가 남성작가들의
작품을 대상으로 해서 작품에서 다뤄지는 이데올로기적 가정들을 역사적
으로 탐색하면서 텍스트 안에 존재하는 갈등·결여·침묵을 찾아내는 작
업이라면, 후자의 경우는 여성이 느끼고 경험한 것을 기록한 여성 텍스트
를 통해 여성문학의 역사·주제·장르·구조 및 여성적 창조성의 심리적
역동성을 다루는데, 이는 곧 침묵되어 온 여성의 문화를 찾는 작업이다.
그러나 콜로드니는 페미니스트 비평이 정치적 이데올로기와 미학적 판단
을 구분해야 하며, 여성작가들의 작품을 성에 대한 편견 없이 공정하고
현명하게 평가함으로써 문학의 주류에 편입되는 것을 목표로 해야 한다
고 주장했다.

한편 프랑스의 페미니스트 비평가들인 뤼스 이리가레와 엘렌 식수는
여성적 담론의 가능성을 탐구하고 있다. 이들은 라캉의 상징적 언어체계
에 도전하는 방식의 하나를, 여성만의 언어를 쓰는 것으로 파악한다. 이
리가레는 '여성의 말'이라고 부르는 말과 글쓰기 양식의 여성해방적 효
과를 옹호하고, 식수는 '여성적 글쓰기'를 통해 여성이 자신의 잃어버렸
던 육체로 되돌아갈 수 있다고 주장한다. 이리가레와 식수는 여성의 언어

를 성적 본능에서 만들어지는 것으로 간주하며, 남성의 언어와 구별한다. 여성의 언어는 고정되어 있지 않고 탈중심적이어서, 비합리적이며 직선적이지 않은 남성들이 이해할 수 없다. 식수는 페미니스트의 과제는 논리중심적 이데올로기를 폐지하고 여성을 생명과 힘의 원천으로 인정하며 여성을 억압하고 침묵하게 만드는 남성중심주의를 타파하는 작업, 즉 기호 속에 내재된 의미가 있다고 믿는 가부장제 형이상학을 해체시키는 새로운 여성적 글쓰기를 확립시키는 일이라고 주장한다.

한편 1980년대와 1990년대로 오면서 그때까지 비주류에 속해 온 흑인 페미니스트 비평, 레즈비언 페미니스트 비평, 제3세계 여성 지식인들을 중심으로 한 페미니스트 비평이 활발하게 전개되었다. 이들은 백인 중산층의 교육 받은 여성들이 중심이 된 페미니스트 비평의 영역과 전제에서 배제되고 소외되어 온 유색인종 여성들의 다양하고 복합적인 경험과 목소리를 복구함으로써, 기존 페미니스트 비평이 지닌 한계와 부적절성을 드러내는 동시에 새로운 역동성과 활력을 주었다. 가야트리 스피박은 문학 연구에서 성과 인종과 계급의 문제를 동시에 다룰 것을 주장하면서, 페미니스트 비평이 주변부에 머무른 채 중심의 가치를 비난할 것이 아니라 적극적으로 중심 가치들과 대결해서 그들의 특권적인 위치에 내재된 이데올로기적 본성에 의문을 제기해야 한다고 말했다.

페미니스트 비평은 1970년대에서 1990년대까지 20여 년간 체계적으로 또는 단계적으로 발전해 왔다기보다는, 성 차이에 대한 도전과 수용의 과정이 서로를 보완하고 교정하면서 중층적으로 진행되어 왔다. 페미니스트 비평은 계속 그 지평이 확대될 것이다. 때문에 아직은 여성들이 이룬 업적을 일반화할 시기가 아니다. 왜냐하면 저매인 그리어의 말대로 "개

개의 경우에 대한 올바른 해설에 근거하지 않은 일반화에는 가치를 부여할 수 없기 때문"이며, "개별적인 경우에 대한 올바른 해명을 통해서만이 우리보다 앞서서 우리가 선택한 길을 갔던 여성들과 공유하고 있는 것을 파악할 수 있기 때문이다". 그리고 서로 공유하지 않는 다른 억압과 위안을 알기 위해서는, 계속해서 인종과 계급과 문화가 다른 여성들의 업적과 그 평가를 포용할 수 있도록 기존의 페미니스트 비평 영역이 확장되어야만 한다.

페미니스트 비평의 실천적 대안들, 에코페미니즘 · 시네페미니즘

기존 페미니스트 비평에 대한 새로운 실천적 대안으로 부상하고 있는 것이 에코페미니즘과 시네페미니즘이다. 자연에 대한 억압과 여성에 대한 억압이 밀접하게 연관된 문제라는 인식에서 출발한 에코페미니즘은 특히 1980년대에 와서 자연에 대한 인간의 억압을 논하는 환경철학과 생태론과 만나면서 더욱 활발하게 전개되었다. 에코페미니즘은 다른 어떤 페미니즘 이론보다 실천적 여성운동과 밀접하게 연관되어서 전개되었고, 시민운동에 기반을 두고 발전해 왔다. 호주의 철학자 밸 플룸우드는 인종 · 계급 · 여성, 그리고 자연에 대한 억압의 공통된 원인을 서양의 이성중심주의에서 찾는다. 서구 철학에서 이성/ 자연으로 구분한 이항대립은, 우세한 것은 이성과 연결시키고 열등한 것은 자연과 연관시켰다. 이같은 이원론이 타자를 주변화하고 지배하는 식민지화의 논리를 제공하는 것이다. 한편 독일의 사회학자 미즈와 인도의 물리학자 시바는 자본주의적 가부장제의 인간/ 남성중심적인 사고방식이 여성과 식물 종자가 지니고 있는 창조적 재생력과 가치를 무시하고 이들을 수동적 원자재로만 간주하면서, 생명공학을 이용해서 여성의 몸을 교체 가능한 부속품으로 파편화시키고, 식물의 종자를 상품화함으로써 생태계의 파괴를 가져온다는 점을 지적하였다. 이들은 기존 가치체계에 대한 대안으로서 자급생존의 관점을 제시하였다. 여성 억압의 극복이 여성같이 타자로 분류되는 존재 해방 이론의 전형이 되기 때문에, 에코페미니스트 이론은 곧 자본주의 사회의 개발중심주의에 도전하고 저항하는 대응 이론으로 부상하고 있다.

시네페미니즘은 성 차이를 축으로 한 관객의 시각적 쾌락 탐구라는 새로운 연구 영역을 제공함으로써, 영화 이론과 페미니즘 이론의 장을 확대시켰다. 멀비를 위시한 페미니스트 이론가들은 영화 연구에 여성과 젠더의 문제를 도입해서 관객은 곧 남성이라는 전제에 도전하며, 여성 관객도 남성과 같은 쾌감을 공유할 수 있는가에 의문을 던지면서, 관람의 정치미학을 확립하고자 했다. 시네페미니즘이 제기하는 문제들은 그림·사진·광고·컴퓨터·비디오와 같이 영상이나 이미지를 활용한 다양한 시각적 재현 양식의 관람과 비평에도 적용되며, 문학작품의 독서와 해석에도 적용된다. 시네페미니즘은 모든 재현 예술과 문화 현상에 특정 형식이 개입되면 그 개입은 중립적이지 않으며, 여기에 매개되는 독자나 관객도 특정한 입장에서 감상의 대상을 해석하게 된다고 주장한다. 또한 독자나 관객은 감상 성별에 따른 특정한 심리 과정에 의거해 주체를 구성해 가면서 현실과 연대한다는 것을 폭로한다. 따라서 시네페미니즘은 인간의 삶과 결부된 모든 영역에서 벌어지는 가부장제의 교묘한 술수를 드러내고, 이에 대항하려는 페미니즘 이론이나 영화를 관람하는 관객의 심리를 분석하고 체계화해, 영화비평을 더욱 다양하게 만든다.

한편 다나 해러웨이는 사회주의 페미니즘이 기존의 관심사의 영역을 벗어나서, 문화 · 포스트모더니즘 · 유토피아주의, 그리고 인간과 기계, 가정과 일, 이상주의와 물질주의의 벽이 허물어지게 될 고도로 발달된 정보사회에서 여성이 지닌 역할과 위치에 대해서 관심을 기울여야 한다고 주장했다. 해러웨이는 또한 정보가 생산/ 재생산되는 사회에서 가정 · 일 · 신체는 무한한 다양성을 갖게 되며 상호 밀접하게 연결될 것이고, 더 나아가 인간과 동물로 구성된 유기체와 기계 사이의 경계가 모호해지면서 유기체가 유전적 코드화와 정보 판독의 문제로 해석되는 사회가 출현할 것이기 때문에, 이에 대비하여 페미니스트 비평 이론은 인종 · 계급 · 성 차이의 문제를 총괄해서 다뤄야 한다고 주장했다. 젠더 이후의 세계가 될 새로운 사회에 등장하는 피조물 사이보그는 인간과 기계의 잡종이며, 상상력과 물질적 실제가 응축된 이미지이다. 그것은 정신적 억압이나 기원설화에서 종말론적 계시에 이르는 모든 것으로부터 자유롭고, 모성이나 생식의 구속을 받지 않아도 되기 때문에 전통적인 이원론에서 벗어날 수 있는 출구를 제공하는 동시에, 세계 구원의 이미지가 될 수 있다.

한국의 페미니스트 비평과 여성문학

한국의 페미니스트 비평이론은 1980년대에 영국 · 미국 · 프랑스의 페미니스트 비평 이론들의 활발히 소개되면서 본격적으로 여성문학 연구에 적용되기 시작했다. 이 시기에 여성 문제를 포괄적으로 다루는 연구소와 여성정책을 다루는 국가기구의 설립, 관련 법률의 제정, 제도의 개선 등이 이루어지면서 여성 문제는 중요한 사회적 · 문화적 이슈로 부상하고, 이 같은 사회적 변화 속에서 페미니스트 비평이 여성문학 연구의 영역 안에 등장하였다.

한국에서 페미니즘 이론을 문학에 적용한 것은 1970년대 사회학과 인류학 전공자들에 의해서 시도되었다. 1977년 이화여자대학에 국내에서 처음으로 한국여성연구소가 설립되면서 외국에서 여성학을 전공한 학자들을 중심으로 한국 상황에 맞는 페미니즘 연구가 시작되었고, 이 과정에서 한국의 여성상을 연구하는 자료로 문학 텍스트를 이용하면서 문학 연구에 페미니스트 비평이 소개되기 시작하였다.

한국여성연구소를 위시한 대학 부설 여성학 관련 연구소들이 제도권 안에서 여성학 연구에 치중하였다면, 다른 한편에서는 남성 문화에 대한 대안문화로서 여성 문화를 연구하고 실천하려는 일단의 여성학자들이 '또 하나의 문화' 라는 단체를 만들고 같은 이름의 동인지를 통해서 한국적 페미니즘 이론을 정립해 나갔다. 이와 함께 여성운동의 실천적 모색과 과학적 이론을 제공하기 위한 목적에서 출간된 무크지 《여성》이 1980년대에 등장하고, 1990년대에 들어서면 각 대학의 연구소나 학회 활동을 통해서 여성 문제와 관련된 전문잡지들이 대거 출판되면서 페미니즘의 이론과 실천을 위한 학문적인 토대가 강화되기 시작했다.

1980년대 한국의 페미니즘 이론은 주로 여성해방운동과 관련된 것인 반면에, 1990년대에 오면 학문적인 연구물이 많이 나오면서 페미니즘 이론을 한국적 상황에서 독자적으로 정립하고 활용하려는 시도가 진행되었다. 이같은 흐름은 다양한 구성원이 참여하는 여러 여성연구소와 여성문학 연구회, 그리고 전문학회 등에서 발간하는 논집·학회지·저서들에 반영되고 있다. 이 가운데 가장 활발하게 페미니스트 비평이론을 소개하는 학회지로는 《영미문학 페미니즘》과 《여성이론》이 있으며, 한국적인 페미니스트 이론을 정립하려는 시도는 '또 하나의 문화' 가 발간하는 일련의 저서에서 찾을 수 있다. 한편 페미니스트 이론을 사회적으로 실천하려는 가장 두드러진 예로 《여성신문》의 발간과 '여성문화예술기획'의 출현을 꼽을 수 있다. 특히 '여성문화예술기획'은 초창기에는 페미니스트적 관점에서 여성문화 생산자 교육에 주안점을 두었으나, 점차 서구중심주의 문화를 벗어나기 위한 노력의 일환으로 '아시아 여성 영화제'를 개최하는 등 국제적, 특히 아시아적 연대를 강화하고 있다.

국내에서 페미니스트 문학비평의 수용은 바로 이 같은 사회 전반에 걸친 여성주의에 대한 이해와 수용, 그리고 실천이라는 환경 속에서 전개되었다. 1980년대에 사회운동의 일환으로서 여성의 문제를 다루던 문학은 1980년대 후반에 이르러서 페미니스트 문학비평을 포함하게 된다. 활발하게 소개된 서구 페미니스트 비평 이론서들이 제공하는 이론의 틀로서 여성 작가의 텍스트를 새롭게 읽는 노력과 함께 기존의 언어로는 표현하기가 적합하지 않은 여성의 체험을 담아내기 위한 여성적 글쓰기의 한 방식으로서 '몸으로 글쓰기'가 시도된 것이다.

한국 여성문학사에서 여성의 문제가 가장 활발하게 다뤄진 시기로는 1920~1930년대와 1980년대를 꼽을 수 있다. 1920년대의 신여성 작가들은 이미 자아 정체성, 주체성을 찾으려는 의식을 지니고서 사회적 관습에 억압당하는 여성들의 삶을 페미니스트의 입장에서 표출하였다. 그러나 여성작가들의 작품과 개인적인 삶과의 괴리에 이들은 대체적으로 성 정체성에 혼란을 겪는다. 해방과 한국전란을 거치면서 여성작가들은 본격적으로 여성 문제를 다루게 되고, 1970년대로 오면 여성작가의 수가 증가하면서 여성적 삶의 피해의식과 여성 심리의 변화에 초점을 맞춘 작품들이 발표되었다. 그리고 1980년대로 오면서 근대 초기 여성작가들의 작품이 재평가되고, 여성작가들의 여성 인물에 대한 연구, 여성 이미지 연구, 여성적 글쓰기에 대한 비평 작업이 대두되었다. 1990년대에 와서는 여성 작가들이 대중적 인기와 더불어서 주목의 대상이 되며, 대학을 중심으로 문학사에서 제외되었던 고전 여성 작가의 발굴과 재평가 작업, 그리고 한 국의 여성소설, 여성작가들을 페미니스트 비평의 시각에서 평가하는 연 구서들이 나오기 시작하였다.

한국에서 페미니즘이 수용되는 과정을 살펴보면 동시다발적으로 다양 한 이론이 소개되면서 한국적 현실에 적용이 가능한 이론이 적극적으로 수용되었다. 서구에서 페미니즘 이론이 시차를 두고서 발전·전개되어 온 것과는 달리 한국에서는 서구의 기존 이론들과 지금 대두하는 이론들 이 혼재되어 소개되는 상황이다. 한국 여성문학에 서구 페미니즘 이론을 적용할 경우에는 한국사회의 특성을 고려한 선별적이고 비판적인 수용이 요구된다. 또한 비판적이고 선별적으로 수용한다 하더라도, 한국 여성문 제를 문학으로 기술하고 한국문학의 전통 안에서 여성적 글쓰기의 특성 을 정립하는 작업에 보조적인 역할에 그쳐야 할 것이다.

억압계층의 저항적 목소리 되찾기

안지현 (서울대 교수)

'하위주체' 란 무엇인가?

'하위주체' ('하위계층' 으로도 번역됨)라는 용어가 문학비평가들 사이에 도입되어 우리나라에 알려지게 된 것은 1985년 가야트리 스피박 Gayatri Spivak의 《하위주체는 말할 수 있는가Can the Subaltern Speak?》가 소개된 이후의 일이다. 스피박은 호미 바바Homi Bhabha, 최근에 고인이 된 에드워드 사이드Edward Said와 더불어 현재 가장 큰 영향력을 발휘하는 탈식민주의Postcolonialism 이론가로 알려져 있는데, 이 논문을 발표한 이후 그는 중요한 탈식민주의 학자로 자리 매김하였고, '하위주체' 란 용어 또한 급속도로 퍼져나가 서구 문학의 비평언어 중 일부가 되었다.

스피박의 논문에서 많이 인용되어 이제는 고전처럼 간주되는 대목으로 과부 순장제(사티Sati)의 사례가 있다. 사티가 개화되지 못한 인도의 야만적인 행위이며, 따라서 인도 미망인들은 희생자라고 주장하는 영국 신민 지배자들의 담론과, 미망인들이 전통적 신념에 따라 행동한다는 인도의 가부장적 민족주의 담론의 틈새에서, 스피박은 자신의 주체적인 목소리로 사티의 경험을 이야기하지 못하는 인도의 여성들을 '하위주체'라고 규정하며, 하위주체인 인도 여성이 과연 '말할 수 있는가?'라고 반문한다. 스피박의 하위주체론이 발표된 이후 하위주체란 주로 탈식민지 상황에서 이중·삼중의 억압을 겪는 피식민지 여성을 가리키는 말로 각인되어 왔다.

하지만 '하위주체'라는 용어가 스피박이 고안한 것이 아니라는 점을 간주할 때, 하위주체 연구의 현황과 문제점을 논하기 위해서는 우선 이 용어가 탄생하게 된 역사적 맥락을 살펴볼 필요가 있다.

'하위주체'라는 용어는 안토니오 그람시Antonio Gramsci의 《옥중수고》에 처음 등장하는데, 여기서 하위주체는 농민과 프롤레타리아층을 지칭하는 말로 사용된다. '하위주체'라는 용어는 검열이 심했던 무솔리니의 파시즘 치하에서 프롤레타리아라는 말을 대치하기 위해 사용됐던 것일 수도 있지만, 한편으로 그람시가 전통적인 마르크시즘의 주체인 프롤레타리아 노동자 계층뿐 아니라, 억압받는 민중의 일부인 농민까지 포함하기 위한 좀 더 포괄적인 개념의 필요성을 느꼈기 때문에 사용됐을 것이라고 학자들은 추측하고 있다. 즉 전통적인 마르크시즘의 '계급' 개념이 조금 더 유동적일 필요가 있다고 느껴 쓰게 된 것이 바로 '하위주체'라는 개념이다.

하위주체 연구의 태동

이처럼 '하위주체'란 용어는 이탈리아의 특수한 정치적 상황에서 탄생하였지만, 하위주체 연구는 식민지 해방 이후 인도에서 태동했다. 하위주체 연구는 라나지트 구하Ranajit Guha를 비롯해 1970년대 인도에서 활동한 마르크스주의 역사학자들을 주축으로 하여, 기존의 엘리트 중심적 인도 역사 해석에 문제를 제기하면서 출범하였다. 이들은 사상적으로 E. P. 톰슨이나 크리스토퍼 힐 등 영국의 마르크스주의 역사학자에게서 지대한 영향을 받긴 했지만, 마르크시즘을 인도 역사에 독자적으로 적용하고 제3세계의 자체적 시각으로 과거 식민주의 잔재를 극복하려고 시도했다는 점에서 그 연구를 높이 살 만하다.

특히 구하는 인도 부르주아층이 식민주의를 극복하는 과정에서 경제적 근대화에 실패했다고 진단하며 새로운 역사 쓰기를 시도하였고, 동시에 교조적 마르크시즘의 경제적 결정론에 거리를 두고 '하위주체'가 역사의 주체가 되는 '아래로부터의 역사'를 선언하기에 이른다.

하지만 영국의 역사학과는 달리, 오랜 식민지 역사를 통해 억압받아 온 인도의 빈곤층, 카스트의 하위계층과 농민을 전통적인 프롤레타리아의 범주로 묶어낼 수 없다는 문제의식이 제기되자, 구하를 위시한 인도의 수정주의 역사학자들은 전통 마르크시즘의 프롤레타리아 계층과 구분되는 범주로 '하위주체'라는 용어를 사용하기 시작했다.

이들은 기존의 영국의 식민 지배자들과 독립 이후 인도의 엘리트 중심 역사 서술에서 침묵당한 이들의 목소리를 복원하는 데 주안점을 두고 자신의 이론을 발전시켜 갔다. 이들의 연구는 초기에는 서구에서 그다지 각광받지 못한 채, 그저 '변방'에서 이루어지는 '지엽적인' 역사 연구로 치부되었다.

그러나 서구의 무관심과는 별개로 인도 내에서는 역사학계의 중요한 연구 방법론으로 지속, 발전되어 왔다.

하위주체 연구, 제3세계 역사학에서 탈식민주의 이론으로

인도 역사에서 간과되던 민중의 삶을 복원하며 혁명적인 가능성을 모색하고자 주력하던 '하위주체 연구'의 성과는, 1982년 옥스퍼드 대학 출판부(델리 소재)에서 간행된 《하위주체 연구Subaltern Studies 1》로 집약됨으로써 결정적인 전환기를 맞이하게 된다. 우선, 이 책의 서문을 쓴 에드워드 사이드가 하위주체 연구를, 1980년대 당시 다문화주의, 문화연구와 더불어 새로운 문학·문화·역사 연구의 패러다임으로 각광받던 탈식민주의 연구의 일부로 해석하면서 그 이론적 적용이 변화하게 된다. 특히, 하위주체 연구는 정체성 정치identity politics와 다문화주의가 부상하던 시점과 일치함으로써 미국 좌파 지식인들 사이에서 인종, 계급, 젠더, 식민지배자 피지배자의 문제를 다층적으로 다룰 수 있는 새로운 '첨단' 이론으로 환영받게 된다.

한편, 하위주체 연구가 탈구조주의의 영향을 받은 탈식민주의와 접목되는 과정에서 하위주체 연구 내부에 분열이 야기되기도 했는데, 이러한 양상은 특히 1993~1999년에 발간된 《하위주체 연구Subaltern Studies 7~11》에서 증명된다.

그렇다면 탈구조주의의 영향권으로 들어온 하위주체 연구는 구체적으로 어떻게 변화하였는가? 크게 나누어 두 가지 특징을 논할 수 있는데, 첫 번째는 마르크시즘을 포함한 계몽주의에 뿌리를 둔 사상 전반에 대한 회의이다. 즉 전통적인 마르크시즘으로는 유럽 중심적 사고에 도전하는 데 한계가 있다는 문제가 제기되면서 전통적인 역사적 유물론은 더 이상 유효하지 않다는 판단에 이르게 된 것이다. 하위주체 연구는 일종의 탈마르크스주의를 선언한 것이다.

또한 서구 중심의 마르크스주의 모델이 인도의 기층민을 포함한 피식민지 경험자들이 겪은 억압 상황을 제대로 반영해 줄 수 없다는 주장과 더불어, '하위주체'라고 거론되는 인도 기층민의 이질성에 강한 의문이 제기되기에 이른다. 즉 '하위주체'라고 지칭된 그룹 역시 더 세분화되고 복합적으로 나뉠 수 있으며, 그러한 그룹을 동질적인 '하위주체'로 규정짓는 것은 적절치 않다는 이의이다.

이와 같이 인도의 '하위주체 연구'는 인도 내의 억압 계층, 소외 계층을 역사적으로 재조명함으로써 영국의 식민주의를 경험한 인도라는 민족 개체의 저항성을 부각시키는 지역 학문으로서 기능하였다. 그러나 1980년 후반에 서양의 중심부로 이동한 하위주체 연구는 탈구조주의의 영향을 더해, 전 지구적인 관점에서 계층 · 젠더 · 인종의 문제를 연구하는 최첨단 학문으로 거듭나게 되었다.

하위주체 연구의 현황

오늘날의 하위주체 연구는 크게 세 갈래로 나눌 수 있다. 첫째는 마르크시즘을 중심으로 한 '전통적인' 하위주체 연구이다. 인도의 경우, 1990년대 하위주체 연구가 직면한 변화와 상관없이 수미트 사카Sumit Sarkar를 중심으로 마르크시즘을 토대로 한 인도 역사 분석 작업이 계속되고 있다. 반면 미국의 경우에는, '하위주체'란 개념이 소수문학 연구 · 페미니즘 · 영화연구 · 인류학 · 역사학 · 비교문학 · 문화연구 등 각 학문 분야에 침투하여 억압계층의 유동적인 정체성이 어떻게 구성되는지 설명하는 도구로 사용되어 왔는데, 여기서 '하위주체'는 인도의 원래 맥락과는 상당히 다른 개념으로 쓰인다.

미국 내에서 인도의 하위주체 연구를 이어가는 학자들은 주로 남아시아학과South Asian Studies를 중심으로 활동한다. 현재 시카고 대학에서 활동 중인 디페시 차크라바티Dipesh Chakrabarty 등 탈구조주의의 영향을 받은 하위주체 연구자들은 인도 역사를 전 지구적인 맥락에서 재구성하여, 억압계층의 경제적·물리적 억압만을 연구하던 기존의 연구와 함께 종교적·문화적 측면 역시 연구의 주 대상으로 삼고 있다.

또한 주체를 구성하는 다양한 요소를 고려함으로써 단순히 억압의 측면만을 부각하는 것이 아니라, 일상 삶에서 하위주체가 행하는 저항과 투쟁에도 초점을 맞춘다. 남아시아학과에 소속된 학자는 기존의 하위주체 연구 학자와 교류를 맺고 있는데, 정작 인도 내에서 활동하는 학자는 '변방'의 학자로 간주되고, 서구 중심으로 이동하여 최근 이론에 편승한 학자의 이론이 '우월'하고 '세련'된 것으로 간주되는 아이러니컬한 현상이 벌어지는 것이 현재 서구 학계의 실정이다.

하위주체 연구는 현재 세네갈·일본·볼리비아·팔레스타인·아일랜드·중국·아프리카로 퍼져 '아래로부터의 역사'를 연구하는 데 새로운 활력으로 작용하고 있다. 이중 가장 눈에 띄게 활발히 연구를 진행하는 그룹은 1993년에 존 베벌리John Beverley를 중심으로 발족한 라틴 아메리카 하위주체 연구이다. 베벌리의 저서 《하위주체성과 재현의 문제Subalternity and Representation》는 현재 라틴 아메리카 역사 연구의 흐름을 '잘 보여줄' 뿐 아니라, 작금에 서구에서 이루어지는 하위주체 연구의 허와 실을 또한 '잘 보여주고' 있다. 그는 이 책에서 라틴 아메리카의 좌파 정치운동의 한계를 절감하여 이에 대한 대안으로 스피박 이론으로 대변되는 하위주체 연구를 채택하게 되었다고 고백한다. 또한 스피박의 하위주체론이 중요한 이유로 문학, 문학 비평의 틀 안에서 권력과 종속의 관계를 끊임없이 창조하고 재생산하는 학자들의 공모共謀를 지적해 주기 때문이라고 설명한다.

이어서 베벌리는 하위주체라는 개념이 후기 자본주의 사회에서 단순한 경제적 종속성뿐 아니라 복합적 정체성을 규명하기에 가장 유용한 도구라고도 말한다. 이런 점에서 그는 이제까지 실패했던 제3세계의 좌파 운동이 하위주체라는 틀 안에서 정치적으로 결집할 것이란 희망을 갖고서, 세계화의 전 지구적인 질서 속에서 좌파의 새로운 운동의 가능성을 모색한다. 베벌리의 문제의식은, 새로운 대표 주자로 대두되고 있는 차크라바티의 글에도 나타나는데, 차크라바티는 하위주체 개념이 유용한 이유로 피지배계층의 목소리가 지배담론으로 들어올 수 있도록 문을 열어놓고 지배담론이 소외된 목소리를 수용함으로써 변형될 수 있는 가능성을 열어놓았다는 점을 든다.

하지만 위의 두 학자에게는 여전히 문제점이 남아 있다. 차크라바티는 이제껏 계몽주의의 혜택을 받지 못하던 이들에게 계몽주의의 혜택을 받게 하는 것이 하위주체 연구의 목적이라고 주장했지만, 저항주체의 집합체인 '하위주체'가 어떤 식으로 정치적·사회적 목소리를 찾게 되는지에 대해서는 침묵한다.

또한 베벌리는 학자들과 학계의 공모를 비난하면서도, 하위주체 연구를, 지나치게 전문화되고 학계 내에서만 재생산되는 학문 분야인 탈식민주의 이론이나 탈식민주의 페미니즘 이론보다도 오히려 더욱 세분된 학문으로 유지한다. 더구나 현재 각광을 받고 있는 하위주체 연구는 제3세계 억압계층을 연구 대상으로 삼으면서도 아이러니컬하게 제1세계 학자의 전유물이 되었으며, 하위주체 연구가 태동한 인도의 역사학자들이 내세운 이론과 연구 결과는 도외시되어 식민자·피식민지적 상황이 재현되고 있다.

이러한 점에서, 원래 하위주체 연구가 표방한 정치성과 저항성은 무의미한 수사에 불과한 것이 아닌가 하는 의구심이 생기는 동시에, 탈구조주의의 세례를 받은 '서구화' 된 하위주체 연구는 자생적으로 태동한 인도의 역사학에 비할 때 현실과 유리된 학문으로 비치기도 한다.

3

'자치권' 획득의 추구,
미국 원주민의 민족주의 구현

박은정 (외대 영미연구소 책임연구원)

작가의 본향, 작품의 뿌리

예이츠W. B. Yeats나 조이스James Joyce, 그리고 싱John Millington Synge을 영국 전통의 작가로 분석하지 않고 아일랜드의 문화 전수자로 재조명하는 일군의 해석이 종종 눈에 띈다. 이런 분석은 이들의 작가적 특성이 아일랜드라는 나라의 땅과 공간성에 강하게 연관된다는 사실에서 출발한다. 작가에게는 현재 그가 어디에서 살고 어디에서 작품 활동을 하는가보다 그 조상의 민속 문화나 국가 전통이 의식적·무의식적으로 문학작품에 강하게 배어 있기 때문에, 작품에 '대지 감각'이나 '소속감'이 자연스레 드러나기 마련이다. 즉, 작가는 그가 생장해 온 문화와 민족의식의 피증여자이기 때문에, 그 틀을 벗어나서 작품 활동을 할 수가 없고, 정신적으로 소속된 모국과 그 문화적 정체성이 어떤 식으로든지 작품에 녹아나온다는 가정이 문화 민족주의cultural nationalism 이론의 틀을 만든다.

이 문화 민족주의는, '합리성을 바탕으로 한 정치적인 목적을 위해 설립되는 정치적 민족주의political nationalism'와는 다르게, 개인과 인간성에 초점을 맞추어 국가도 가족이라든가, 성적性的 · 직업적 · 종교적, 그리고 지역적 동아리처럼 유기체적 실재organic being로서 자연스럽게 형성된다는 생각에 기초한다.

따라서 문화민족주의는 도덕적 쇄신을 이데올로기화해서 사회적 위기가 있을 때 공동체의 믿음 체계로 변환하여 국가의 이질적 양상들을 다시 화합시킨다.

미국이나 스위스가 정치적 민족주의의 대표적 예라면, 대부분의 아시아 국가는 문화 민족주의로 분류될 수 있다. 그 이유는 대부분의 아시아 국가가 역사적으로 공동의 기억과 유일한 문화적 속성을 가지고 있으면서도 땅과 공동체의 유기적 관계가 있기 때문이다.

앤더슨Benedict Anderson은 국가를 상상적이고 정치적인 공동체로 정의하면서도 문화에 뿌리를 둔 민족주의가 제일의 원칙임을 강조한다. 그에 의하면 국가는 상상적인 것이다. 그 이유는 대부분의 사람들이 국가라는 구성 속에서, 여러 사람을 알고 지내거나 완전히 평등한 상황을 지속하지는 못하지만, 깊고 수평적이며 동료 의식적인 공동체의 이미지를 상상함으로써 유대감을 유지하기 때문이다. 여기서, '상상적 공동체'의 역동성은 국가 형성에 유기성을 강조한다는 의미에서 문화 민족주의의 변증법적 발전과 상통한다.

공통된 문화적 기원, 인종적 정체성의 뿌리, 그리고 땅에 대한 신비한 열망은 본향을 구성construction of homeland한다. 소수인종과 민족주의의 관계를 연구한 스미스Anthony D. Smith가 주장했듯이 본향homeland은 공동체의 범주를 정하고 시적인 조망poetic landscape을 줌으로써 인종을 지속시키고, 망명한 인종에게도 소속감을 주기 때문에 중요하다.

　그래서 소수인종을 소재로 다루는 대부분의 작가들은 본향을 상징하는 신성한 장소—예컨대 산·강·무덤·기념비 등을 이미지화해서 공동체의 문학적 상상력을 발동하고 작가의 민족주의적 창조성을 재현하는 예가 많다.

　이 글에서는 여러 종의 문화민족주의 가운데, 미국 원주민의 문화민족주의에 대해 간략히 논의하기로 한다.

미국 원주민의 문화민족주의

　1960년대 이후, 흑인차별운동과 여권확장운동을 부각시킨 민권운동 civil rights movement의 일환으로, "인디언 부족들은 계속적인 생존권을 요구한다Indian Tribes: A Continuing Quest for Survival"라는 구호를 내걸고 미국 원주민의 역사와 법적 제도를 재고해야 한다고 주장하는 미국 원주민 운동American Indian Movement · AIM이 부상하였다. 미국 내에서 "미국 원주민의 힘red power'을 구축하려는 미국 원주민 운동의 움직임이 있기까지 미국 역사에서 인디언들은 영토와 삶의 터전, 그리고 그들의 문화를 백인 위주의 미국정부에 의해 박탈당해야만 했다. 처음에 인디언들은 유럽 이민자와 언어 소통이 충분히 되지 않는 상황에서, 그들에게 불리한 조약서treaty의 규정에 따라, 혹은 그 조약에 따르지도 않는 유럽 이민자들로부터 토지를 강탈당했다.

　우선, 영국 이민자가 중심이 되어 미국 동부 13개 주를 형성하면서 원래 그 땅에 살던 인디언을 애팔래치아 산맥의 서쪽으로 밀어냈고, 이어 5대호 근방에서 살던 인디언을 미 서부와 캐나다 북쪽으로 밀어냈다. 그리고 애팔래치아 산맥 서쪽과 로키 산맥 동쪽의 대초원지대Great Plains에 살던 미국 원주민은 미국 중부지방의 금광 개발 사업과 동서 횡단 철도 건설로 그들의 땅을 상실하면서 특정지역인 원주민 보호구역Indian Reservation Camp으로 거주와 문화를 축소해서 옮겨와야 했다. 이 같은 토지 수탈의 역사적 과정에서, 인디언은 자신의 혈통과 고유 문화, 민속 종교를 상실해야만 했다. 미국 시민권 취득 과정에서, 그리고 미국 원주민의 미국화Americanizing the Indians 과정 속에서 많은 인디언은 교화라는civilization이라는 미명하에 무참히 사살(?)되었고, 거의 모든 인디언이 그들의 순수한 부족 혈통을 고수하지 못했다. 처음에는 인디언 부족이 서부로 이동함에 따라 부족 간의 결혼과 혼합이 생겨나 고유의 부족문화, 제식을 유지하지 못했으며, 한편으로는 백인과의 접촉을 통해 정치적·경제적 안락을 찾고자 백인의 유혹을 뿌리치지 못해서 인디언성Indianness을 유지할 수 없었다.

그러나 1960년대에 본격적으로 시작된 미국 원주민의 민권운동은 빼앗긴 영토를 되찾아야 한다는 의식, 즉 강탈당한 인권과 전통 문화의 회복 추구에 근거했다. 미국원주민운동은 사회적·경제적 인종차별을 극복하려던 동시대의 흑인민권운동과 다르게, 조약에 근거하여 잃어버린 땅을 되찾으려는 정치적 움직임이었다. 뿐만 아니라, 인디언 보호구역 내에서는 미연방정부와 주정부에 간섭받지 않는 정치적·경제적·문화적 자치권을 주장하였다. 즉, 자신들의 언어와 문화를 보존하고 법적 자율을 인정받으려는 지정학적 땅에 대한 권리를 되찾고자 노력했던 것이다.

이 같은 미국원주민운동은 '자치권'이라는 이름이 함의하듯이, 문화의 개별성과 변별성을 강조하는 문화 민족주의와 맥을 함께하는 것으로서,

그 동인動因은 2차 세계대전 이후에 시작된 라틴 아메리카인, 동양계 미국인 등 다양한 인종의 이민자들이 미국의 획일적인 백인 중심 문화를 거부한 데 따른 것이다.

이 글에서 언급하는 '소수인종ethnic'이라는 용어는 "그리스어의 'ethnos'라는 용어에서 유래된 것으로, 유대인이 아닌 이교도들, 또는 비기독교인 집단과 사람들을 일컬었다. 이 용어는 생물학적 차이나 피부색에 따른 인간 차별을 의미하는 유색인종race과는 그 뜻이는 조금 다르다. 이민의 역사로 시작된 미국에서 초창기 청교도 이민자인 앵글로 색슨인은 자신들을 '우리'라고 부르고, 기존에 거주하고 있던 인디언이나 뒤늦게 이민 온 그룹을 '그들'이라고 부르며 소수인종으로 간주했다. 파생인 인종성ethnicity이라는 용어는 20세기 초만 해도 백인들 사이에서 아일랜드계·이탈리아계·폴란드계나 유대인을 앵글로 색슨인과 사회적으로, 신분적으로 차별하기 위해 사용되었던 단어이다.

그러나 2차 세계대전 이후에는 멕시칸을 중심으로 한 치카노계와 2차 세계대전 이후로 많아진 아시아계 이민자, 그리고 미국 역사의 그림자로 전통적으로 백인사회에서 소외되어 온 흑인과 미국 인디언이 미국의 소수인종의 줄기를 구성하게 된다. 이들은 1960년대에 흑인을 중심으로 한 민권운동의 여파로, 아프리카계, 아메리카 원주민계, 치카노/ 라티노계, 그리고 아시아계 미국인이라는 나름의 독특한 문화적 공동체를 주창한다. 오늘날 포스트모더니즘·다문화주의의 큰 흐름 속에서 '인종성'이라는 말은 재해석되어 사회적 다수majority와 소수minority 양자, 그리고 원주민과 이민자 모두를 포함하는 용어가 되었다. 결국 '인종'이라는 말은 우열을 지칭하는 유색인종의 개념을 넘어선 유대감, 집단의 고유성, 공통의 조상 신화, 역사적 기억의 공감, 공동의 문화 요소, 사람과 그룹의 관계성을 분류하는 그 무엇으로 정의되면서, 문화적·정치적 유사성을 형성할 수 있는 상황 모두를 의미하게 되었다.

이에 대한 예로서, 레슬리 마몬 실코Leslie Marmon Silko가 구현한 문학 세계를 통해 미국 원주민의 문화 민족주의, 특히 라구나 푸에블로Laguna Pueblo 인디언 공동체의 민족주의가 무엇인지를 살피고자 한다.

문학에 반영된 인디언 공동체의 민족주의, 자치권

미국 원주민 문화를 잘 접할 수 없는 한국에서 미국 원주민은 대초원 지대의 전투적이고 도발적 전사의 이미지만으로 정형화되어 있다. 중요한 것은, 미국 원주민들이 각기 다른 부족의 문화와 언어·역사적 배경을 가지고 있음에도 불구하고 전 미국 원주민 공동체Pan-Native American community를 상상하는 문화 민족주의를 잘 구현하고 있다는 점이다.

미국 원주민에게 '자치권'의 문제가 그들의 문화 민족주의를 구현하는 가장 큰 이슈가 되는 이유를, 실코는 자신의 작품 세계에서 보여준다. 미국 원주민에게는 우선, 대지의 중요성은 인간의 정신 세계를 관통하고 있기 때문에 '자치권'이 간절하다. 이들이 신봉하는 사고의 여인Thought Woman, 트체Ts' eh, 인디언 대모Yellow Woman는 자연과 대지의 정기精氣인 셈이다. 실코는 《인디언 대모와 그 영혼의 아름다움Yellow Woman and a Beauty of the Spirit》의 〈서문〉에서 "나는 땅과 바위와 잡목, 선인장, 독사, 아메리카 라이온 등을 사람보다 훨씬 더 믿는다"라고 말한다. 그녀는 "산 언덕을 혼자 거닐 때 전혀 외롭지 않으며 오히려 살아 있는 생물체들과 자연의 돌과 용암 바위 언덕이 삶으로 충만해 있기 때문에 신선한 힘과 에너지를 충전시켜 준다"라고도 한다.

　인디언의 소수 문화는 역사적으로 이동, 추방되면서 변화를 거듭해 왔지만, 실코의 작품에는 라구나 푸에블로 인디언만의 독특함이 있다. 푸에블로 인디언 집단에서 가장 눈에 띄는 '인디언성'은 여성의 역할이다. 《인디언 대모와 그 영혼의 아름다움》이라는 대표적 에세이에서 실코는 현대인의 아름다움의 기준과 푸에블로 사람들의 문화적 · 미적 척도가 얼마나 다른가 보여준다. 푸에블로 문화를 혈통적으로 알게 된 실코는 이들의 미의 기준을 육체적 외모나 옷으로 등급 매기지 않는다"는 것을 알게 된다. 그녀는 "푸에블로 인디언은 인간의 외모가 마음이나 영혼과 분리되지 않는다는 믿음이 있기에 아름다움의 척도를 드러나는 행동으로 삼으며, 이는 다른 생물체와의 관계 속에서 측정될 수 있다"고 말한다. 그들에게 아름다움이란 보고, 듣고, 감각의 효과를 낼 때 조화의 감정을 얼마나 잘 내느냐에 달려 있다. 푸에블로에서는 남자들이 바구니를 만들고 직조를 하면서 어린아이들을 돌본다. 그들에게는 사회적 통념상 남성의 일이나 여성의 일이 따로 없고 강인한 체력을 가진 자가 좋은 일, 훌륭한 일을 한다. 옛 푸에블로의 가치관에 의하면 모든 인간에게는 남성성과 여성성이 혼합되어 있다. 그리고 기독교 문명이 들어오기 전에는 성적 화합이 부족과 사회의 팀워크나 관계를 위해 행해졌기 때문에 매우 자유로웠다. 실코는 코치니나코Kochininako라는 인디언 대모Yellow Woman의 영웅적 행위 이야기를 매우 좋아한다. 코치니나코는 지칠 줄 모르는 열정과 강인함을 사랑하기에, 그리고 위험한 순간에 행동을 감행할 수 있는 용기가 있기에 아름답다. 또한 코치니나코의 승리는 폭력이나 파괴력이 아닌 관능적 매력으로 인한 것이다. 이런 영혼의 자질로 인해 인디언의 대모와 모든 여성은 아름답다고 실코는 결론짓는다.

푸에블로 인도인의 문화 고유성은 '의식ceremony'에 있다. 이 의식 행위를 통해 심신의 병이 치유된다고 믿는데, 이는 일종의 성스러운 종교적ㆍ집단적 행위로 간주될 수 있다. 그리고 이 의식은 선/ 악, 흑/ 백, 옛것/ 새것 등 모든 가치를 다 수용하고 초월하는 철학과 종교적 메시지를 담고 있다. 그러나 이 '인디언성'은 서구인의 눈에 마법witchery으로 비추어질 수 있다. 백인의 기계문명ㆍ과학문명이 보다 우월하다는 논리로 미국 원주민의 문화와 인디언성이 백인 중심의 미국성Americanness보다 저급한 가치로 취급된다. 심지어 실코의 《의식》에 나오는 주인공 타요는 "백인들의 전쟁과 폭격과 거짓말 때문에 생긴 자신의 병을 어떻게 인디언식 의식 행위로 고칠 수 있겠는가"라고 반문한다. 그러자 의식의 스승인 베토니 영감은 백인과 인디언의 관계를 선/ 악, 흑/ 백으로 대조하거나 상대적으로 비교하는 것은 '마법의 속임수trickery of the witchcraft'에 불과하다는 교훈을 준다. 그리고 의식인가 마법인가 하는 시각의 차이는 받아들이는 자에게 달려 있다는 메시지를 전달한다.

즉 이 세상은 원래 '의식은 물론 마법까지도 포함하는, 모든 것이 갖추어진 완벽의 상태, 평형의 상태'였다는 것이다. 이 '세상은 선과 악이 구별되지 않은 상태로 함께 충만했고, 원래 백인 없이도 완벽했었는데 인디언이 백인을 창조'하였다. '백인이 바다 건너 산 넘어 인디언에게로 오면서 모든 것을 경쟁contest으로 합리화하고 생명력 있는 만물을 대상object으로 보기 시작'하였다는 것이다. 그러므로 미국 원주민은 선과 악, 그 모든 것을 포함하는 통합적 진실을 투시할 수 있는 힘을 선한 '의식'을 통해 배워야 한다고 실코는 강조한다. 결국 미국 원주민 작가로서 실코는 독특한 서술기법을 통해 자신의 역사적 · 사회적 의식이 어떻게 '인디언성'을 고유화하고 재창조하고 있으며, '자치권'의 문제를 해결하는 방안도 창출할 수 있는지 구체적으로 제시한 셈이다.

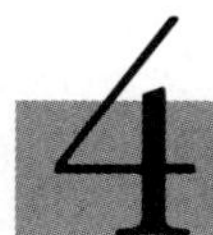

사이보그 페미니즘

'사이보그' 에서 '동반종' 으로

유제분 (부산대 교수)

사이보그 인식론과 성의 정치학

과학기술이 고도로 발달하고 사이버 공간이 확대되면서 21세기 이후 기존의 인간 개념과 인간 주체, 국가의 경계, 그리고 시민권의 개념까지 뒤흔들릴 가능성이 있다. 이러한 정보공학 시대에 기존의 페미니즘 논의가 도외시해 온 '과학' 의 문제를 페미니즘 진영에서 거론하는 것은 무리가 아니다. 여성과 과학은 병행하기보다는 동떨어진 관계로 이해되어 왔다. 그러나 페미니즘은 과학 기술의 발전에 회의적이었지만 —아니 회의적이었기 때문에— 후기 가부장제 자본주의 세계에서 '여성' 은 여전히 상품화된 과학 기술의 대상이다. 바로 이 같은 관점에서 1980년대 이후 페미니즘 논의에 과학 담론을 끌어온 사이보그 페미니즘론을 점검하는 의미가 있을 것이다.

사이보그 페미니즘 담론의 대표적 논의로는 무엇보다도 페미니스트 과학사학자이자 생물학자이면서 문학 이론가인 다나 해러웨이의 '사이보그' 논의를 짚어볼 필요가 있다. 여기에서 사이보그는 유기체/ 기계의 이분법의 경계를 허무는 것으로, 인공지능과 유기체의 합성물을 의미한다. 해러웨이는 남녀의 이분법에 기초한 기존 여성성이나 여성의 육체 개념이 더 이상 유효하지 않은 만큼, 사이보그를 여성의 새로운 정체성으로 과감히 받아들여 테크노 시대의 권력 역학을 전복시키자고 주장한다. 이것이 그녀의 '사이보그 선언' 이다.

해러웨이에 의하면 인간에 대한 과거의 전통적 개념은 이제 더 이상 유효하지 않다. 과학은 인간 행위에서 다른 유기체와 구분되는 그 무엇도 발견해 내지 못했다. 인간을 기계에서 구분해 낸 것, 즉 인간의 자율성이나 창조성은 인간의 절대적 능력에서 갈수록 멀어지고 있다. 현 시대의 문화는 더 이상 본질이나 주체의 문화가 아니라 의사전달의 유통과 체제 운영이 중복되고 상호 작용하는 문화이다. 말하자면 그 어떤 대상이나 기구도 그 자체로 온전할 수 없는 것이다. 이러한 입장에서 해러웨이는 현 시대의 과학공학을 거부하고, 자연이나 절대적 인간성을 향한 노스탤지어를 도피주의로 간주한다. 사이보그의 잠재력을 인식할 때만 동시대의 지배적 구조와 가치를 알 수 있다는 것이다. 그리하여 〈사이보그 선언문〉에서 해러웨이는 20세기 말에 위치한 우리를 두고 '모두 사이보그다. 사이보그는 우리의 존재론이다' 라고 선언한다.

헤러웨이에게 있어서 사이보그는, 특히 여성의 정체성을 설명하는 데 매우 편리한 기표이자 메타포이다. 그녀는 인공지능 테크놀로지가 페미니즘의 해방 기획에 공헌할 것으로 본다. 사이보그는 여성을 임신이나 출산, 감성 등 자연적 측면과 하나로 보는 관점에서 해방시키는 존재이다. 사이보그론에서 자연과 과학의 경계는 더 이상 유효하지 않으며, 과학은 인간이 가진 자연의 일부로서의 성향을 더욱 심화시킨다. 컴퓨터는, 어떤 측면에서는 나름대로 생명을 지녔고, 따라서 생명의 정의와 관련 짓자면, 유기체와 무기체의 구분에 대한 기존 인식론 또한 유효하지 않다고 한다. 이렇듯 기계가 인간존재의 확장인 동시에 타자가 아닌, 자아의 일부를 이룬다는 주장은 사이보그 페미니즘 논의의 핵심이다. 인간에 대한 이러한 정의에는 기존의 남녀 구분, 이성애에 기초한 가족 모델과 이에 근거한 공동체 개념, 인종 간의 경계 등은 모두 뛰어넘을 잠재력이 있다. 그리하여 사이보그 존재론은 여성 · 유색인종 · 자연 · 노동자를 지배해 온 이분법적 사고를 혼란시킨다는 것이 해러웨이가 주장하는 사이보그론이 펼치는 성의 정치학이다.

해러웨이의 사이보그 인식론에 '여자' 라는 것은 없다. 심지어 여자가 '됨' 이라는 그런 상태조차 없다. 이것은 성의 과학담론과 다른 사회관습 속에서 구성된 매우 복잡한 범주이다. 젠더 · 인종 · 계급의식 등은 가부장제 · 식민주의 · 자본주의 같은 모순된 사회 현실의 끔찍한 역사 경험이 우리에게 강요한 결과일 뿐이다. 사이보그는 여성에게 강요된 정체성과 여성을 억압하는 권위에 대해 비판적 정신에서 선택해야 할 하나의 정체성이자 입장이며, 혼합되었기에 오염된 범주의 정체성이자 주체이다. 이 주체는 조화와 통일된 정체성이 아닌, 이질적인 것들이 엮어내는 긴장과 모순의 정체성이다. 여기에서 해러웨이는 아이러니 효과가 발생한다고 본다. 이 이질적 주체가 모순과 긴장을 얼버무리기보다는 충돌하고 부닥치면서 협상을 도모하기 때문이다. 이 과정에서 기존 정체성의 편파성이 드러난다. 이러한 가능성을 지닌 사이보그 정체성은 임신이나 출산, 혹은 감성 등의 자연적 측면과 일치시키는 관점으로부터 여성을 해방시키는 메타포로서 의의를 지닌다. 말하자면, 사이보그는 인간과 기계, 혹은 동

물의 잡종적 존재로서, 그리고 정신/ 몸의 이분법을 강력하게 대체하는
탈자연적 · 탈형이상학적 구성물로서 혼성적인 포스트모던 내지는 포스
트 휴먼의 주체가 된다. 그리하여 해러웨이는 다음과 같이 선언한다.

> 사이보그 이미저리는 우리의 몸과 도구를 스스로에게 설명해 온 이원론의
> 미궁 밖으로 나가는 길을 암시할 수 있다. 이것은 공통 언어의 꿈이 아니
> 라 강력하고 이교도적인 이어성異語性의 꿈이다. 그것은 새로운 권리를 가
> 진 초―구원자들super-savers의 회로 속에 두려움을 밀어 넣기 위해 여
> 러 언어로 말하는, 한 페미니스트의 상상이다. 그것은 기계 · 정체성 · 범
> 주 · 관계 · 우주설화를 만들고 파괴하는 양자 모두를 의미한다. 이들은 모
> 두 나선형의 춤 속에 갇혀 있지만, 나는 여신보다는 차라리 사이보그가 되
> 겠다.

해러웨이의 사이보그는 실로 '괴물'의 이미지에 가깝다. 이 괴물은 인
간의 육체와 피부색의 차이에 기초한 인식론을 철저히 거부한다. 이 괴물
의 이미지를 통해 해러웨이는 종교의 신성모독처럼, 인간존재에 대한 기
존 인식론에 도전해 이를 변형시키는 충격 효과를 감행한 것이다.

해러웨이의 사이보그론은 정보공학과 인공지능학의 포스트모던 세계
에서 적지 않은 지지를 얻고 있다. 사이보그 페미니스트인 로지 브라이도
티는 사이보그를 강력한 문화적 지배소로 본다. 실리콘을 주입하고 성형
수술을 한 돌리 파튼이나 마이클 잭슨 같은 스타들은 영화 속 외계인과
다름없이 그녀에게는 모두 사이보그인 셈이다.

같은 맥락에서 주요 문학 이론가이자 과학자인 캐서린 해일스 역시 현

대인, 특히 미국인의 10% 정도는 기술적인 의미에서 이미 사이보그임을 주장한다. 여기에는 전자 심박동 제어장치를 장착한 사람, 의족·보청기·인공관절을 한 사람들도 포함된다. 신체만 아니라 심리적·감각적 구조의 측면에서 생각한다면, 가상현실을 사용하는 사람들은 심박동 제어장치를 장착한 사람들보다 더 철저한 사이보그이다. 이렇게 되면 상당수의 인구가 사이보그인 셈이다. 그리하여 해일스는 자신의 대표적 저서 《우리가 어떻게 포스트휴먼이 되었는가How We Became Posthuman》에서 '되었는가' 라는 과거 시제를 사용함으로써 우리가 이미 '포스트휴먼' 시대에 진입했을 뿐만 아니라 우리 자신의 존재 양태 또한 '휴먼'을 넘어 '포스트휴먼' 임을 주지시킨다. 여기에서 '포스트휴먼' 이란 분명히, 인간의 육체 개념을 유기체에만 국한시킨 휴머니즘 이후의 사이보그를 의미한다.

사이보그라는 개념은 사이버네틱스cybernetics* 영역에서 출현했다. 사이버네틱스의 아버지라 불리는 노버트 위너는 일찌감치 사이버네틱스가 인간과 사회 영역에 침투할 수 있는 가능성에 몰두하였다. 그러나 인공지능이 어느 정도까지 인간의 경계를 무너뜨릴 수 있는가? 하는 문제에 직면하면서 그는 불안을 느꼈다. 기계와 인간의 경계를 허무는 작업을 하면서도 일관되고 합리적인 인간의 자유 인본주의적 자아에 대한 끈을 놓을 수 없었기 때문이다. 이에 비하면, 인공지능 장치와 생물학의 유기체를 혼합한 사이보그를 새로운 여성 주체로 받아들이려는 해러웨이의 관점은 가히 파격적이며 혁명적이다. 그녀는 인간의 인식력을 신경망 피드백으

---

*사이버네틱스cybernetics: 생물 및 기계를 포함하는 계系에서 제어와 통신 문제를 종합적으로 연구하는 학문.

로 대체함으로써 인간/ 동물, 인간/ 기계의 구분에 도전하고 있다.

'사이보그'에서 '동반종種'으로

사이보그는 우주 경쟁과 냉전, 그리고 기술 인본주의를 바탕으로 한 제국주의의 판타지라는 맥락에서 1960년대에 이름 붙여진 인공지능 유기체라고 해러웨이는 말한다. 이를 전유하여 해러웨이는 1980년대 레이건 행정부의 '별들의 전쟁' 시대에 대처할 새로운 여성의 정체성으로 사이보그 이미지를 선택한다. 그녀의 관심은 유기체인 인간과 기계의 혼합물인 사이보그뿐 아니라, 고도 과학기술의 시대에 이미 나타났고, 미래에도 나타날 수 있는 인간과 동물의 다양한 변종과 잡종인 인간의 '동반종'에까지 미친다. "나는 결코 인간이 아니었고, 인간보다 훨씬 못하다는 것을 확고히 믿는다"라고 해러웨이는 선언한다. 그리하여 2003년에 발표한 《동반종 선언문》에서 그녀는 21세기에 들어서 〈사이보그 선언문〉은 더 이상 비평의 가닥을 모을 수 없다고 전제하고, 《동반종 선언문》을 "부시 정권의 사회과학과 페미니즘 이론을 위한 하나의 선언문"이라고 발표한다. 인간의 동반종인 개에 관한 이야기를 열거한 이 책의 핵심은 여전히 인간의 정체성과 타자에 관한 물음이며, 차이와 경계, 그리고 보다 확대하여 사이보그 페미니즘 인식론의 문제이다. 다만 부적절한 타자 개념이 사이보그뿐만 아니라 인간의 동반종인 애완동물에게까지 확대되어, 모든 생물종을 인간과 더불어 상호진화되어 가는 '부적절한 타자'의 개념으로 확대하고 있다. 생물학자이기도 한 해러웨이에게 있어서 이 같은 개념 확대는 자연스러운 것으로 보인다. 해러웨이는 유전인자의 다방향적 흐름과 더불어, 육체와 가치의 다방향적 흐름을 이 지구상의 생명이 벌이는 게임으로 본다. 원시종이 가장 잘 보존되고 있는 갈라파고스 섬에서조차 유전인자의 혼합과 흐름은 지속되고 있으며, 이를 막을 수는 없다. 따라서 예전의 사이보그를 제치고 새천년의 과학기술 생명정치학에서는 인간의 동반종인 개가 더 좋은 안내자가 될 것으로 언명한다.

해러웨이에게는 인간과 동반종 동물을 선험적으로 구분할 수 있는 그 어떤 기준도 존재하지 않는다. 이들은 상호 혼합되면서 진화하여 포스트휴먼 시대에는 급기야 기존 인간의 범주를 위협할 것이기 때문이다. 생물학에 따르면, 인간의 내장 조직은 박테리아군이 기생하지 않으면 정상적으로 발달할 수 없다. 땅 위의 다양한 생물 형태는 대양의 박테리아 포말에서 출현했다. 진화하는 동물의 생명사는 모든 단계에서 내외에서 기생하는 박테리아에 적응해야 했다. 지구의 생물은 전혀 어울리지 않는 동반자를 묶어서 뭔가 새롭게 공생, 발달할 수 있는 유전인자로 만들어가는 것이다. 상호구성하고 상호진화하는 것이 생명의 법칙이다. 이 같은 의미에서 해러웨이는 자신의 책의 부제를 '개, 인간 그리고 중요한 타자'로 붙여, 이들을 '동반종'으로 명명했다.

해러웨이에게 자연과 문화는 분리된 것이 아니다. 육체는 결과물이며, 육체를 문화와 떨어진 자연만으로 분류할 수 없다. '자연'과 '문화'는 이분화될 수 없기 때문이다. 그런 의미에서 해러웨이는 '자연문화'라는 합성어를 사용한다. 같은 맥락에서 미리 구성된 주체와 객체 또한 없는 것이다. 이 같은 범주의 구분은 선험적 근거나 토대를 가정하는 것에서 비롯되는데, 애초부터 선험적 근거와 토대는 존재하지 않기 때문이다. 이런 바탕에서 볼 때, 인간에게만 주체가 허용되는 것은 아니다. 인간이 아닌 개가 주체가 되는 것을 상상할 수 있다는 이야기이다.

자연과 문화의 경계를 해체한 해러웨이의 '자연문화' 개념은 여성의 육체, 더 나아가 정체성을 설명하는 유효한 개념 설정이 될 수 있다. 여성의 정체성과 더불어 여성의 육체는 임신·출산·모성의 감정적 측면과 결합되어 자연으로 분류되어 왔다. 이 같은 분류는 성차별주의와 인종 차별주의의 기반이 된다.

사이보그와 동물을 통해 '타자'를 주체화하려는 해러웨이의 시도는 자연/문화의 경계를 허무는 시도와 일치한다. 여성의 육체와 정체성도 예외는 아니다. 여성, 사이보그, 그리고 동반종을 포함한 '타자'의 이미지는 바로 '자연'만의 범주에서 벗어나 자연과 문화의 경계를 허무는 '자연문화'가 포스트모던과 포스트휴먼 시대에 놓일 혼종의 공간을 의미한다. 그리고 이 공간의 궁극적 윤리는 의사소통이며 상호 존경이다.

비판과 수용

사이보그 담론이 피상적이고 담론에 치우친 것이 아닌가를 우려하는 시각이 적지 않은 것은, 해러웨이의 사이보그 논의가 지나치게 시대를 앞서가기 때문이다. 특히 후기 자본주의 시대의 제3세계에서는 사이보그를 시대에 적합한 메타포로 느끼기가 쉽지 않다. 이는 해러웨이의 포스트휴먼 담론에서 제3세계와의 관계를 통해 지역 간의 차이를 드러내고 접점을 모색하려는 구체적인 역사성에 대한 관심과 고민이 절실하게 느껴지지 않기 때문이다. 더 나아가 인간의 무의식적 욕망이나 판타지 문제가 사이보그 논의에서 희박하다는 점도 하나의 문제이다. 또한 사이보그가 젠더화되는 과정이 추상적일 뿐 아니라 모성에 대한 논의도 설득력이 부족하다.

　그럼에도 불구하고 사이보그 페미니즘 담론의 공적은 무엇보다 남성/여성의 관계를 자아/타자로 구분하는 이분법적 대칭관계를 거부하고, 여성과 타자의 자리에 사이보그라는 역설적이고 모순적이며 획기적인 존재를 위치시킨 점이다. 이는 남성과 여성 간의 비대칭의 관계를 주장한 포스트모던 페미니스트들의 향방과 일치한다. 나아가 과학 기술 사회에서 사이보그의 이미지나 가상현실의 매체적 가능성을 여성의 관점에서 재전유하는 것의 의의를 담론화한 점은 높이 평가받아야 할 것이다.

　더 나아가 해러웨이의 사이보그론에 대한 비판에 유의해야 할 사항이 있다. 너무도 강력한 메타포인 사이보그를 수용하는 과정에서, 부지중에 이를 지나치게 아이콘화한 나머지 해러웨이의 사이보그가 시대의 한 산물인 점을 간과하기 쉽다는 점이다. 해러웨이의 사이보그론은 십여 년 이후 발표된 《동반종 선언문》에서 인식의 폭을 확대했다. 근래에 들어 해러웨이의 발표나 강연의 주된 논제가 '사이보그에서 동반종으로'로 요약되는 만큼, 동반종 개념으로 확대된 사이보그론에 대한 비판과 수용은 21세기를 넘어 그 논의가 보다 확대되어야 할 것이다.

　최근 호주제 폐지 찬반 논의에 생물학자가 초대되어 시비가 된 적이 있다. 초대된 생물학자는 모든 생물의 유전자를 수컷이 아닌 암컷에게서 찾을 수 있으며, 수컷의 승계를 주장하는 것은 인간뿐이라고 주장하였다. 이 같은 주장에 호주제 폐지 반대파는 인간을 동물과 같이 봐야 할 근거가 무엇인가라는 물음으로 맞대응하였다. 위에서 제기된 해러웨이의 동반종 논의는 호주제 폐지론에 적지 않은 힘을 실어줄 수 있을 것이다.

5 레즈비언 · 게이 이론

섹슈얼리티의 민주화와
레즈비언 · 게이 이론의 변동

노승희(전남대 교수)

한국사회의 우울

영국의 사회학자 앤서니 기든스에 의하면, 현대의 섹슈얼리티는 의료과학의 발달에 따라 재생산을 위한 목적론적 당위에서 벗어남으로써 그 자체의 자율성을 획득하게 된다. 섹슈얼리티는 더 이상 재생산과 친족관계의 고리에 얽매이지 않게 됨으로써 개인 상호간 교섭의 차원에서 소통되는 개인의 자산이 되었으며, 다양한 방식으로 형태를 만들어갈 수 있게 되었다. 특히 이러한 조형적 섹슈얼리티의 창조에는 여성의 성적 자율성과 동성애의 확대라는 두 가지 요소가 결부되었다고 기든스는 진단한다.

기든스의 분석은 서구사회 · 서구문화를 대상으로 한 것이지만, 생활환경의 전지구적 확장에 따라 한국사회의 섹슈얼리티에도 어느 정도 적용할 수 있다. 예컨대 1990년대에 등장한 주목할 만한 여성 작가군은, 욕망의 주체로서 여성을 중심에 놓고 가부장적 가족제도로부터의 탈출을 빈

번하게 소재로 삼았다. 1990년대 중반에는 동성애 관련 단체들이 결성되고, 그에 관한 담론이 활성화되었다. 1998년부터 격년제로 개최되는 퀴어영화제는 한국 대중문화 지형에서 섹슈얼리티와 관련하여 일대 지각 변동이 일어나고 있음을 예증한다.

그러나 한국사회의 성문화를, 전적으로 기든스가 말하는 조형적 섹슈얼리티로 설명하기는 아직 이르다. 한국사회에서 동성애는 '이상성욕'(청소년보호법)으로 규정되고, 비이성애적 성적 지향을 가진 남성은 성정체성 장애, 혹은 정신질병으로 분류되어 병역대상에서 제외된다. 법의 규제망은 섹슈얼리티가 개방적 성찰성의 지평으로 나아가는 것을 차단한다.

문학적 소통의 장에서도 유사한 검열이 관측된다. 1999년에 발표된 신경숙의 〈딸기밭〉은 이전 소설들에서는 보이지 않던 육체의 관능이 표현되어 있다. 그것도 금기시되던 레즈비언 욕망을 다루고 있어 주목을 받았다. 이 소설은 '나'가 자기의 '망각' 증세를 말하는 데서 시작한다. 그녀의 망각은 다분히 의도적인 것이고, 그 원인에 대해 이해하기를 거부하는 행위이며, 스스로 부과한 억압이다. 이렇게 강박적인 억압의 대상은 '딸기밭'의 은유로 위장한 레즈비언 욕망과 섹슈얼리티다.

그런데 정작 〈딸기밭〉이 문제작인 것은 이러한 소재 때문이 아니다. 이 소설은 망각 증세의 기원을 분명하게 밝힌다. "십이 년 전" 화자가 "스물세 살 때의 그 언덕 위 창고와 그 딸기밭에서"라고 설정된 그 기원은, 만성적인 망각 속에 봉인되어야만 했던 화자의 일탈적 욕망을 군사독재하의 시대적 상황 속에 맥락화한다. '창고'로 은유화된 화자의 또 다른 욕망은 근친애 혐의가 있는 이성애적 욕망이다. '딸기밭'과 '창고'는 화자에게 "금지된 것들"의 기표다. 그러한 위반적 욕망의 기표가 '전경과 최

루탄' 이라는 억압의 기표와 나란히 배치됨으로써 이 소설의 서사적 경계는 '금지' 의 보편성으로 한정된다. 그 결과 화자의 비이성애적 욕망도 보편적 금지의 범주 속에 밀어 넣어진 채 남게 된다. 〈딸기밭〉에 진득하게 배어 있는 우울은 그렇게 좌절되고 유기되어 버린 레즈비언 욕망과 섹슈얼리티 때문인 것이다.

2002년에 발표된 〈무궁화〉에서 정이현은 직설적인 언어로 레즈비언의 욕망과 관계를 탐구한다. 망각의 제스처로 시작하는 〈딸기밭〉과는 대조적으로, 〈무궁화〉의 서두는 일상에 충만해 있는 욕망의 은유를 나열하며 연인의 몸을 후각의 기억으로 복원한다. '그녀' 로부터 3일째 연락이 끊겼지만 그 부재가 그녀의 존재를 지우지는 못한다. 화자는 "눈을 감으면 그녀의 냄새를 맡을 수 있다". 그 냄새는 화자 자신의 냄새이기도 하며, 그녀에게서 경험한 "시큼하고, 쌉싸름하고, 달착지근한 맛"은 화자 자신의 것과 같은 맛이다.

하지만 냄새와 맛이 같은 정이현의 레즈비언 연인들도 관계 자체의 내재적 순수성을 유지하지 못한다. 그 이유는 국립공원의 공중변소 옆에 벌레 먹은 꽃이 피어 있는 이유와 같다. 신경숙의 소설 제목이 금지된 욕망의 기표로 쓰인 것처럼, 정이현의 소설 제목 '무궁화' 는 섹슈얼리티를 통제하는 국가권력의 기표다. 공중변소 옆의 꽃과 마찬가지로, 이 소설의 레즈비언 연인들도 '국가관리' 대상이다. 국가관리 시스템은 섹슈얼리티를 이성애 중심으로 배치하고 가부장적 가족제도를 통해 관리한다. 이 시스템이 작동하는 방식은 규범에 위배되는 섹슈얼리티를 병리화하고 은폐하는 것이다. 화자의 연인이 결혼한 이유는 "눈에 띄지 않기 위해서"다. 여행길에 들른 러브호텔에서도 그들은 거절당한다. 사회적으로 묵인되는 이성애적 불륜과 달리, 그들의 동성애는 사회적으로 존재를 인정받지 못한다.

그러나 〈딸기밭〉의 화자가 의도적 망각으로 자신의 위반적 욕망을 억압하는 것과 달리 〈무궁화〉의 화자는 사회 규제에 맞서 자신의 위반적인 욕망을 재현하고자 한다. 소설의 말미에 화자는 자신의 다리 사이를 폴라로이드 카메라로 찍어서 "공중변소 앞의 꽃나무처럼 무심히 시든 그것"의 사진을 냉장고 한가운데 연인의 얼굴 사진 옆에 붙인다. 외부의 시선이 차단된 냉장고 문에 붙은 그들의 사진은, 간통과 동성애라는 이중의 규범 위반이 초래한 소외와 이성애 중심 국가의 권력 체제가 레즈비언 섹슈얼리티에 강제한 비가시화와 병리화를 역설적으로 증언한다.

이런 적극적 재현의 제스처에도 불구하고 〈무궁화〉도 〈딸기밭〉처럼 우울한 텍스트다. 그 원인은 '거부된 동일시'에 있다. 두 작품 모두 '나'의 이야기를 하면서도 그 '나'를 '처녀'라는 이성애적 존재 양식으로 환원(〈딸기밭〉)하거나 '너'라는 2인칭 호명으로 대상화함으로써(〈무궁화〉) 레즈비언 주체의 자기동일성을 부인한다.

사회적 영역에서나, 문학적 재현의 장에서나 동성애가 이성애의 정당성을 담보하기 위해 왜곡된 방식으로 동원되거나 배제되지 않고, 그 자체로 존재의 이유가 되기 위해서는, 제도적 성찰성이 요구된다. 그것은 규제적인 권력과의 투쟁만으로 되는 것이 아니라, 담론의 활성화를 통해 사회적 삶을 재구성하는 것이 요구된다.

새로운 용어와 개념의 출현은 사회적 삶에 스며들고, 지형의 변화를 촉진한다. 그래서 우리보다 먼저 조형적 섹슈얼리티에 접근한, 서구에서 생산된 레즈비언·게이 이론을 간략하게나마 소개하고자 한다.

레즈비언 · 게이 이론의 태동과 전개

젠더가 페미니즘 이론의 인식소라면 레즈비언 · 게이 이론의 인식소는 섹슈얼리티다. 젠더와 섹슈얼리티의 경계를 긋기가 어려운 것은 두 이론이 닮은 데가 많기 때문이다. 두 이론은 모두 정체성과 연관된 해방적 기획으로서의 정치성을 내포하고 있다. 페미니즘 이론이 남성 중심적인 젠더 이분법을 문제화하고 여성들의 주체적 존재 양식을 해명하는 데 주력하듯, 레즈비언 · 게이 이론은 이성애의 규범성을 문제화하고 이성애 중심주의에 대항하여 비이성애적 섹슈얼리티의 존재 정당성을 언어화한다. 20세기 후반에 페미니즘 이론이 부상하였지만, 그 기반은 19세기부터 전개되어 온 여성해방운동에 있는 것처럼, 레즈비언 · 게이 이론도 20세기 후반에 전개된 게이 해방 운동과 더불어 이론 체계를 갖추었지만 비이성애적 섹슈얼리티가 쟁점화되기 시작한 것은 19세기 말부터였다.

고대 그리스 사회에서 나타난 남성 간의 동성애적 친교나 사포의 레즈비언 공동체에서 보듯이, 비이성애적 섹슈얼리티는 인류의 역사만큼이나 오래 존재해 왔다. 그것이 개인의 정체성과 결부되고 문제적 범주로서 규정된 것은 19세기 말에 이르러서다. 이 시기에 태동한 성과학 문헌들을 보면, 동성애는 정체성 범주로서 인식된 그 순간부터 '비정상'이라는 사회적 낙인이 부과되었다. 성과학의 기초를 놓은 크래프트— 에빙은 재생산을 목적으로 하지 않은 일체의 성적 활동을 일탈적 섹슈얼리티로 규정했는데, 거기에는 사디즘 · 강간 등과 더불어 동성애가 포함되었다.

이처럼 동성애는 사회적으로 그 존재가 인식되자마자 억압과 규제의 대상이 되었다. 19세기 이전에도 '남색sodomy'이나 '비역질buggery' 같이 섹슈얼리티에 대한 규제가 있었으나, 그것은 특정 성행위에 국한된 것이었다. 그러나 동성애가 병리화된 개인의 정체성과 결부되면서 동성애자는 비이성적인 집단적 불안의 표적이 되었다. 2차대전 때 동성애자는 유대인과 함께 인종청소의 희생자가 되었고, 1980년대 에이즈의 확산은 동성애공포증homophobia을 유발하였으며 게이와 레즈비언에 대한 사회적·문화적 편견과 폭력을 조장하였다.

동성애공포증은 게이 이론가 조너선 돌리모어가 기술한 '변태역학'의 한 징후로 볼 수 있다. 동성애에 대한 거부는 그것의 사회적 실재, 동성애의 문화적 중요성에 비례하여 동성애를 주변화하는 현상으로 나타난다. 즉 동성애는, 강박적으로 그것을 거부하는 이성애 문화의 구성 요소로서, 동성애에 대한 규제는 이성애적 질서 내부의 동요로 인해 생긴, 이성애적 권력 체계의 구조적 문제를 드러내 보인다.

이와 같이 이성애 중심 문화의 강박적인 검열 탓에 20세기 중반까지 동성애자들은 공식적으로 사회 표면에 자신을 드러내지 못하고, 자기들만의 하위문화를 발전시킬 수밖에 없었다. 이 억압의 지형에 생긴 급진적인 변화는 1960년대의 해방담론의 등장이다. 1969년에 뉴욕의 게이바 '스톤월'에 대한 경찰의 과잉진압으로 인해 게이 해방 운동이 일어난다. 그것을 계기로 동성애자를 가리키는 호칭도 '호모섹슈얼' 대신에 '게이' 혹은 '레즈비언'으로 정식화되었고, 그와 관련된 연구와 이론화 작업이 진행되었다.

레즈비언·게이 이론은 1980년대 중반에 이르기까지 각각 레즈비언 페미니즘과 게이해방운동의 영역에서 정체성의 정치학 위주로 발전했다. 정체성의 정치학으로서 레즈비언·게이 이론의 핵심적 의제는 이성애 문화 속에서 억압되고 타자화되어 온 게이와 레즈비언의 성적 차이를 가시

화하고, 그런 성적 차이가 긍정적으로 인정받기 위해 전제되어야 하는 사
회 변혁에 대한 비전을 제시하는 것이었다. 정체성의 정치학으로서 레즈
비언·게이 이론은 레즈비언/ 게이 주체가 성적 소수자로서 사회적 인정
과 권리를 확보하는 데 중요하게 작용했다. 성적 소수자의 관점은 인종이
나 계급 같은 다른 사회적 소수자 모델과 유사하게 모순과 한계를 내포한
다. 그것은 게이 혹은 레즈비언 정체성으로 단일하게 표상 가능한 집단을
상정함으로써 정치적 영향력을 발휘하지만, 그 밖의 섹슈얼리티에는 배
제적·억압적으로 작용하게 된다. 이런 문제에 대한 논쟁으로 인해, 레즈
비언·게이 이론의 영향력은 점차 감소하고, 1980년대 말 퀴어 이론이 부
상한다.

퀴어 이론과 교란의 정치학

퀴어 이론은 레즈비언/ 게이 연구에 포스트구조주의 이론이 접목되어
발전했다. 퀴어 이론은 페미니즘이나 초기 레즈비언·게이 이론처럼 정
체성에 관한 문제를 설정하지만, 실제의 내용과 접근 방식에 있어서는 매
우 다르다. '여성'이나 '동성애자'가 과잉 재현의 문제를 갖고 있다면,
'퀴어'는 한사코 재현에 저항한다. 정체성의 스펙트럼에서 퀴어는 동성
애자뿐만 아니라 다른 성적 소수자까지 포괄적으로 지칭하지만, 역으로
레즈비언 혹은 게이가 항상 퀴어의 동의어로 통하지는 않는다. 이런 불확
정성으로 인해 퀴어는 주체의 자아동일성에 기반을 둔 정체성의 정치학
을 교란시킨다. 정체성은 본질이 없는 환상적 구조라는 것이 퀴어 이론의
기본적인 문제 설정이다.

퀴어 이론의 기초를 다진 주디스 버틀러는 수행성 개념을 끌어들여 젠

더 정체성이 본질 없는 '규제적 허구'에 지나지 않음을 밝힌다. 수행성 개념은 언어학자 오스틴이 진술적 발화와 수행적 발화를 구분한 것에 착안했다. 오스틴의 구분에 따르면 진술적 발화는 주어진 것의 진위를 기술하는 데 그치지만, 수행적 발화는 언급된 것을 바로 그 발화 행위를 통해 현실태로 성립하게 만든다.

퀴어 이론은 이성애를 기점으로 권력이 작동하는 방식에 주목한다. 여기서 문제가 되는 것은 사회문화의 광범위한 영역에서 규제적인 권력을 담보하는 '이성애 규범성'이다. 이성애는 특정한 섹슈얼리티로서 드러나지 않고, 상속제도·결혼·가족 같은 제도적 이름을 빌려, 역사 그 자체인 양 가장했다. 그만큼 이데올로기화되었기 때문에 이성애가 규범으로 자리 잡게 된 과정을 간단히 설명하기는 어렵다. 푸코의 섹슈얼리티 연구에서 보듯, 이성애는 재생산과 결부됨으로써 보편·정상적인 섹슈얼리티 범주로 설정되었으며, 가족제도는 이성애의 규범성을 강화하는 핵심 장치로 기능해 왔다. 같은 맥락에서 비이성애적 섹슈얼리티는 가족제도의 존속에 필요한 재생산에 부합하지 않는 잉여적 성이므로, 권력의 검열 대상이 된다.

퀴어 이론은, 특정한 정체성의 존재론적 위상을 적극 옹호하지도 않고, 구성론의 입장을 맹신하여 섹슈얼리티를 단순히 의지와 선택의 문제로 환원하지도 않는다. 퀴어 이론의 정치성은 정체성이나 섹슈얼리티의 범주들이 어떤 역사적·인식론적 과정을 거쳐서 사회문화적으로 재현되고 관리되는지를 분석함으로써, 지배담론에 의해 배제되거나 기형화된 성적 양식들도 유의미한 몸으로 재배치하고, 사회적 의미와 가치를 실현할 가능성을 열어놓는다는 점에서 찾을 수 있다.

　그 예로, 버틀러가 제시한 패러디의 정치학을 살펴보자. 부치 펨 · 드래그 · 양성애자, 복장도착자들이 종종 행하는 젠더 정체성에 대한 패러디는 몸에 관한 세 가지 차원들(해부학적인 섹스, 젠더 정체성, 젠더 연기) 간의 불일치를 노출시킬 뿐만 아니라 젠더 그 자체의 모방적 구조를 드러낸다. 여자보다 더 아름다운 '여자' 인 하리수를 생각해 보라. '원본' 자체가 이미 환상적 구성물이라는 사실은, 규범이 내세우는 존재론적 당위성을 무너뜨린다. 따라서 어떤 정체성 범주와 결부된 본질적인 '고유성' 도 "항상, 그리고 오로지 강제 체제의 효과로 부당하게 설정된 것"일 따름이다.

　버틀러의 관점에서 보면, 정체성은 사실 규제 체제에 의해 강제된 모방 효과에 지나지 않으며, 그 모방이 반복되는 과정에서 규범적 이상으로 구체화된 것이다. 드래그가 '완벽한 여성상' 을 창조해 내는 것은 '여성' 이라는 젠더의 기호를 충실히 연기하기 때문이다. 그 기호의 요구에 대해 드래그가 보여준 과장된 동조는, 젠더 규범 자체의 과장된 위상을 시사한다. 그렇기 때문에 버틀러는 드래그를 이성애에 대립된 것이라기보다는 이성애의 우울증에 대한 우화라고 본다. 우울증은 사랑의 상실을 인정하지 않고, 그 대상을 심리적으로 합병하여 자아 상실을 초래할 만큼 병적으로 집착하는 심리 현상이다. 남성 젠더는 남성에 대한 금지된 사랑의 가능성을 애도하기를 거부함으로써 형성되고, 여성 젠더는 여성동일시를 극대화함으로써 배제된 대상을 보존한다. 드래그의 연기는 젠더 수행이 헤게모니 담론에 의해 금지된 일련의 부인된 사랑, 혹은 동일시에 의해 구성된다는 사실과 정체성에는 구성적 외부가 있음을 가시화한다.

　드래그의 패러디가 우화적 방식으로 전하는 전복적 메시지를 읽어보면, 이성애가 강박적으로 '남성' 혹은 '여성'의 과장된 젠더 정체성을 강제하는 까닭은, 부합하기 어려운 이상을 강요하는 이성애적 젠더 규범의 비효용성 때문이다. 이같이 퀴어 이론이 주목하는 비이성애자의 젠더 패러디는 젠더 규범의 작위성과 불확정성, 그런 규범을 완전히 담보해 내지 못하는 이성애 체제의 한계를 노정시킨다는 점에서 정치적이다. 그것은 또한 젠더와 섹슈얼리티가 별개의 문제가 아니라 중층·결정되어 있음을 시사한다.

새로운 움직임, 유동적인 섹슈얼리티 담론

전 지구화된 현대 사회에서 정체성의 지형은 젠더와 섹슈얼리티의 범주 외에도, 다양한 다문화적 분절 양식들과 조합함으로써 더욱 복잡해지고 유동적이 되었다. 그만큼 현대인의 정체를 개연성 있게 정의하기 어렵지만, 그 속에 녹아 있는 불확정성과 유동성은 급진적 정치학의 원동력이 될 수도 있다. 19세기 말 동성애의 발견에서 20세기 말 퀴어의 출현에 이르기까지, 섹슈얼리티에 관한 담론의 전개 과정을 보면, 어떤 형태의 정체성도 본질적이지도 고정되지도 않은 것을 알 수 있다. 동성애자·게이·레즈비언·퀴어는 단순히 성적 소수자의 범주에 그치지 않고, 지배 담론에 저항하는 대항담론의 생성·의미의 재전유가 일어난 지점들을 가리킨다. 특정한 성적 지향이나 실천이 사회적 고립과 차별의 요인이 된다면, 그것은 곧 비판적인 성 담론의 빈곤과 아울러 이성애 규범성에 길든 사회구성원의 순응주의 때문이다. 최근 헌법재판소가 호주제를 위헌이라고 결정해 남성 지배체제가 다소 완화되리라 기대된다. 그러나 학교·군대·인터넷 같은 공공 영역에서 동성애에 대한 검열이 여전히

일상화되어 있는 것을 보면, 우리 사회에서 진정한 섹슈얼리티의 민주화
는 요원한 일로만 보인다. 그나마 다행인 것은, 최근 문단의 새로운 현상
으로 비이성애적 섹슈얼리티를 재현하려는 시도가 나타나기 시작했다는
점이다. 이는 섹슈얼리티에 대한 제도적 성찰이 이미 발동되었음을 시사
한다.

4부

텍스트로서의 문학,
새로운 시도 새로운 도전

해체(구성)란 무엇인가

장경렬(서울대 교수)

'해체(구성)' 라는 개념의 논리적 근거

무엇보다도 먼저 자크 데리다의 '데콘스트럭시옹 déconstruction' 이라는 용어에 대한 번역을 문제 삼기로 하자. 일반적으로 이 용어는 우리나라에서 '해체' 라는 표현으로 번역되는데, 이렇게 번역하는 경우 부수거나 분해하는 행위만을 지칭하는 것이기 때문에 원어의 의미를 제대로 살린 것이라고 할 수 없다. 어떤 의미에서 보면, 이 용어는 분해하는 행위와 구성, 또는 구축하는 행위를 동시에 지칭하는 것, 즉 분해하면서 동시에 구성 또는 구축하는 행위를 지칭하는 것이라고 할 수 있다. 이를 감안하여 이 용어를 '해체구성' 으로 번역할 수도 있을 것이다. 그러나

데리다가 일본인 이슬람 학자 도시코 이즈쓰 교수에게 보낸 편지에서 말한 바 있듯이 이 "용어가 어떤 명료하고도 단일한 의미와 대응된다고 소박하게 믿는 가운데 (이 용어에 대한) 번역을 시작해서는 안 될 것"이

다. 데리다 자신의 말대로 이 같은 사정은 불어의 경우에서뿐만 아니라 어떤 언어의 경우에도 변할 수는 없다. 따라서 '해체구성'이라는 표현이 적절한 번역이라고 내세우는 일 자체가 부질없는 짓일 수도 있다. 그러나 'déconstruction'이라는 용어가 주는 낯설고 어색한 느낌을 살리는 방안으로 '해체구성'은 여전히 유용한 번역어일 수 있다. 문제는 우리 주변에서 이미 이 용어에 대한 번역어로 '해체'라는 표현을 사용하고 있다는 데 있다. 바로 이런 현실을 무시할 수 없기 때문에 우리는 일종의 타협안으로 '해체(구성)'라는 표현을 사용하기로 한다.

'해체(구성)'라는 용어는 데리다가 그의 저서 《기록학에 관하여 De la grammatologie》에서 선보인 것으로, 그가 일본인 친구 이즈쓰 교수에게 보낸 편지에서 밝힌 바에 의하면 이 용어의 출전은 《리트레Littŕe》 사전이라고 한다.*

Déconstruction 분해 행위action de déconstruire. 문법 용어. 어떠한 문장의 단어 구성을 혼란dérangement시킴. "구성에 관해 말하는 일반적 방법인 분해에 대하여", 르마르Lemare, 《언어를 이해하는 방법에 대하여 De la maniere dépprendre les langues》, 제17장, 《라틴어 강좌 Cours de langue Latine》.

Déconstruire 1.전체를 부분으로 떼어내다déssembler. 기계를 다른 곳으로 옮기기 위해 분해하다. 2.문법용어. 운율을 억압함으로써 시를 산문과 유사한 것으로

---

* 자크 데리다, 〈Deconstruction에 대하여—일본인 친구에게 보내는 편지〉 (장경렬 옮김), 《현대 비평과 이론》 (한신문화사, 1992년 봄호), 298~306쪽 참조. 이하의 논의에서 편지에 대해 언급한 부분은 모두 이 글에 근거한 것임.

만들면서, 시를 분해하다. 타동사가 목적어 없이 쓰이는 경우인 절대용법으로도 쓰임. ("초보적 관념의 문장 체계에서 우리는 또한 번역으로 시작할 수 있으며, 그 이점 중 하나는 분해할 필요가 없다는 데에 있다," 르마르, 같은 책. 3. Se déon-struire (스스로 분해하다) (중략) 구성을 상실하다. "초월적 시간 세계인 동양의 어떤 지역에서는 인간 정신에 잘 어울리는 단일한 변화의 법칙에 따라, 나름의 완벽한 상태에 도달한 언어가 스스로 분해되며, 내부로부터 변화된다는 사실을 현대의 학문은 우리에게 보여준다," 빌맹Villemain, 《아카데미 프랑세스 사전 서문Préface du Dictionnaire de l'Academié》.

그가 같은 편지에서 밝힌 대로 "불어권에서 거의 사용되지 않았으며, 대체로 알려지지 않은 상태"였던 이 용어를 택한 이유는 무엇일까. 이는 무엇보다도 낯설기 때문에 이른바 "재구성reconstruire"이 용이했기 때문이리라.

어쨌든 데리다가 이 용어를 차용하여 새로운 논리를 전개한 데 근거가 된 것은 한마디로 말해 '언어의 불안정성'이다. 사실 언어를 구성하는 두 요소인 '기표signifiant'와 '기의signifié' 사이에는 다만 임의적 관계가 있을 뿐이라는 논리를 전개한 사람은 소쉬르다. 소쉬르에 의하면, 언어란 사회 구성원들 사이의 약속이며 일단 약속이 맺어지면—즉, 특정한 '기표'와 특정한 '기의'가 결합되면— 양자 사이에는 안정된 관계가 유지된다. 그러나 데리다는 '기표'와 '기의'가 서로 임의적인 관계를 맺고 있을 뿐만 아니라, 일대일의 안정된 관계를 유지하지 못하는 것이 언어 현실임을 주장한다.

하나의 간단한 예로, 사전에 나오는 어휘와 그 어휘에 대한 의미 풀이를 들 수 있다. 즉, 어떤 어휘의 의미를 확인하기 위해 사전을 찾아보는 경우, 의미 풀이를 통해 우리는 'Déconstruction'과 'Déconstruire'에 대한 위의 설명에서 보듯 새로운 어휘군을 접하게 된다. 이 어휘군의 어휘들은 다시 새로운 의미 풀이를 유도하고, 새로운 의미 풀이는 또한 새로운 어휘군으로 우리를 유도한다. 요컨대, '기표'는 항상 '기의'로, '기의'는 다시 '기표'로 바뀌는 가운데, 우리는 궁극적─또는 초월적─인 '기의'나 '기표'에 결코 도달할 수 없다. 말하자면, 의미란 특정한 기호에 각인되어 있는 것─즉, '현전presence'의 상태로 있는 것─이 아니라, 끊임없이 지워지는 일종의 '흔적trace'에 불과하다는 것이 데리다의 주장이다. 마찬가지의 논리로, 언어란 고정된 의미의 파악을 허락하지 않은 채 끊임없이 새로운 '의미화'의 과정을 수행하는 '흔적 구조'로 이해된다.

  인간의 언어가 끊임없이 새로운 '의미화'의 과정을 수행하는 '흔적 구조'라면, 언어를 통해 특정한 의미와 논리를 세우려는 어떠한 시도도 만족스러운 결과를 얻을 수 없다. 그 이유는 우리의 의도와 관계없이 새로운 '의미화'의 과정을 통해 언어가 전혀 엉뚱한 의미를 드러내거나 기존의 논리를 위반하고 새로운 논리를 세울 수 있기 때문이다. 사정이 그러하다면, 언어가 객관적 진리치를 지닐 수 있다는 투의 믿음은 데리다가 니체의 말을 빌려 지적했듯이 "환상이라는 사실을 망각한 사람들이 갖는 환상"일 수밖에 없다. 바로 이러한 '환상'─즉, 언어의 '현전' 가능성에 대한 믿음─이 사람들의 의식을 지배하는 가운데, 언어가 본래부터 지니고 있는 '흔적'으로서의 속성은 억압되고 은폐되었다는 것이 데리다의 주장이다. 결국, 그에 의하면, 언어적 텍스트가 숨기고 있는 엉뚱한 의미와 논리를 추적해 내고, 나아가서 스스로 세워놓은 의미와 논리를 텍스트가 어떤 방식으로 깨뜨리고 있는가를 확인하는 일이 우리에게 주어진 과제라는 것이다. 즉, 외부에서 들여온 기준이 아닌 텍스트 스스로가 세운 기준에 의거하여 문제의 텍스트를 분석하고, 텍스트가 이러한 기준을 자기도 모르게 깨뜨리는 순간을 포착하는 작업이 바로 데리다의 '해체(구성)'라는 비판 전략이다.

'해체(구성)'에 대한 개념 정의의 가능성

이와 같은 전략에 따라 데리다는 플라톤 · 루소 · 후설 · 니체 · 하이데거 · 소쉬르 · 레비스트로스 등 서구 지성사를 대표하는 인물들의 철학과 사상에 대한 비판 작업을 수행한다. 그의 '해체(구성)'가 우상 파괴자의 지적 모험으로 이해될 수 있는 이유는 여기에 있는 것이다. 이 점과 관련하여 "존재론 혹은 서구의 형이상학에서 문제되는 근본 개념들의 구조라든가 전통적인 구성 양식에 행하는 작업"이라는 데리다의 발언에 주목할 수 있을 것이다. 그러나 문제는 우상 파괴자가 자신도 모르게 우상을 파괴한 자리에 또 하나의 새로운 우상을 세우려는 유혹을 느낄 수 있다는 데 있다. 데리다가 이즈쓰 교수에게 보낸 편지에서 밝혔듯이, '해체(구성)'라는 용어가 하이데거의 '파괴Destruktion' 또는 '해체Abbau'라는 개념어에 대응되는 것임을 주목하면서도, 하이데거의 것을 포함한 그 어떤 개념어를 사용하여 이 용어에 대한 정의를 내리지 않고 있는 이유는 여기에서 찾을 수 있을 것이다. 즉, 어떤 형태의 개념 정의도 데리다 자신이 경계한 '현전'의 논리를 유도할 수 있으며, 아울러 '기표'와 '기의' 사이의 안정된 결합을 암시할 수도 있다.

하지만 데리다의 논리를 따르면, 그 어떤 용어도 궁극적인 의미에서 사전적인 개념 정의를 내리기 불가능하며, 이러한 논리로 볼 때 '해체(구성)'라는 용어도 예외일 수는 없다. 어떤 의미에서 보면, 하이데거의 용어나 기존의 어휘를 사용하지 않고 '해체(구성)'라는 낯선 용어를 끌어들인 이유가 바로 여기에 있는 것이 아닐까. 즉, 하이데거의 용어를 포함한 모든 기존의 어휘들은 사용하는 이가 아무리 부정한다고 하더라도 즉각적인 사전적 개념 정의를 피할 수 없다. (종국에 가서는 '해체(구성)' 역시 사전의 항목으로 편입될 수밖에 없을 것이라는 점을 감안한다면, 데리다의 노력에도 불구하고 이 용어 역시 다른 기존의 용어와 마찬가지로 언젠가는 일상화 및 개념화에서 벗어날 수 없을 것이다. 어떤 의미에서 보면, 개념을 파악하려는 우리의 시도 역시 데리다의 의도에 반하여 이 용어를 개념화하려는 노력에 지나지 않는다).

요컨대, 데리다는 '해체(구성)'라는 용어에 대해 어떠한 사전적 개념 정의도 불가능함을 강조하고 있다. 그가 이즈쓰 교수에게 보낸 편지에서 "해체(구성)는 X이다'라든가 '해체(구성)는 X가 아니다'와 같은 종류의 모든 문장은 선험적으로 핵심에서 벗어난 것들"이라고 말한 이유를 바로 여기에서 찾을 수 있다. 그러나 — 아니, 그럼에도 불구하고 — 비록 부정적인 차원에서이긴 하지만, 데리다 또한 이 용어와 관련하여 끊임없이 개념 정의를 시도하고 있는 것이 사실이다.

하나의 예로, 그에 의하면 '해체(구성)'는 "특히 분석이라고 할 수 없거니와, 구조에 대한 분해dismantling는 '일차적 요소'나 '더 분해할 수 없는 근원'을 향해 나아가는 퇴행이 아니기 때문"이라는 것이다. 또 하나의 예로, 그는 "해체(구성)는 하나의 방법론이 아니며 방법론으로 전이될 수도 없다"라고 주장한다. 명백히, '해체(구성)'라는 전략을 통해 데리다가 의도하는 것이 텍스트의 의미에 대한 해설이 아닌 한, 작품을 읽기 위한 '방법론'이라고 할 수 없을는지 모른다. 데리다는 여기에다가 한술 더 떠서, "해체(구성)는 심지어 '행위'도 아니고 '작업'도 아니다"라고까지 말한다. '해체(구성)'를 무언가 의식적으로 찾아 헤매는 행위나 작업으로 규정하지 않으려는 데리다의 의도를 이해한다면, 이 역시 전혀 이해할 수 없는 말은 아닐 것이다. 그러나 '해체(구성)'가 하이데거식의 'Abbau'나 'Destruktion'도 아니며, '분석'도 아니고 해설의 '방법론'도 아니라면, 아울러 '행위'나 '작업'도 아니라면, 이는 과연 무엇인가.

사실 이 모든 개념을 부정하는 이면에는 그것이 모두 포함될 수 있다는, 데리다의 무의식적인 자기표현이 숨어 있는 것이 아닐까. 무엇보다도 데리다가 "해체(구성)는 X가 아니다"라는 식의 정의를 부정함에도 불구하고 "해체(구성)는 X가 아니다"라는 식의 정의를 내리고 있음에 주목하기 바란다. 이는 어떤 의미에서 보면 "해체(구성)는 X이다"라는 표현을 부정하는 것도 사실상 "해체(구성)는 X이다"라는 표현을 긍정하는 것일 수 있음을 암시해 주는 단서가 된다. "해체(구성)는 파괴destruction라는 말과 동의어가 아님"에 유의하면서, 바버라 존슨이 내린 다음의 정의를 주목할 수 있는 이유는 바로 여기에 놓인다.

> 사실상 이 용어는 "구성을 해체하다to deconstruct"라는 말과 실질적으로 동의어가 되는 "분석analysis"이라는 단어의 원래 의미—즉, 어원적으로 "원상태로 돌리다to undo"—에 보다 더 가까운 의미를 갖는다. 어떤 텍스트에 대한 해체(구성)란 두서없이 의문을 품거나 또는 임의적으로 파괴하면서 이루어지는 작업이 아니라, 텍스트 자체의 내부에 존재하는 상충

되는 의미를 조심스럽게 끌어냄으로써 가능한 작업이다. 만일 이러한 종류의 글 읽기 작업 과정에서 파괴되는 것이 있다면, 그것은 텍스트가 아니라, 어떤 유형의 의미화가 다른 유형의 의미화에 발휘하고 있던 절대적인 지배력일 것이다. *

데리다의 《산종散種. Dissemination》 영역판 서문에서 존슨 자신이 밝히고 있듯이, '해체(구성)'에 의하여 "어떤 유형의 의미화가 발휘하고 있는 절대적인 지배력"을 파괴한다고 해서, 보다 나은 시각을 제공한다는 뜻은 아니다. 다만 가려진 것, 또는 드러나지 않는 것, 의식되지 않으나 그럼에도 불구하고 여전히 존재하는 그 무언가를 볼 수 있도록 시각의 전이를 유도할 뿐이다. 바로 이런 까닭에, '해체(구성)'란 텍스트의 파괴가 아닐 뿐만 아니라, 기존 의미에 대한 파괴도 아니다. 즉, 이때의 파괴란 새로운 구성의 가능성을 전제로 하는 파괴일 따름이다. 그러나 여기에서 우리가 유의해야 할 점은 이때의 구성이 이미 상정된 외부의 어떤 틀에 맞추어 이루어지는 것이 아니라, 텍스트가 나름대로 지시하고 규정하는 틀일 따름이라는 점이다.

이상의 논의를 바탕으로 하여 우리는 '해체(구성)'라는 개념을 좀 더 일상적 맥락에서 정의할 수 있다. 예컨대, 레고LEGO라는 상표명의 아이들 장난감을 들어 설명해 보기로 하자. 육면체 또는 그 밖에 여러 형태의 블록으로 이루어진 이 장난감의 특징은 조립하는 아이의 마음에 따라 어떤 형상도 만들 수 있다는 데 있다. 예컨대 레고 블록을 이용하여 집도 만들 수 있고, 비행기도 만들 수 있으며, 인형도 만들 수 있는 식이다. 무

---

* 《The Critical Difference》 (1980), 5쪽.

엇이든 마음만 먹으면 다 만들어낼 수 있는 것이다. 어느 날 한 아이가 레고 블록으로 만든 비행기를 받고는 이를 분해하여 배를 만들었다고 하자. 아니, 좀 더 정확하게 말해, '이 비행기 모형을 분해해서 배를 만들어야지'라는 생각을 하고 배를 만들었다고 하자. 이렇게 만들어지는 배는 배를 만들겠다는 '의도 design'를 전제한 것이라는 점에서, 설계도를 갖고 무언가를 만드는 일에 비유할 수 있다. 즉 아이는 비행기를 '파괴 destruction' 해서 배를 '구성 또는 구축 construction' 하는 행위를 한 것이다. 이런 행위가 바로 '해체(구성)'일까? 아니다. 이는 다만 파괴와 구성 행위를 차례로 한 것일 뿐 '해체(구성)'가 아니다. 그렇다면 도대체 무엇이 '해체(구성)'인가. 물론 이 말은 해체하고 다시 쌓는 일을 가리키지만, 바로 이 해체와 구성이 동시에 일어나는 경우를 지칭하는 것이다. 그렇다면 비행기를 파괴하는 일과 배를 만드는 일을 동시에 한다면, 그것이 바로 '해체(구성)'일까? 유감스럽게도 그것만으로 '해체(구성)'일 수는 없다.

여기에서 또 하나의 상황을 고려해야 한다. 애초에 무언가 생각한 바대로 형상을 만들겠다는 의도 없이 레고 블록을 갖고 노는 아이를 상정해보는 것이다. 말하자면, 어떤 아이가 어느 날 레고 블록으로 만든 비행기를 받고는 아무런 생각 없이, 이쪽 레고 블록을 떼어내어 저쪽 레고 블록에 끼워 맞추는 등 레고 블록이 '이끄는 대로' 이를 재조립했다고 하자. 그랬더니 뭔가 형상이 하나 만들어졌다고 하자. 다시 말해, 아무것도 의도하지 않은 상태에서 기존의 형상을 이리저리 분해하고 끼워 맞추는 일을 계속하다 보니 무언가 형상이 만들어진 것이다. 그런 다음 아이가 "어, 이거 배잖아!"라고 했다고 하자. 그렇게 부수고 만드는 주체에게 무언가를 만들겠다는 의도가 없는 상태에서 부숨과 만듦이 이루어지는 것—바로 그것이 '해체(구성)'일 수 있다. 다만 레고 블록으로 만든 장난감 대신 우리에게 주어진 것은 언어로 된 텍스트이고, 우리가 가지고 노는 것은 레고 블록이 아니라 언어인 셈이다. 말하자면, 언어로 된 텍스트를 해체하고 구성하되, 이 작업을 수행하는 사람—즉, 텍스트를 읽는 사람—이 읽어내고자 하는 의미를 읽어내는 대신, 텍스트를 구성하는 언어의 '요구에 따라' 텍스트의 의미를 해체하고 구성하는 작업이 바로 데리다가 말하는 '해체(구성)'라고 할 수 있다.

물론 이렇게 간단한 것은 아니다. 다시 말해, 언어로 된 텍스트는 레고 블록 장난감처럼 간단하지 않다. 무엇보다도 텍스트의 경우 글쓴이의 의도까지도 문제가 될 수 있기 때문이다. 즉, 글쓴이의 의도가 무엇이든, 또는 글쓴이의 의도에 반하여 텍스트가 어떤 의미를 지닐 수 있든지, '해체(구성)'는 바로 글쓴이의 의도와 관계없이 드러나는 텍스트의 의미를 추적하고 구성하는 작업일 수 있다. 따라서 레고 블록에 대한 우리의 비유 자체가 이미 적절한 것이 아닐 수도 있다. 결국 '해체(구성)는 X이다'라는 우리의 논리는 다시 한 번 '해체(구성)은 X가 아니다'로 귀결될 수밖에 없다.

해체와 구성 사이의 긴장과 균형을 위하여

데리다의 '해체(구성)'가 일종의 '이즘-ism'이 될 수 없는 이유는 바로 여기에 있다. 다시 말해, 이 용어는 어떤 행위나 과정을 암시하는 개념일 뿐, 'A는 B이다'라는 식의 개념 정의를 허락하지 않는다. 동시에 한 걸음 더 나아가 추상적이고 '본질지향적essentialist'인 어떤 이념이나 사상을 포용하는 '이즘'을 지시하는 개념이라고 볼 수도 없다. 우리말의 '주의'

에 해당하는 '이즘'이란 대상에 대한 외적인 판단 기준을 미리 상정하고, 이에 의거하여 어떤 대상을 관찰하고 규정한다는 의미를 암시한다는 점에 유의하기 바란다. 물론, 데리다 자신의 의사와는 관계없이, 그를 추종하는 사람들은 이 용어를 사상이나 본질론을 향한 '초월적 기표'로 여길 수도 있고, 따라서 쉽게 '이즘'의 기능을 수행할 수도 있다. 그렇다고 해서, '해체(구성)'라는 용어에 애초부터 '이즘'이라는 꼬리표를 달아놓는다면, 얻을 수 있는 것은 다만 데리다의 논리에 대한 오해뿐이다. 바로 이런 관점에서 우리나라의 문학 연구자들이 이 용어를 '해체'로 받아들인 다음, '주의'라는 꼬리표를 달아놓고 '해체주의'라는 요령부득의 용어를 사용하고 있는 것을 문제 삼지 않을 수 없다. 이와 관련하여, 우리나라의 바깥쪽에서는 데리다의 논리를 비판하거나 비꼬기 위한 자리가 아니라면 'déconstruction'이라는 용어에 '-ism'이라는 접미사를 붙이지 않는다는 점을 유의해야 할 것이다.

나아가, 글의 시작 부분에서 지적한 바와 같이, '해체'라는 용어 자체의 적절성도 문제 삼을 수 있다. 과연 데리다가 제시하려 했던 개념을 '해체'라는 용어가 얼마나 충실하게 반영하고 있는가. 이 같은 의문을 글의 끝부분에서 새삼스럽게 다시 한 번 제기하고자 하는 이유는, '해체'라는 용어가 기존 우리말의 의미 체계 내에서 나름의 사전적 의미를 지닌 탓에 적지 않은 개념상의 혼란을 유발할 수 있기 때문이다. 일례로 우리 주변에서는 이 용어가 마치 유행어처럼 남발되고 있어 모든 종류의 비판 행위를 막연하게 '해체'로 이해하려 한다는 점을 지적할 수 있다. 보다 더 심각한 문제는 '해체시'라든가 '해체소설', 또는 '해체연극' 등 창작 행위와 관련하여 이 개념이 마구 사용된다는 점이다. 데리다의 '해체(구성)'

가 일종의 글 읽기 전략이라는 점을 감안한다면, '해체시' 등의 개념을
데리다적인 맥락에서 이해하려는 태도 자체가 문제되지 않을 수 없다. 물
론 '해체시' 등의 개념이 나름대로 독자적이면서도 고유한 의미 체계를
지닌다는 점을 부인하고자 하는 것은 아니다. 다만 데리다적 논리와 연계
시켜서 이를 이해하려는 태도를 문제 삼고자 할 따름이다. 요컨대, 이른
바 우리 주변에서 '해체'라는 표현을 동원하는 많은 글이나 논리는 데리
다의 '해체(구성)'와는 관련이 없는 것들이다. 그럼에도 불구하고 데리다
의 후광을 업으려는 듯한 인상을 준다는 점에서 우리가 사용하고 있는
'해체'라는 표현은 다시 한 번 '해체(구성)'될 필요가 있다.

2 서사학

소설에서 서사로

변지연 (문학평론가)

왜 '서사'인가

20세기 중반을 전후로 나타난 문학 연구의 새로운 징후 중 하나는, 요컨대 그 관심 영역의 확장, 즉 '소설'에 대한 관심에서 '서사'에 대한 관심으로의 변화라고 할 수 있다. 근대 이후의 여러 문학 유형들 가운데 가장 중심적이고 대표적인 서사 양식으로 간주되어 온 소설이 차츰 그 권좌에서 밀려나 '서사narrative'라는 보다 개방적이고 통합적인 장르 개념에 자리를 내주기 시작한 것이다. 그리고 이 같은 변화는 물론 문학 연구 내부의 자생적인 계기뿐만 아니라 문학 외적인 요인까지 아울러 작동한 결과라 할 수 있다.

이를테면, R. 스콜즈와 R. 켈로그가 《서사의 본질The Nature of Narrative》(1966)을 통해 환기시키고자 한 것은, 소설이라는 장르 자체의 불안정성, 그리고 소설을 서사 양식의 최종적 산물로 보는 일반적 통념의 허구성이었다. 소설은 태생적으로 여러 가지 다양한 요소들—이른바 '역사적'·

'모방적'·'낭만적'·'교훈적' 요소들—로 구성된 복합적인 장르이며, 따라서 언제든지 이 다양한 요소로 다시 분해될 수밖에 없는 운명에 놓여 있다는 것이다. M. 바흐친도 정의한 바 있듯이, 소설은 "그 자신의 고유한 형식을 가지지 않은 형식", 다시 말해 그 장르상의 속성을 확정적으로 규정할 수 없는 '움직이는' 서사 양식인 셈이다. 그리하여 그들은 소설을 고대 설화나 중세 로망스와 같은 미개한 서사 양식에서 진화된 '최종적' 산물로서가 아니라, 다만 다양한 서사 유형 중의 하나에 불과한 '과도기적'인 것으로 받아들일 필요가 있음을 강력히 시사한다.

그런데 이러한 관점은 실제로 그 장르적 특성을 명확히 정의하기 어렵게 되어버린 현대소설의 혼란스런 양상에 대한 하나의 설득력 있는 해명인 것처럼 보인다. 픽션/ 논픽션, 순수소설/ 대중소설, 리얼리티/ 판타지 등의 경계가 모호해지고, 심지어는 소설과 타 문학 장르, 혹은 문학과 타 예술 장르 간의 관습적인 구분마저 별다른 의미를 갖지 못하게 된 오늘의 문화적 현실을 적절히 뒷받침해 주기 때문이다. 그렇다면 어쨌든, 소설의 운명에는 역설적인 데가 있는 것이 틀림없다. 지속적인 변신과 실험이 가능한 '오지랖 넓은' 장르로 널리 각광받아 왔으나, 바로 그 점으로 인해 결국 스스로의 정체성과 독자성을 더 이상 주장하기 어렵게 되어버렸기 때문이다.

그러나 문학 연구에 있어서 소설의 위상이 흔들리게 된 보다 직접적인 요인은 역시 문학 외적인 새로운 상황 변화에 있다. 20세기 이후 부단히 개발되어 온 각종 서사 매체와 그에 따른 새로운 서사 장르의 출현이 바로 그것이다. 주지하는 것처럼 TV, 영화, 컴퓨터, 광고, 뮤직 비디오, 뉴스 기사, 그리고 만화와 애니메이션 등 새로운 서사 매체와 장르는, 그동안 '종이책'의 형태로 만들어진 '소설'에만 제한되었던 독자들의 시선을 매우 급격한 속도로 빼앗아가기 시작하였다. 이 같은 현상이 단적으로 의미하는 것은, 이제 더 이상 소설이 '이야기 예술'의 가장 중심적이거나 유일한 형태가 아니라는 사실이다. 뿐만 아니라 소설은 보다 감각적이고 편리한 것을 추구하는 대중문화의 위력과 세련된 현대 문명의 기술력 앞에서, 날이 갈수록 독자를 잃게 될지도 모른다는 위기감마저 들게 되었다. 설령 소설은 죽게 될지라도, 이야기에 대한 대중의 본능적인 욕구는 소설 아닌 다른 새로운 서사 매체와 이야기 방식을 통해서 얼마든지 새롭고 간편하게, 그리고 보기에 따라서는 훨씬 흥미로운 방법으로 대체됨으로써, 변함없이 충족될 수 있을 것처럼 보이기 때문이다.

이처럼 이야기 문학의 독자적 장르, 혹은 가장 진전된 장르인 소설의 위상이 흔들리게 되고, 또한 새롭게 등장한 서사 매체의 미학적 가치가 활발히 논의되기 시작하면서, 문학 연구자들은 더 이상 그 연구 대상을 단지 소설에만 한정시킬 수는 없게 되었다. 날이 갈수록 문화적 · 인문학적 · 예술적 경계와 장르 구분이 모호해져 가는 상황이다. 더군다나 새로운 서사 매체의 미학적 가치와 그것의 광범위한 대중적 수용을 외면하기 어렵게 되었다. 따라서 이제 그들은 '소설'이라는 협소한 영토를 넘어 '이야기'가 있는 곳이면 어디든 달려가지 않으면 안 된다.

'호모 나라토아르Homo Narratoire'로서의 인간과 서사 연구의 의미

사실 생각해 보면, 우리 인간은 놀랍게도 단 한순간도 '이야기의 세계'를 벗어나본 적이 없다. 우리의 모든 사고 과정과 언어 행위, 각종 문화적 산물이 근본적으로 '이야기'의 형태로 되어 있고, 무엇보다도 우리의 일상생활 자체가 이미 무수한 '이야기하기storytelling'의 행위로 이루어져 있다. 가령, 저 먼 시대의 동굴벽화와 오래된 설화들, 민요와 판소리, 오페라와 연극, 그리고 소설과 영화와 컴퓨터 게임에 이르기까지 어느 하나 '이야기'를 담고 있지 않은 것이 없고, '이야기하기' 행위의 산물이 아닌 것이 없다. 그런가 하면 모든 '이론'과 철학적 담론, 예컨대 의식과 무의식의 관계를 통해 인간의 정신 구조를 해명하고자 하는 프로이트의 가설이나, 자본과 노동과 사회구조의 관계를 논의한 마르크스의 사회철학 역시 따지고 보면 삶의 '진리'와 '본질'을 밝혔다기보다는 결국 하나의 '이야기'를 펼쳐낸 셈이다. 미처 의식하지 못하는 사이에, 인간이란 언제 어디서나 온통 이야기의 숲 속에 파묻혀 살고 있는 '호모 나라토아르Homo Narratoire'가 되었다고나 할까.

그런데 이처럼 인간이 '호모 나라토아르'로서 존재한다는 것은, 곧 인간의 모든 경험과 인식이 본질적으로 '이야기'를 '이야기하'는 행위를 통해서 이루어진다는 것을 암시한다. 말하자면 인간의 이야기하기 행위란 기실 인간이 세계를 경험하는 방식, 혹은 세계를 인식하고 해석하는 수단이라고도 볼 수 있는 것이다. 그리고 이 점을 염두에 두자면 이야기와 이야기하기의 방식을 고찰한다는 것은 곧 인간이 세계를 경험하고 인식하고 해석하는 방식을 탐색한다는 것을 뜻하는 것이나 다름없다.

특히 예술 텍스트, 즉 심미적인 허구 서사물을 그 대상으로 삼는 서사 연구는, 예술 텍스트가 지니고 있는 서사 구조의 특징과 그 속에 숨겨진 미학적 원리를 밝혀내는 일을 목적으로 삼는다. 이를테면 그것은 일반적으로 다음과 같은 소박한 물음을 바탕으로 텍스트 분석을 시도하곤 한다. 이 소설은, 이 영화는, 이 컴퓨터 게임은 어떠한 이야기 구조를 가지고 있기에, 그리고 어떤 기법과 방식으로 이야기하기에, 그토록 흥미롭거나 아름답거나 감동적인가? 동화 《잠자는 숲 속의 미녀》는 기본 서사구조를 손상시키지 않은 채 어떻게 연극이나 팬터마임이나 발레 등의 다른 서사 매체와 형태로 전이될 수 있는가? 그것들 사이의 공통점과 차이점은 무엇인가?

서사 연구의 전개 과정

서사 연구의 시발점을 찾자면, 저 멀리 고대 그리스의 플라톤과 아리스토텔레스까지 거슬러 올라가야 할 것이다. 플라톤이 《공화국》에서 '디에게시스(말하기)' 와 '미메시스(보여주기)' 를 구분해 보이고, 아리스토텔레스가 《시학》을 통해 비극의 '플롯' 을 문제 삼은 것은, 이야기하기 기법에 대한 그들의 매우 선구적인 관심을 보여준다. 하나의 이야기 속에는 언제나 서술자의 중재가 개입된다는 것, 그리고 이야기하기 행위 속에는 언제나 청자에게 일정한 효과를 미치게 될 특정한 서술기법이라는 것이 작용한다는 인식이 그들에게는 아주 일찍부터 싹텄던 것이다.

서사에 대한 이러한 초기적 관심은 20세기 초 러시아 형식주의자들의 '파불라fabula' 와 '수제sujet' 의 구분, 그리고 영미 신비평의 '스토리' 와 '플롯' 의 구분으로 구체화되어 계승된다. 현 시점에서 이 구분은 물론 매우 상식적인 것에 불과한 것이지만, 하나의 서사물을 '이야기를 구성하는 특정한 질료들' 과 '그것들이 언어에 의해 배열되는 일정한 형식' 으로 분리시켜 해명하고자 했다는 것은 당시로서는 매우 중요한 서사학적 진전이라 할 수 있다. 그러나 물론 이들의 방법론에는 몇 가지 중대한 결함이 없지 않았다. 자주 지적되어 왔듯이, 이들은 하나의 텍스트를 '내용'

과 '형식'으로 이원화시키고 전체를 몇 개의 구성 요소로 쪼갤 줄 알았을 뿐, 내용과 형식, 부분과 전체가 어떠한 구조와 원리에 의해 유기적으로 짜여 있는지까지는 그다지 고려하지 못하였다. 뿐만 아니라, 이들에게는 개별적인 텍스트나 특정 장르를 분석하는 데에만 치중한 점, 그리고 주관적인 인상 비평의 한계를 크게 극복하지 못했다는 문제점도 나타났다.

이 같은 문제의식을 바탕으로, 1950년대 영미 비평계에서는 '문학 연구의 과학화'와 '구조의 탐색'을 표방하는 구조주의적 연구 방법론이 대두하였다. 세상에 존재하는 여러 종류의 문학 양식들 사이에는 서로 간 공통적으로 존재하는 문학적 관습으로서의 '원형archytype'이 존재한다는 것, 그리고 문학 연구가 보다 의미 있는 것이 되기 위해서는 개별 장르나 텍스트에 집착하기보다 이야기를 가진 모든 텍스트의 공통된 골격을 추출할 필요가 있다는 것이 이들의 기본적인 관점이었다. 특히 현대에 널리 사용되고 있는 '서사narrative'의 개념을 처음 등장시킨 N. 프라이의 《비평의 해부》(1957)는 1950년대 당시 뒤늦게 알려진 러시아의 민담 연구자 V. 프롭의 《민담의 형태소》(1928)와 함께 프랑스 구조주의 문학비평으로 발전되어 가는 계기를 마련한 매우 중대한 저서라고 할 수 있다.

R. 바르트와 T. 토도로프로부터 출발한 프랑스 구조주의 시학이 표방한 가장 중요한 이론적 전제는, 텍스트가 '내용을 담은 형식'이 아니라 오직 '의미가 산출되는 구조'라는 것이었다. 이 같은 전제에 따르면, 모든 서사 텍스트의 구조는 편의상 내용의 차원인 '스토리story'라는 국면과 표현의 차원인 '담론discourse'이라는 국면으로 구성된다고 할 수 있다. 그런데 여기서 주의할 점은 이 '스토리/담론'의 이분법이 기존의 '내용/형식'의 이분법과 명백히 구분되는 지점을 소지하고 있다는 사실이다.

가령, 기존의 이론이 '서술자narrator'의 개입을 고려하지 않고 단지 일어난 사건, 혹은 어떤 현상 그 자체에만 초점을 맞추었다면, 구조주의자들은 화자와 청자의 의사소통 행위를 전제한, 화자의 구체적인 발화 양상을 중시하였다. 그리고 무엇보다도 이들은 내용과 형식의 관계를 상보적인 것으로 이해하고 이를 '구조'로 일원화하는 태도를 보여준다.

특히 1972년에 출간된 G. 주네트의 《서사담론Discours du recit》은 서사학이 지니는 실질적인 유용성의 정도를 특정 소설 텍스트를 분석해 구체적으로 실증해 보인 매우 중대한 성과물이다. 저자는 이 저서에서 소설 텍스트를 크게 스토리·담론·서술행위 등의 세 층위로 나누고, 담론상에 나타난 서술의 순서를 스토리상의 계기적 또는 인과적 순서와 비교한다. 또는 담론의 시간을 스토리의 시간과 비교하고 동일한 사건을 언급하는 '빈도'를 측정하는 등 매우 엄밀한 분석을 수행해 보이고 있다. 특히, 이 저서가 전통적인 '시점' 이론의 한계를 날카롭게 짚어내고 '초점화자 focalizer'와 '화자voice, narrator'를 분리시켜 분석할 것을 제안함으로써 새로운 분석 틀을 제시한 것은 매우 획기적인 성과라고 평가될 만하다.

이처럼 텍스트의 서술 행위가 강조되고 초점화자와 화자가 분리되면서, 주네트 이후의 많은 서사학자들은 이를 토대로 한층 구체적이고 정교한 분석의 잣대를 마련해 왔다. 예컨대, S. 채트먼의 《이야기와 담론》(1980), G. 프랭스의《서사학》(1982), S. 리먼 케넌의《소설의 시학》(1983), 그리고 M. 발의 《서사란 무엇인가》(1985) 등이 바로 그러한 성과물이다. 이 저서들은 기존의 서사학적 성과를 나름대로 효과적으로 종합해 보이는 가운데, 스토리와 담론 국면에 해당하는 각각의 제 요소들과, 초점화와 화자의 종류, 그리고 다양한 화법 등에 관한 상세한 예시와 더불어 새로운 의견을 개진하고 있다.

가령, S. 채트먼은 '영화와 소설의 서사구조'라는 부제가 달린 저서를 통해 기존의 서사학적 논의를 종합적으로 고찰하고, 특히 동일한 서사구조와 매체의 전이 양상에 관한 문제를 심도 있게 논의한다. S. 리먼 케넌은 화자의 부재 가능성을 내비쳤던 채트먼의 관점에 이의를 제기하면서 "설령 순수한 대화나 편지 내용을 그대로 기록한 것일지라도, 모든 서사 텍스트에는 반드시 그것을 기록, 인용하거나 복사한 상위의 서술자가 존재한다"라고 주장함으로써 화자가 모든 서사물의 필수적 자질임을 주장하였다. M. 발은 초점화의 양상을 단계별로 분석한 후 인칭대명사에 근거한 시점 체계의 불완전성을 지적하면서 "진정한 화자는 궁극적으로 언제나 1인칭"임을 환기시킨다. 그런가 하면, 채트먼은 최근 출간된 저서 《커밍 투 텀스Coming to Terms》(1990)에서 화자의 부재 가능성에 대한 자신의 기존 입장을 철회하는 학문적인 용기를 보여주어서 주목된다. 특히 이 저서에서 그는 '화자'라는 용어에 은연중 내포되어 있는 '인격성'과 '음성성'을 제거할 것을 주장하고, '화자' 대신 '제시자presenter'라는 용어를 사용할 것을 제안한다.

서사학의 공과功過와 국내 서사 연구 현황

서사학의 토대로서의 구조시학의 목표는 본시 개별 텍스트에 대한 주관적 인상비평의 수준을 벗어나 해석과 평가의 객관적인 근거로서의 '구조'를 추출해 보자는 데 있었다. 그러나 이러한 방법론은 불가피하게 개별 텍스트가 지닌 고유한 개성과 독창성, 그리고 텍스트와 비문학 텍스트 사이의 '차이'를 끄집어내는 데 무력하다는 난점을 드러냈다. 더군다나 그것은 현상으로서의 구조 이외에 텍스트에 함축된 또 다른 세부적 국면들, 이를테면 그러한 구조에 필연적으로 관여하고 있을지도 모를 '욕망'과 '무의식'과 '이데올로기'의 문제 등에 대해서 속수무책이었던 것이다.

이에 따라, 1980년대 이후의 서사 연구는 서사의 문제를 단지 언어의 기술적 운영이라는 차원에서 다루지 않고, 여타 영역과의 긴밀한 관계 속에서 바라보려는 새로운 움직임으로 차츰 방향을 바꾸기 시작한다. 이를테면, 시점의 문제를 '화자의 젠더gender'라는 페미니즘적인 인식의 잣대로 분석하는 S. 랜서의 《서사행위Narrative Act》(1981), '플롯'을 '인간의 무의식적 욕망의 결과'로 해석하는 P. 브룩스의 《플롯을 따라 읽기 Reading for the Plot》(1982), 그리고 서사학이 결코 정치사회적 현실이나 이데올로기 문제와 무관할 수 없다고 주장하면서 심지어 '서사학의 죽음'마저 선언한 M. 커리의 《포스트모던 서사 이론Postmodern Theory of Narratology》(1998) 등을 들 수 있다.

그러나 흥미로운 것은, 서사학의 근본 명제—추상적이고 관념적인 모든 불분명한 요소를 제거하고 오직 텍스트상에 나타난 '객관적'인 언어 구조만을 '과학적으로' 분석하겠다는—를 깨뜨리는 듯이 보이는 이들의 새로운 움직임이 결코 서사학 자체를 파기하는 행위르만 보이지는 않는다는 점이다. 그보다는 오히려 자신의 한계를 명확히 인식하고 기존의 방식을 과감히 탈피해, 욕망이나 이데올로기 등의 문제와 부단한 교섭을 시도함으로써 스스로의 가능성을 심화하고 확장시켜 나가는 '진행형'의 행위로 읽혀지는 측면이 없지 않다. 더군다나 다중적인 매체 환경과 더불어, 기왕에는 볼 수 없었던 다양한 이야기 현상이 폭주하는 현 시점이야말로 오히려 서사학적 접근이 긴요하게 요청되는 시대인 것이다.

이 같은 상황을 반영이라도 하듯, 최근 한국의 서사 연구는―물론 현재로서는 아직 개척 단계에 있음에도 불구하고―비교적 활발한 진행을 보여주고 있다. 대학의 소설 이론 강의들은 소설에 대해 역사·전기적으로 접근하던 방식에서 차츰 벗어나 토도로프의 《산문의 시학》을 읽거나 주네트식 담론 분석을 시도하는 일이 잦아졌고, 소설의 시점이나 화자의 문제를 보다 집중적으로 다룬 연구논문들도 심심찮게 발표되어 왔다. 특히 최근에는 서사학에 관심 있는 국내의 국문학자는 물론 외국문학, 연극, 영화, 컴퓨터 게임, 만화, 애니메이션 등 여러 서사 분야의 연구자로 구성된 '한국서사학회'가 발족되기에 이르렀다. 이 학회가 지난 2000년부터 매년 2회씩 꾸준히 발간해 온 서사 연구 전문지 《내러티브》는 서사학에 대한 소수 국내 연구자들의 각별한 관심과 구체적인 연구 방향을 가늠케 하는 유용한 자료로 주목된다. 이 학회지는 매회 '서사물의 화자' '언어 서사물에서의 시공간 문제' '사이버 세계의 미로' '서사물의 작가' '서사물의 독자' '매체와 서사' 등과 같은 주제를 정해 심도 있는 논의 공간을 마련하고, 각종 구체적인 텍스트를 독창적으로 분석하고 서사학 관련 외국 서적을 번역, 게재하는 등, 다양하고도 시의성 있는 연구 성과를 폭넓게 소개해 왔다.

그러나 국내의 서사학적 접근이 보다 의미 있고 생산적인 것이 되기 위해서는 단지 제라르 주네트나 채트먼을 이해하고 소개하는 수준에 머물러서는 안 된다. 기존에 있던 이론적인 틀을 수정하거나 심화하고 그렇게 마련된 틀을 구체적으로 작품을 분석하는 도구로 삼아 보다 풍부하고 시의성 있는 해석과 평가를 도출해 내는 작업이 절대적으로 요청된다. 그리고 이를 위해서는 물론 좀 더 풍부하고 다양한 서사 연구 전문지들이 요

구될 것이다. 현재 한국의 서사 연구자들에게는 무엇코다도, '도구' 자체
에 대한 부단한 검증은 물론 도구의 생산적인 '적용'을 위한 활발한 정보
교류와 논의의 장場이 필요하기 때문이다.

3

'언어시 운동'과 찰스 번스틴

정은귀(서울대 강사)

언어와 시, 그리고 운동. 이 세 단어의 조합은 너무 평범해서 미국 현대시의 새로운 흐름으로 부상한 어떤 움직임을 지칭하기엔 좀 맥 빠지는 느낌을 준다. 어쩌면 그렇기 때문에 더욱 낯설고 불온하게 들린다. 시가 언제 언어를 떠나서 논의된 적이 있었던가? 시는 늘 언어 속에서 태어났고, 언어 속에서 자라고, 또 사유되어 왔다. 그런 점에서 시와 언어는 어쩌면 한쪽이 없으면 살 수 없는 샴쌍둥이의 운명과도 같다. 시가 상실된 시대, 시의 담론, 시 정신이 사라진 시대를 강퍅하게 살아가는 우리에게 언어시 운동이라는 낯설고도 불온한 샴쌍둥이는 어떻게 다가와서 무슨 이야기를 하는가? 언어시Language Poetry를 소개하기에 앞서, 뉴욕시파 · 비트시파 등 하나의 유파가 아닌 '운동'으로 굳이 꼬리표를 붙이고 시작하는 것은, 이 평범한 이름에서 느껴지는 낯섦과 불온함이야말로, 다양한 물길을 함께 품어 흐르는 하나의 움직임을 제대로 이해하게 하는 축이 될 수 있기 때문이다.

문화 운동으로서의 언어시 운동, 현실과 세계의 변화 동인

1978년 브루스 앤드루스Bruce Andrews와 찰스 번스틴Charles Bernstein, 두 패기 있는 젊은이가 《L=A=N=G=U=A=G=E》라고 이름 붙인 얇은 잡지를 발간할 당시, 어느 누구도 이 잡지가 한 세대를 주도할 시 운동의 대명사로 자리 잡을 거라고는 생각하지 못했다. 정치적으로는 좌파, 문화적으로는 포스트모더니즘과 문화유물론의 세례를 받은 두 젊은이가 시란 무엇이며 또 무엇이어야 하는가에 대해 당돌한 질문을 던졌을 때, 신비평의 틀 안에서 길들여진 대학의 권위 있는 목소리들은 이들이 내건 기치들, 가령 공적 영역에서의 시의 역할과 일상적인 언어관습을 깨는 새로운 시 언어를 통한 현실 재구성의 가능성 등에 다소 유보적인 자세를 취했다. 《L=A=N=G=U=A=G=E》 외에도 《오픈 페이스Open Space》《페이퍼 에어Paper Air》 등의 지면을 통해 비슷한 문제의식을 공유한 론 실리먼, 린 허지니언, 닉 피엄비노 등 일련의 젊은 작가들은 타성에 젖은 언어 관행이 낳은 의식의 획일화와 자본의 폭력을 치유할 수 있는 자유로운 시 공간을 꿈꾸었다. 그들은 자본주의 체제하에서의 상업화와 사물화, 그리고 소외가 언어 영역에서 가장 뿌리 깊게 자행되고 있다고 보고, 투명하고 중립적인 재현이 가능하다고 보는 언어관에 불신과 회의의 시선을 던졌다. 이러한 문제의식을 가지고 그들은 전통적인 서정시나 안일한 소재주의, 범박한 감정의 토로에 기대지 않았다. 대신 시 언어와 형식, 그리고 문법에 대한 도발적인 질문과 전위적인 실험을 통해 시의 언어 작용을 극대화함으로써, 언어를 통한 창조적·실천적인 사유가 현실과 세계를 변화시키는 힘이 될 수 있음을 보여주고자 했다.

언어를 통한 의미 생산과정이 사회의 물적 기반과 분리될 수 없으며 개인의 사유 작용, 나아가 사회 전체의 의식 구조, 문화 전반의 코드를 바꾸어놓을 수 있다고 믿는다는 점에서 언어시는 시 운동인 동시에 문화 운동이다. 언어시 운동은 권위나 중심에서 비켜선 변방에서 기존 언어질서의 전복을 꾀하고, 알게 모르게 의식의 획일화에 기여하는 통일된 문법과 구문, 어휘를 낯설게 만듦으로써 현실을 보는 새로운 시선을 포착하려 한다. 따라서 미래주의, 반反전통주의를 표방하며 도저한 낙관주의에 기대어 있는 듯 보인다. 언어시가 기대고 있는 이론적 배경은 분명 포스트구조주의·포스트모더니즘·문화유물론 등 당대의 시대정신에 부합하는 것이지만, 동시에 20세기 초 자본주의 문화의 공격수이자 향유자로 게릴라처럼 등장한 아방가르드 문학, 거트루드 스타인의 시학, 러시아 형식주의, 에밀리 디킨슨의 감춰진 텍스트, 그리고 윌리엄 블레이크의 혁명적 시학과도 그 맥이 닿아 있다.

그러기에 언어시 운동을 서정성과 실험성, 전통과 전위, 이론과 실천의 편리한 이분법에 기대어 후자만을 강조하여 설명하는 방식은 잘못된 접근법일 것이다. 또 언어시의 난해함과 읽기의 어려움을 포스트모던 문화현상의 병폐로 손쉽게 치부하거나 엘리트주의로 국한시킨다면, 이 또한 언어시 운동이 표방하는 시학을 제대로 이해했다고 보기 어렵다. 공적인 언어가 만들어내는 의미 구조를 불신한다는 점에서 언어시 운동은 일상의 의사소통 수단에 대한 신랄한 비판의식에서 출발했다. 또한 언어의 도구적 사용을 교란시킴으로써 새로운 소통을 염원하고 상업화와 자본의 논리에 휘둘리지 않는 다른 창조적 공간을 건설하고자 한 점에서 언어시 운동의 시적 전략은 냉엄한 현실인식에 뿌리내리고 있다. 여기에서는, 언어시 운동이 예술과 삶, 문학과 세상의 관계를 근본적으로 질문하는 문화

운동이면서도 동시에 여타의 다른 정치 · 문화 운동과 성격을 달리 하는 부분을 짚어보고자 한다.

언어시의 정치성

언어시 운동을 처음부터 지금까지 주도적으로 이끌어온 찰스 번스틴은 《시학A Poetics》에서, 시의 임무란 "이전에 존재하지 않은 새로운 실재를 상상하게 하는 동시에, 들리지 않는 현실의 여러 겹의 차원을 들릴 수 있게 만드는 것"이라고 피력한다. 따라서 시 언어는 단순히 한 개인의 정서를 발산하고 위무하는 통로, 혹은 현실을 수동적으로 비추어 보여주는 거울이 아니라, 현실을 경험하게 하고 나아가 새로운 현실을 만들어내는 적극적인 목소리, 혹은 경험 그 자체가 되어야 한다. 그가 파기하기 위해 씨름하는 언어 관습은, 특히 제2차 세계대전 후 경제적 · 도덕적 · 정치적 · 군사적으로 세계 최강의 국가를 건설하고자 주력한 미국의 국가적 전략이 언어적 측면에서 일상 구석구석까지 발휘된 모종의 폭력성과 긴밀하게 연결된다. 하나의 미국을 만들기 위해 국가 이데올로기에 의해 의도적으로 주입되어 온 공적 언어 관행이 일상의 의식에 미친 획일화라는 파장에, 새로운 시적 전략으로써 도전한다는 점에서 그의 시학은 다분히 정치적이고 또 불온하다. 그에게는 기존의 지배적 담론 체계나 공적인 언어질서를 전복하고자 하는 것이라면 어떤 새로운 시도도, 어떤 비판도, 어떤 움직임도 중요하다. 아무리 하찮은 것일지라도, 심지어 한 줄 낙서조차도 다 의미가 있다.

그러나 다른 한편으로는 어느 한 개인, 계급, 성, 그리고 그룹의 목소리를 단편적으로 대변하는 선언 혹은 선전활동으로서의 시를 반대한다는 점에서 그의 시학이 갖는 정치성은 일반적인 의미의 정치성과 변별된다. 모든 시는 역사적인 것, 시대에 밀착된 것이며 동시에 지리적·민족적·성적·계급적인 것이어서 존재론적 한계를 지닐 수밖에 없다. 허나 바로 그 개별 영역에서, 표준 영어가 전파한 보이지 않는 의식의 억압을 깨칠 수 있는 시의 공간이 열릴 수 있다. 시 언어는 우리가 당연하게 받아들이는 사물, 세상, 관계, 일상, 말을 낯설어 보이게 하는 전복, 긴장, 일탈의 순간을 통해 우리에게 새로운 시각을 열어 보이지만, 그 새로움과 낯섦은 우리에게 다가오는 순간 날카로운 날을 잃어버리고 세상과 화해한다. 어쩌면 그가 지향하는 글쓰기는 언어를 통해 새로운 의식을 깨치는 선두에 서 있지만, 그 새로움이 닻을 내리는 순간 이미 성취한 것을 모두 물려주고 다시 나아가야 하는 고단한 개척자의 발걸음과 흡사하다.

모든 종류의 상투성과 타성, 관습에 기댄 언어 행위를 타파하고 의미 생성 과정 자체를 문제시하는, 그래서 우리 의식을 속속들이 지배하는 자본주의적 일상의 틀을 거부하게 하는 의식 있는 행위로서의 시 작업은 시 읽기의 중요성을 강조할 때도 그대로 적용이 된다. 1981년 폐간되었지만 이후 언어시 운동의 대명사가 된 《L=A=N=G=U=A=G=E》의 창간 25주년을 기념해 마련된 한 인터뷰 자리에서, 번스틴은 창조적 시 쓰기와 더불어 창조적 시 읽기가 언어시 운동에서 얼마나 중요한지 강조한다. 하버드대를 졸업하고 창작과 잡지 편집 외에 의학 전문 잡지에 글을 기고하는 등 비정규직으로 전전하던 그가 버펄로 뉴욕주립대의 '시학 프로그램 Poetics Program'을 만든 것은 1990년의 일이었다. 찰스 번스틴, 수전 하우 등 소위 비주류 시인과 비평가들이 함께한, 일견 위태로워 보이던 출발이 다른 대학의 시 창작 프로그램과 변별되어 언어시 운동의 본산으로 커간 것은, 전적으로 창조적 시 읽기를 통한 비판적 사유가 현실과 맺는 불가분의 관계에 대한 그들의 절대적인 믿음에 힘입은 바 크다. 자본의 논리, 물리적 시공간의 한계를 극복하고 인터넷을 적극적으로 이용해 시와 독자의 만남을 시도한 '전자 시 센터Electronic Poetry Center'는 과거의 시인들을 발굴하고 재평가하고 다른 나라 시인들에게도 문을 열어두는 민주적인 의사소통 공간으로 자리 잡았고, 소규모·저예산으로 책을 만들고 보급하여 독자를 넓혀나가는 '작은 출판 운동Small Press Movement', 비영리 라디오 채널을 통한 시 보급, 다시 쓰기, 번역 등 다양한 방식으로 시 읽기를 실험하는 교과 과정은, 문학의 게릴라와 문화의 전위부대를 제도권 안에서도 충분히 키워낼 수 있음을 보여준다. '러스트 토크Rust Talks', '핸드리튼 프레스Handwritten Press', '체인Chain', '버저Verdure' 등 학생들이 꾸려나가는 토론 모임과 문예지는 기성 시인과 평론가들이 함께 참여하여, 지면을 통한 사적 독서 경험을 공공의 영역으로 확대시킨 창조적이고 협동적인 시 읽기와 글쓰기의 장이 된다. 무엇보다 이 프로그램을 살아 있게 하는 것은 '웬즈데이 앳 4 플러스 Wednesdays at 4 Plus' 이다. 이는 매주 수요일 오후 4시에 국내외 시인들을 초청하여 시를 읽고 토론하는 자리로, 교과 과정과 연계되어 운영되면서 학생·교수·일반인 누구나 참여할 수 있다. 이처럼 다양한 시도 속에서 시학 프로그램은 문단의 소외받던 이단아가 대학이라는 학제와 어떤 방식으로 만나서 그 영역을 넓혀갈 수 있는지, 제도권의 안과 밖에서 전위문학이 어떤 역할을 할 수 있는지에 대한 실험이자 가능성으로 자리 잡은 드문 예가 되었다.

언어시 운동은 일상의 의식과 현실을 변화시키는 가장 중요한 체계, 문화의 몸으로서의 언어, 세계를 드러내 '주조하는' 최초의 기술로서의 시 언어를 이렇듯 다양한 방식으로 탐색한다. 그리고 글의 서두에서 지적한 바와 같이, 샴쌍둥이의 운명처럼 낯설고 불온하게 시작했지만 각자의 다름 안에서 숨을 쉬는 생명을 얻어 현실을 바꾸어나가는 큰 흐름으로 자리하게 된다. 18~19세기 미국의 가려진 역사로 거슬러 올라가면서 텍스트의 새로운 공간을 열어 보이는 수전 하우와, 시간과 인식, 기억과 경험의 여러 결을 일상의 단면에서 포착하여 지속적인 언어 실험으로 보여주는 린 허지니언, 그리고 이민의 경험과 문화 이식의 문제를 언어에 대한 예민한 감수성으로 드러내는 재미동포 시인 명미 김Myung Mi Kim의 작업 등은 역사와 현실이 전위라는 새로운 시형식과 만나는 접점에 서 있다.

다양한 목소리, 다른 무늬, 다른 언어 안에서 시와 현실에 대한 문제의식을 공유한다는 점에서 언어시 운동은 포스트모던의 열린 문화 안에서 잉태된 것임이 분명하다. '언어는 세상을 담아내는 그릇이기 전에 세상을 연마하는 용광로'라고 번스틴은 말하는데, 현실에서 무기력하기 그지없는 자폐적인 시 언어, 당대의 언어 관행에 대한 비판적 인식을 언어를 통한 현실과의 겨루기로 연결시킨다는 점에서 언어시 운동은 낭만주의의 시 정신과도 맥이 닿아 있다. 그러나 낭만적 주체의 자리에 언어를 들어앉히고 파편과 반복, 해체 등의 전략을 통한 사유 작용을 모색하면서 언어의 한계를 시험하는 언어시 운동은 자연이나 세상, 타자, 시간과의 손쉬운 화해를 거부한다. 상처를 치유하는 것은 시간이라는 익숙한 위안의 틈새를 헤집고 들어와, '시간은 모든 치유를 상처내지Time wounds all heals'라고 고집 부릴 수 있는 발칙함이란!

현대시가 너무 어렵다고 지적하는 평자들에게 번스틴은 시 읽기는 어려워야 한다고 단언한다. 쉽게 씌어진 시나 쉽게 읽히는 시는 대중의 잠든 의식을 깨우치지 못한다. 시 언어는 세상을 보는 눈에 자극과 긴장을 주어 드러나지 않은 현실의 다른 겹을 만들어 보이게 해야 한다. 이 '한 다'의 당위 안에는 이론과 실천, 전통과 실험이 만나는 장에 대한 지속적 인 고민이 전제되어 있고, 언어를 통한 문화의 자정 작용에의 열망이 숨 어 있다. 익숙함에 안주하고 새로움을 잃을 때 시 언어는 죽는다. 시란 시 적 자유가 혼돈을 가져와 그 혼돈이 곧 새로운 억압과 쓰라린 것이 실패가 될 가능성마저도 환영하는 도전 정신에서 지속적인 생명력을 얻는다.

언어시 운동은 자유와 혼돈의 그 아슬아슬한 경계, 자유가 다른 형태의 억압이 되고 창조가 곧 죽음이 되는, 그 위험한 가장자리에 서서 어떤 흐 름을 만들어왔다고 볼 수 있다. 나아가기만 할 뿐, 지속적으로 머무는 영 토를 점유하지 않는다는 점에서 늘 불안한 언어 예술로서의 시가 갖는 힘 이 있다면, 우리의 안일한 의식을 치고 들어오는 것은 바로 그 낯설고 불 온한 경험 자체일 것이다. 그러고 보면 언어시는 삶을 삶답게 살기 위해 죽음마저 불사하는 수술을 감행하는 샴쌍둥이의 운명과 흡사하다. 이 운 명을 지켜보고 살게 만들어가는 것은 문학이라는 이름에 기대어 깨어 있 는 삶을 꿈꾸는 우리의 몫이다. 그렇지만 종이 위의 탈골된 문장들, 버려 진 문장의 파편, 어긋난 문법 또한 시적인 사유의 출발점이 될 수 있다고 믿는 우리 시대의 시인은, 수술로 만신창이가 된 몸의 흉터에서조차 따스 한 시의 결을 찾아내며 껄껄 웃을지도 모른다.

미국 소설의 새로운 장르, '그래픽 소설'

최진영(중앙대 명예교수)

그래픽 소설의 배경

그림으로 이야기를 전하는 것은 동굴이나 암벽에 그림을 새겨 넣었던 태초부터 전해 오는 가장 오래된 예술행위이다. 그림은 실생활을 묘사할 뿐 아니라 삶에서 일어나는 여러 현상이나 문제에 대해 논평을 하고, 풍자하고, 비판하기도 한다. 고대와 중세에도 무명의 화가들은 유머나 풍자·해학적 비판을 과장된 그림으로 그려 대중에게 재미와 후련함을 안겨주었다. 현대에 이르러서는 출판문화의 발달과 더불어 활자매체인 신문·잡지의 만화가 유사한 역할을 하였으나, 만화가의 위치는 사회 주변에 머물며 미술가나 예술가로서 인정을 받지 못했다. 만화의 내용도 다분히 환상적인 영웅 이야기, 복수극, 폭력, 저질적인 성에 관한 것이 대부분이었다. 따라서 만화의 독자는 대부분이 청소년이나 특이한 취향의 성인 남자들이었다. 이들은 만화를 통해 욕구 불만이나 사회에 대한 분노를 해소시켰고, 그들만의 소위 '지하문화'를 형성하였다.

미국에서도 1950년대까지 만화는 군소 출판사에서 최저의 비용으로 출판하거나 만화가들이 자비로 출판한 조잡한 것들이 많았고, 주류문화의 미술계에서는 완전히 도외시되었다. 그러나 1960년대 비트문학의 대두와 더불어 지하문화의 일부였던 만화는 더욱 영역을 넓혀갔고, 많은 만화가들이 비트문학운동에 참여하였다. 만화가들은 비트 문학의 반자본주의, 반기성문화, 인종평등주의 등에 적극적으로 동참하였고, 만화에 등장하는 영웅의 호쾌한 모험을 통해 독자와 그들의 좌절감을 분출시키며 승화시키기도 하였다.

만화는 주변 문화의 산물로서 이단적인 성격이 농후했으나 주류 문학의 비판 대상이 아니었기에 오히려 자유롭고 창의적일 수 있었다. 만화가들도 열정과 실험정신을 발휘할 수 있었고, 이러한 실험정신은 그들로 하여금 서술 형식의 시각적 가능성을 더욱 탐구하게 하였다.

비트 시대의 작가나 화가는 그들이 원하는 것을 그들이 원하는 시간에 출판사의 예산이나 마감 시간의 제약을 받지 않고 쓰거나 그릴 수 있었다. 그 결과 여러 가지 금기를 깬 새로운 실험을 통해 새로운 목소리를 내기 시작했다. 1960년대의 비트문학운동이 샌프란시스코를 중심으로 일어났다면 최근 만화의 새로운 현상은 뉴욕의 빌리지를 중심으로 일어나고 있는 것으로 볼 수 있다.

만화와 문학의 혼합체인 그래픽 소설은 1976년 《만화저널 The Comic Journal》의 출판을 계기로 등장하였다. 이때부터 만화가들은 처음으로 스스로를 노동자나 기능공으로 생각하지 않고, 정당한 미술가로 자인하기 시작했다. 만화는 '글쓰기 writing'와 '그림 drawing'의 융합체로서 권위를 갖기 시작했고, 만화가를 '작가 author'로서 생각하게 되었다.

1980년대와 1990년대는 만화의 번성기였다. 질적으로 향상되고 문자와 문학을 아는 세련된 만화literate comics가 독자의 관심과 호응을 얻었으며, 종래의 지하 출판사나 가난에 허덕이던 작은 출판사들이 성공하기 시작했다. 이와 더불어 만화와 그래픽 소설이 대중의 존경을 받게 되었다. 이러한 변화에 박차를 가한 것은 월트 디즈니 영화, 애니메이션, 컴퓨터 영상 등이었다. 많은 만화들이 할리우드 영화로 만들어졌고(스파이더맨 · 배트맨 · 슈퍼맨 등), 시각적 이미지에 익숙해진 대중은 만화에 더욱 열광하게 되었다. 이들은 문화권력층이나 대학의 지식 엘리트층의 언어가 아닌 일상의 언어vernacular를 사용하는 만화나 만화영화에 공감과 감동을 느꼈고, 전통적 문학 기교의 제약이나 비판을 거부하였다.

더욱이 자가 출판에 이용되면서 인터넷이 새로운 토론의 장으로 떠올랐다. 인터넷은 여러 가치관에 관한 아이디어나 토론을 자유로이 교환하는 공간이 되었고, 표현에 검열이나 구속을 받지 않고 성적 환상이나 종교적 교훈에 이르기까지 모든 것을 자유분방하게 토론하는 안식처가 되었다.

이러한 전자 시대를 배경으로 만화는 미술과 문학을 통합한 예술 형태가 되었고, 마침내 그래픽 소설이 대두하게 되었다. 최근에는 판테온 Pantheon 같은 주류 문화의 출판사까지 그래픽 소설과 만화를 출판하고 있으며, 예일 대학을 비롯한 여러 대학의 논문과 《뉴욕타임스》의 비평, 그리고 조이스 캐럴 오츠Joyce Carol Oates 같은 작가가 이 새로운 소설에 대해 본격적으로 분석 · 비평을 하기에 이르렀다.

그래픽 소설의 정의와 특징

그래픽 소설을 일컬어 '두뇌를 갖춘 만화책a comic book with a brain',

‘연속적 예술sequential art’ 또는 ‘서표가 필요한 만화-책a comic book that needs a bookmark’ 등으로 부른다. 다시 말하면 만화책이지만 유식하고 세련된 한 권의 책으로 연속적인 패널(화판)을 사용하여 이야기를 서술하는 문학 형태이다. 그래픽 소설·문학, 그래픽 소설·유머, 그래픽 소설·과학 등으로 분류하기도 한다.

그래픽 소설은 문자 소설과 대비되는 여러 특징을 보인다. 첫째, 그래픽 소설은 삽화가 들어간 전통적 소설과는 판이하게 다르다. 삽화가 이야기를 부분적으로 설명하거나 묘사하는 것과는 달리, 그림과 언어가 하나의 통합된 전체를 이루고 있어 그림이 이야기를 묘사하는 것이 아니라 그림 자체가 서술이다.

둘째, 문자로 쓰인 소설과는 다르게 화판 사이의 공간에서 현재 진행되고 있는 액션이 눈에 보이기 때문에 움직임과 역동성을 느낄 수 있다.

셋째, 그래픽 소설은 대강 뛰어 넘어가면서 읽을 수 있는 소설이 아니다. 그래픽 소설의 특이한 리듬과 서술 방식을 터득하여야 음미할 수 있기 때문이다. 만화가의 획 하나, 점 하나, 빈 공간 하나 등은 많은 의미를 전한다.

넷째, 19세기 때 소설이 도덕심이 약한 부녀자들이나 읽는 것으로 간주되었던 것과는 달리, 그래픽 소설의 세계는 남성의 세계이다. 최근에 몇몇 여성 만화가들이 활동을 시작하였고, 여성을 주인공으로 하는 만화도 있으나, 그래픽 소설은 대부분 남성이 쓰고 그린, 남성을 위한 소설이다. 주제 면에서는 상실감·고독·동경·갈망·성적 좌절감·소외감 등이 대부분을 차지한다.

다섯째, 대부분의 그래픽 소설은 문자 소설보다 자서전적 요소가 강하다. 만화가들은 "가정이 정상적으로 평화롭고, 학교에서 인기가 있었던 사람들은 만화가가 될 수 없다"고 말한다. 이렇듯 만화가들 자신이 느꼈던 고독과 소외감이 작품의 주축이 되는 것이다. 만화를 그리는 것이 하나의 정신적 피난처였고, 만화를 통해 통쾌한 복수를 하거나 승리를 거두는 환상의 세계를 창조한 것이다. 그러나 최근의 작품들은 시사적이고 정치적인 주제를 많이 다루고 있으며, 다큐멘터리나 메모의 성격이 강한 것도 있다.

그러나 무엇보다도 그래픽 소설의 두드러진 특징은 시간의 흐름을 절묘하게 표현한다는 것이다. 빠르거나, 느리거나, 빠르면서 동시에 느린 시간의 흐름을 특출하게 묘사할 수 있다. 전통적 소설이 빈 공간으로 남겨둘 수밖에 없는 것과는 대조적이다.

일곱째, 그래픽 소설은 친숙한 경험이나 사건을 참신하게 바꾸어 고통스럽던 경험을 반추하고 새로운 감동을 불러 일으킨다.

여덟째, 그래픽 소설은 공허와 혼돈 상태를 서술 · 묘사하는 데 전통적 소설보다 효과적이다. 한 컷의 패널을 완전히 흑색으로 남겨둠으로써 물리적 · 정신적 암흑 상태를 생생하게 표현한다.

아홉째, 그래픽 소설은 음산하고 편집광적인 현상이나 현실을 특히 잘 묘사하여, 패널 자체가 폐소공포증과 같은 병적 감정을 유발할 수 있다. 패널의 갇혀진 사각형이 한계선이 되어 유폐된 듯한 공포감을 자아내기도 한다.

마지막으로, 그래픽 소설은 희극적이고 풍자적인 만화의 전통을 근간으로 하기 때문에 우선 재미있다. 과장과 해학이 있고, 어린이 같은 마술과 환상의 세계가 있다. 만화가가 그려 넣은 점 하나, 선 하나로 감정의 깊이를 즉시 시각적으로 느낄 수 있는 묘미를 제공한다.

대표적인 그래픽 소설가와 작품들

최근에 나온 대표적인 그래픽 소설은 황당한 모험이나 초인간의 활약, 난폭한 복수극과 같은 주제보다는, 시사성이 있는 역사적 사건이나 정치·사회 문제, 인간의 원초적인 고독과 소외감 등을 다루고 있다. 다시 말해 문자소설의 주제와 크게 다르지 않은 것이다. 그리고 그래픽 소설의 그림도 만화나 영화 같은 과장된 그림 이야기보다 훨씬 간결하고 절제되어 있으며, 교묘한 각도나 원근법 같은 것은 피하고 있는 추세이다.

미국에서 가장 영향력 있는 그래픽 소설가는 1992년에 퓰리처상을 받은 《생쥐: 한 살아남은 자의 이야기 MAUS: A Survivor's Tale》의 아트 스피겔만이다. 스피겔만은 미술가로 출발하여 만화로 방향을 바꾸었고, 만화로 소설을 '쓰는' 작가가 되었다.

영화에 영향을 받은 그는 만화의 형식과 기술적인 문제를 탐구하였고, 그 결과 만화소설인 그래픽 소설을 하나의 새로운 장르로 발전시킨 사람이다.

그의 대표작 《생쥐》는 흑백 만화로, 폴란드 출신 유대인인 저자의 아버지가 나치즘 치하에서 겪은 고통과 아우슈비츠의 참상, 부인의 자살, 친지의 배반, 가족의 죽음, 저자와 아버지 사이의 평탄치 못한 관계를 다루고 있다. 유대인은 쥐, 나치 독일 경찰과 군인은 고양이, 기타 폴란드인들은 돼지로 등장한다.

이 작품에서 스피겔만은 주조적인 면에서의 새로운 시도와, 몇 가지 섬세한 디자인상의 실험을 하였다. 예를 들어, 나치 정권의 상징인 스와스

티카의 그림자가 전 페이지에 그림자처럼, 그러나 드러나지 않게 드리워지게 한 것이나 작품 첫 장에 그려진 나치의 기묘한 상징 등을 꼽을 수 있다. 언어상으로 보아도 동유럽 유대인의 특이한 영어를 그대로 구사하는 아버지와 미국 영어를 사용하는 아들의 거리감을 나타낸다.

무엇보다도 스타일과 주제의 절묘한 결합은 독자를 흡인하는 힘이 넘쳐난다. 독자들이 친숙하게 알고 있는 고양이와 생쥐를 등장시킴으로써, 참혹한 홀로코스트를 감내할 수 있도록 거리감을 주는 동시에 쉽게 이해하고 느끼게 만든다.

스피겔만은 미국 만화계의 미켈란젤로이며 메디치가를 겸비한 작가라고 격찬을 받고 있으며, 오랫동안 많은 젊은 만화가들을 배출하기도 했다.

다음으로 조 사코를 들 수 있다. 그의 그래픽 소설 《팔레스타인 Palestine》은 그가 수십 년간 전쟁과 고통에 시달려온 팔레스타인의 소도시들과 난민수용소를 여러 차례 방문한 후 쓴 작품인데, 다큐멘터리 같은 형식으로 팔레스타인의 문제를 부각시키고 있다. 사코의 《안전지대 고라즈드Safe Area Gorazde》는 보스니아 전쟁 중 무슬림들이 세르비아인에게 당한 고난을 역시 다큐멘터리 기법으로 다룬 것이다.

반면에 마르제인 사트라피Marjane Satrapi의 《페르세폴리스Persepolis》는 한 이란인 소녀의 성장과 1979년 이슬람 혁명 이후 겪은 그녀 가족의 수난사를 흑백 그림과 간결한 대화, 그리고 서술로 잔잔하게 이은 소설이다. 스피글만의 제자인 크리스 웨어Chris Ware의 《지미 코리건Jimmy Corrigan》은 그래픽 소설 중에서 가장 아름답고 복잡한 작품으로 인정받는다. 주인공은 36세의 시카고 사람으로 정서적으로 결함이 있는 불운한 사람이다. 일생 동안 한 번도 만난 적이 없는 아버지와 잠시 결합을 하지만 불행은 계속된다. 이 작품에는 꿈과 플래시백 등의 장면이 등장하며, 어느 쪽에는 시카고의 역사적 사건에 대한 정보가 가득 차 있는가 하면 다른 쪽에는 기침이나 한숨만으로 시간이 지나갈 뿐 아무 일도 일어나지 않는다. 그래픽 소설의 시간과 공간 처리, 그리고 폐쇄적인 화판이 빈틈없이 융합된 것이다.

그래픽 소설의 전망

그래픽 소설은 만화 · 영화 · 애니메이션 · 인터넷 · 문자소설 등을 통합하여 산출한 21세기의 새로운 장르이다. 시각적 이미지에 익숙하여 긴 시간 문자를 읽는 데 식상한 새로운 세대가 선호하는, 미술과 문자의 종합적인 새로운 문화 현상으로도 볼 수 있다.

일부 평자들은 그래픽 소설을 극단적인 페미니즘에 대한 반동이나 반발이라고 보기도 한다. 한편 다른 비평가들은 시를 멀리하는 현대인들이 지금은 소설을 선호하고 있지만 언젠가는 문자 소설도 그래픽 소설에 의해 대체될 지 모른다는 예견을 한다.

여하튼 지하에서 지상으로, 주변에서 차차 중심으로 이동하고 있는 그래픽 소설이 주류 문화의 비평과 관심의 대상이 됨으로써 그 참신함을 얼마나 오래 유지할 수 있을지는 의문으로 남는다.

5부 _
역사 속의 문학 읽기, 현재진행형 문예이론들

근대의 부정적 유산에 대한 저항의 정치학

박인찬(숙명여대 교수)

포스트모더니즘의 도전

20세기 후반 서구 문단에 커다란 파장을 불러일으킨 변화의 물결 한가운데 포스트모더니즘이 있음은 누구도 부인할 수 없는 사실이다. 리얼리즘과 모더니즘으로 대별되는 선배 세대의 문학 전통에 근본적인 한계를 느낀 1950~1960년대의 젊은 작가들이, 20세기 후반의 다변적인 삶에 견줄 수 있는 문학적인 실험을 다각적으로 펼치기 시작하면서 포스트모더니즘이라 불리는, 문학의 새로운 전기가 마련되었던 것이다. 기존 문학전통에 대한 이들의 도전은 단순한 문학기법상의 불만에서라기보다는 그 근저에 깔려 있는 근대의 기본 신념들에 대한 근본적인 문제의식에서 비롯되었다. 즉 포스트모더니즘은 인간 경험의 총체적 인식과 객관적 재현, 합리주의, 보편주의, 개인주체, 과학적 이성과 진보주의, 서구·백인·남성중심주의, 고급문화의 권위주의, 매체와 장르에 관한 위계의식 등에 대한 비판에서 출발한 것으로, 21세기로 진입한 오늘날에도 현실의 다원성과 복잡성을 반영하기 위해 다양한 형태로 탈근대적 문제의식과 실험을 전개하고 있다.

서구 포스트모더니즘이 지난 반세기에 걸쳐 꾸준히 전개되어 온 것에 비하면, 우리나라에 그것이 본격적으로 소개된 것은 그리 오래전의 일이 아니다. 1980년대 중·후반에 김성곤 서울대 교수를 비롯한 몇몇 영문학자들이 미국의 포스트모더니즘 문학과 대표 이론가들을 소개하면서 주목받기 시작한 포스트모더니즘은, 1990년대 들어 포스트구조주의 이론가들을 중심으로 포스트모더니즘 이론이 활발히 거론되면서 우리나라 문단과 학계에 적지 않은 관심과 논쟁을 불러일으켰다.

그러나 당시의 열띤 반응과 비교해 보면 최근에 와서는 포스트모더니즘이라는 명칭의 사용이나 그에 대한 관심이 꽤 수그러든 듯한 느낌마저 드는 것 또한 사실이다. 이것은 어찌 보면 포스트모더니즘 역시 외국에서 들어온 다른 사조나 이론들처럼 한때의 해프닝에 불과하다는 증거일지도 모른다. 그러나 생각을 달리하면, 우리가 포스트모더니즘이란 말이 더 이상 생경하지 않은 시대에 살고 있다는 사실에 대한 방증이라고도 할 수 있다.

우리는 최근의 대중문화나 인터넷을 위시한 사이버문화에서 기존의 문화질서와 규범에 반하는 탈근대적 변화의 징후를 어렵지 않게 찾아볼 수 있다. 특히 1980년대 이념의 시대가 종식되면서 1990년대 새롭게 등장한 우리 문단의 젊은 작가들은, 근대 거대담론의 억압적인 그늘과 권위에서 벗어나 새로운 질서, 새로운 표현의 자유를 구축하려는, 포스트모던하다고 할 만한 다양한 시도를 계속해서 선보이고 있다.

이러한 현상이 우리에게 시사하는 바는 한마디로 근대성에 대한 철저한 반성이다. 역사적으로 비교적 짧은 기간이지만 어느 나라 못지않게 근대의 질곡을 거치면서 성장해 온 우리이기에 그 필요성은 절실하다. 바로 이 점에서 서구의 포스트모더니즘은 쉽게 간과해 버릴 수 없는 타산지석과도 같다. 게다가 포스트모더니즘 문학이 영미권에서 계속해서 진행·발전 중임을 염두에 둔다면 그 유효성은 더욱 크다고 하겠다.

영미 포스트모더니즘 문학의 최근 현황

서구의 포스트모더니즘 문학은 1950~1960년대 미국 문단에서 본격적으로 제기된 소설의 죽음 선언과 문학적 고갈의식으로부터 상당 부분 촉발되었다고 해도 과언이 아니다. 존 바스, 토머스 핀천, 도널드 바셀미, 로버트 쿠버, 커트 보네것 등을 비롯한 당시의 젊은 작가들과 레슬리 피들러, 이합 핫산, 수전 손탁 같은 비평가들은 현실에서 일어나는, 소설보다 더 극적이고 충격적인 사건이라든가 그것을 전하는 대중매체의 위력, 국가 공식 담론의 허위성과 권력의 횡포, 근대적 개인주체의 와해, 그리고 고급문화와 활자문화에 맞선 대중문화와 영상매체의 확산을 경험하면서, 현실세계의 변화에 제대로 부응하지 못하는 리얼리즘과 모더니즘 같은 종래의 소설 양식의 무력함과 문학적 상상력의 결핍을 절감하게 된 것이다.

그런데 고무적인 사실은 이러한 위기의식이 역설적으로 소설의 새로운 부흥을 가져다주었다는 것이다. 현실에 대한 객관적이며 규정적인 파악에 얽매이기보다는 현실과 허구를 자유롭게 넘나듦으로써 인간의 삶과 진실을 좀 더 유동적으로 탐구할 수 있는 다각적인 방식이, 메타픽션·미로소설 · 우화fabulation소설 · 판타지 · 공상과학소설 등의 형태로 이 시기에 시도되었다. 이는 미국소설에만 국한된 현상이 아니고, 1960년대 후반에 나온 존 파울스와 도리스 레싱 같은 영국작가들의 작품에서도 비슷한 시도를 찾아볼 수 있다.

1950~1960년대의 문단에 새로운 활력을 불러일으킨 포스트모더니즘 소설은 핀천의 《중력의 무지개Gravity's Rainbow》와 쿠버의 《공개화형 The Public Burning》 같은 대작이 발표된 1970년대로 접어들면서 일종의 정착기를 거치다가 1970년대 후반부터 최근 사이에 또 다른 전기를 맞게 된다. 이 시기의 눈에 띄는 특징으로는 우선 문학과 이론을 통해 포스트모더니즘이 점차 대중화되면서 초기의 문제의식을 좀 더 노골적으로 다룬 점을 들 수 있다. 가령, 미국의 대중문화와 소비사회, 그리고 현대 과학기술의 병폐를 통렬하게 진단한 돈 드릴로의 《백색 소음White Noise》은 보드리야르의 모상模像 또는 하이퍼리얼리티 이론을 비롯해 핀천의 음모론적 세계를 직접적으로 연상시킨다. 영국작가인 그레이엄 스위프트의 《워터랜드Waterland》와 줄리언 반즈의 《플로베르의 앵무새Flaubert's Parrot》는 역사와 재현의 문제를 자기 반영적으로 다루는 포스트모더니즘 역사소설의 또 다른 예를 보여준다.

1970년대 후반 이후의 포스트모더니즘 소설은 장르와 매체 실험에 있어서도 다채로운 양상을 보였다. 이 부류에 속하는 많은 작품은 피들러가 포스트모더니즘의 주된 특징으로 강조한 바 있는 고급문화와 대중문화 사이의 간극 메우기를 좀 더 적극적으로 실천하였다. 이러한 현상이 나타난 대표적인 예로, 1970년대 이후의 포스트모더니즘 소설에서 가장 빠르게 성장하고 있는 공상과학소설 분야를 들 수 있다. 최근의 과학이론을 문학적 상상력에 접목시킴으로써 인간의 현재적 미래를 가상적으로 제시하는 포스트모더니즘 공상과학소설은 미래사회에 도래하게 될 과학기술·문명·인간성·세계질서 등의 문제를 탐색한다.

이 가운데 가장 대중적인 작품의 하나로 손꼽힐 뿐 아니라 포스트모던 계열의 영화 〈블레이드 러너〉와 〈매트릭스〉를 예견케 하는 윌리엄 깁슨의 사이버펑크 소설 《뉴로맨서Neuromancer》는, 초국가적 자본주의체제와 인공지능이 지배하는 미래사회에서 인간이 맞게 될 암울한 운명을 비정한 문체로 그려냈다. 이 외에도 대중문학 장르가 패러디의 목적으로 사용되는 경우가 자주 발견되는데, 가령 폴 오스터는 《뉴욕 삼부작New York Trilogy》에서 탐정소설의 형식을 차용하여 이야기의 흥미를 유발하는 한편 탐정소설의 근저에 깔린 인과론, 주체, 재현, 확실성과 같은 근대적 신념을 무너뜨림으로써 그것을 또한 패러디했다.

이 시기의 장르 실험은 매체 실험으로까지 확산되어 활자 이외의 다른 매체를 적극적으로 수용하는 단계에 이른다. 물론 이 역시 이전의 포스트모더니즘 소설에서 이미 시도된 것이기는 하지만, 본격적으로 등장한 때는 1970년대 후반에 이르러서다. 가장 대표적인 예는 마뉴엘 푸이그의 《거미여인의 키스Kiss of the Spider Woman》와 같은 영상 친화적, 혹은 영화적 글쓰기의 소설이다. 푸이그의 소설에서 배경 묘사나 전통적인 서술 같은 것은 찾아볼 수 없다. 영화 대사와 다를 바 없는 두 인물 간의 대화로만 이루어진 이 소설에서 푸이그는 영화보다 훨씬 시각적이며 호소력 있는, 이른바 '글로 쓴 영화'의 전범을 보여준다. 매체 실험과 관련하여 주목할 만한 새로운 시도는 컴퓨터의 하이퍼링크를 응용하여 만든 하이퍼텍스트 소설이다. 포스트모더니즘 소설의 비선형적 구조와 개방성을 컴퓨터의 사이버공간에서 한층 더 고조시킨 하이퍼텍스트 소설은, 독자에게 미로 속의 이야기를 직접 엮어나가거나 구성할 수 있는 적극적인 참여의 기회를 제공한다. 1987년에 제작된 최초의 하이퍼텍스트 소설인 마이클 조이스의 《오후, 이야기Afternoon, a Story》를 비롯해 문제작으로 손꼽히는 셜리 잭슨의 《패치워크 소녀Patchwork Girl》가 보여주듯이 하이퍼텍스트 소설은 꾸준히 실험을 거듭하고 있는 포스트모더니즘의 최신 장르로서 많은 주목을 요한다.

서구 포스트모더니즘 문학의 최근 현황에서 빼놓을 수 없는 점은 작가군의 분포가 백인 중심이던 과거에 비해 훨씬 다원화되었다는 것이다. 1950년대부터 1970년대 초까지 주로 백인 작가들을 중심으로 근대성에 대한 포스트모더니즘 문학의 도전과 실험이 이루어졌다면, 그 이후부터는 서구·백인·남성 중심의 서구 근대가 타자화하고 억압하던 집단 출신인 흑인 여성작가, 미국 원주민 작가, 탈식민 계열의 제3세계 작가, 아시아계 영미작가 등의 합류가 크게 늘고 있다. 대표적인 작품으로, 흑인노예의 역사를 여성의 시각에서 재구성한 토니 모리슨의 《비러브드Beloved》, 한국계 미국 여성의 문화적 억압과 자아 형성의 난관을 다룬 차학경의 《딕테Dictee》, 현실과 환상을 넘나드는 기법으로 격변기의 인도 역사를 서술한 샐먼 루시디의 《자정의 아이들Midnight's Children》, 서구 제국주의의 기념비적 고전인 《로빈슨 크루소Robinson Crusoe》를 여성 표류자를 통해 패러디한 쿳시의 《포Foe》 등이 있는데, 이들은 각기 다른 방법으로 제국·서구·국가·민족·역사·정전·타자 등의 문제를 다루었다. 이러한 작품들은 주변부로 밀려난 자들의 귀환을 지지하는 포스트모더니즘 문학의 탈근대적 저항을 공유하는 것이기에 고무적으로 받아들여진다.

포스트모더니즘 문학의 국내 현황과 과제

우리 문단에 포스트모더니즘적인 실험과 감수성이 나타난 것은 앞서 언급한 대로 1990년대에 들어서다. 미국의 포스트모더니즘 문학과 비교했을 때, 비록 시기적으로는 차이가 있지만 등장한 배경에는 유사한 점이 없지 않다. 1950년대의 급변하던 현실과 1960년대 들어 광범위하게 확산된 자본주의와 사회주의, 양 체제에 대한 환멸은 미국의 젊은 작가들에게 근대 질서에 대한 강한 거부감과 기존의 문학 전통에 반하는 새로운 시도의 필요성을 느끼게 했다. 마찬가지로 우리나라에서는 1970~1980년대 정치적 상황을 특징 지었던 군부 독재와 이념적 투쟁 간의 극한 대립이 1980년대 후반 이후에 서서히 수그러들고, 여기에 1980년대 후반에서 1990년대 초 사이에 있었던 동유럽 사회주의 체제의 몰락이 더해지면서, 젊은 작가들이 기존의 문학 규범이나 집단적 범주에 얽매이지 않는 새로운 형식의 소설을 추구하게 되었다.

이러한 배경에서 등장한 1990년대 작가들 가운데 장정일 · 구효서 · 채영주 · 송경아 · 박상우 · 김영하 · 김연수 · 배수아 등은 기본적으로 현실을 총체적으로 인식하고 객관적으로 재현하는 리얼리즘의 규범에 더 이상 연연하지 않는다는 점에서, 이전 시대와 확실히 구분된다. 물론 이런 이유만으로 이들을 포스트모더니즘 작가로 단정 짓기에는 무리가 따르는 게 사실이다. 그러나 이들이 삶을 규정적으로 파악하는 민중 · 역사 · 이념과 같은 근대의 집단적 범주에서 탈피하여, 개인이 현실을 경험하는 다양한 층위와 유동적인 방식을 개방적인 자세로 담아내려 한다는 점에서는 포스트모던하다고 해도 크게 틀리지는 않을 것이다. 게다가 이들이 서구작가들처럼 대중문화를 작품 속으로 적극 끌어온다든가 다른 매체와의 장르 실험을 계속해서 시도하고 있다는 점을 고려하면, 포스트모던한 요소가 점점 더 늘어나리라는 예상을 해봄 직도 하다.

최근에 출간된 두 편의 소설을 보면 포스트모더니즘에 대한 우리 작가들의 관심이 점차 심화되고 있음을 짐작할 수 있다. 재작년에 발표된 김연수의 《꾿빠이, 이상》과 김운하의 《137개의 미로카드》가 바로 그러한 작품인데, 두 작가 모두 인문학적 상상력의 깊이와 실험성에서 가히 손색이 없다. 데뷔 당시부터 현실과 허구, 진실과 허위의 문제를 꾸준히 탐색해 온 김연수는 이번 작품에서 이상李箱 문학에 관한 진위 여부를 모티프로 삼아 텍스트의 존재론적 의미를 밀도 있게 추적하였다. 무엇보다도 우리나라 모더니즘 문학의 기념비적인 작가를 그러한 포스트모던한 탐색의 소재로 택했다는 것은 주목할 만하다. 이상의 현존하지 않는 유작 〈데드마스크〉와 〈오감도 시 제16호 실화〉에 대해 존재론적 상상력을 펼치고 있는 작가는, 이상 문학을 실증적으로 복원하려 한다기보다는 진본과 위본 사이의 불확실한 간극과 다층적인 의미를 다양한 서술전략으로 형상화한다는 점에서 오히려 그것을 패러디한다.

김연수의 소설이 정전正傳 작가의 포스트모던한 재구성에 가깝다면, 137개의 카드만을 남기고서 사라진 작가를 놓고 펼쳐지는 김운하의 소설은 퍼즐게임을 방불케 한다. 작가의 실종이나 미로 카드라는 착상이 암시하듯이 이 작품이 제시하려는 것은 작가·텍스트·진리의 근본적인 불확정성이다. 소설의 구성도 작가의 근원이나 텍스트의 확정적인 질서에 도달한다기보다는 작가의 카드가 수용자들에 의해 재구성되는 데 필요한 여러 비평적 자료와 시도를 임의적으로 편집해 놓은 식이다. 따라서 소설의 중심은 더 이상 권위적인 작가나 화자에게 있는 것이 아니라, 그것을

구성하고 해석하는 독자에게 항상 열려 있다. 이런 점에서 김운하의 소설
은 하이퍼텍스트 소설처럼 계속 생성되는 중이라고 할 수 있다. 이처럼
비슷한 문제의식을 지닌 두 작가의 최근작은 포스트모더니즘과 관련하여
우리 문단이 거둔 뜻 깊은 성과라고 할 만하다.

　그렇다면 이러한 최근의 동향은 전적으로 만족할 만한 것인가? 최근
작가들이 기존 문학 규범에서 탈피하여 창의적 소설의 가능성을 모색하
는 것은 환영할 만한 일이다. 하지만 1990년대 작가들의 단편소설에서
발견되듯이, 근대 질서에 의해 억눌린 개인사적 삶의 편린이나 미세한
일상의 소재에 지나치게 치중한 탓에 우리 사회의 현실과 미래를 좀 더
거시적인 안목에서 상상하고 포망하려는 시도가 별로 눈에 띄지 않는 것
은 아쉬운 부분이다. 이것은 정치성이나 역사성이 떨어진다는 지적과도
통한다. 우리의 근·현대사에 얼룩진 정치적 사건을 포스트모던적인 시
각에서 재해석하려는 예를 최근 작품들에서 거의 찾아볼 수가 없기 때문
이다. 이에 대한 해답을 단지 역사와 정치적 대의에 대한 환멸, 총체성의
상실, 객관적 재현의 불신 등 낯익은 말에서 찾으려 하는 것만으로는 곤
란하다. 그러한 문제의식을 갖고 있더라도 중요한 것은 작가가 그것을
삶의 어느 영역에 어떻게 적용하느냐 하는 것이기 때문이다.

　포스트모더니즘이 단순히 문학기법상의 실험이 아닌 한, 그리고 그것
이 근본적으로 근대의 부정적 유산에 대한 저항의 정치학인 한, 포스트모
더니즘은 우리 시대가 좀 더 폭넓게 펼쳐가야 할 과제다. 끝으로 한국문
단의 포스트모더니즘을 체계적으로 조망하면서 우리 시대에 부합하는 포
스트모더니즘의 길을 모색하는 비평적 결실이 가까운 미래에 나오기를
기대하며 이 글을 맺는다.

신역사주의 역사화하기

김경한(서원대 교수)

신역사주의의 발전과 그린블랫의 공헌

신역사주의New Historicism는 1980년대 초반 미국에서 출범한 이래 올해로 20여 년이 넘는 역사를 지닌 문예사조로 발전하였다. 당시 캘리포니아 버클리 대학 영문과 교수였던 그린블랫Stephen J. Greenblatt—현재 하버드대 영문과에 재직중이다—을 중심으로 문학 텍스트의 생산에 관여하는 역사적 조건들을 밝힘으로써 당대의 이데올로기를 규명하고자 하였던 신역사주의는, 르네상스 영문학 연구를 출발점으로 해서 영미문학의 모든 분야에 상당한 영향력을 행사하면서 영문학 연구의 중심세력으로 부상했다. 그 결과, 해체주의Deconstruction가 1960년대와 1970년대의 미국 영문학계를 풍미하였다면, 1980년대와 1990년대는 신역사주의가 그 역할을 대신하였다고 말할 수 있을 정도가 되었다.

국내의 경우, 신역사주의는 1990년대부터 본격적으로 소개되기 시작한 것으로 보이나, 미국에서 얻은 인기와 달리 연구 성과는 그다지 크지 않은 것처럼 보인다. 여기에는 물론 여러 가지 이유가 있다. 국내에 도입된 초기에는 기존 질서를 전복하고 파괴하려는 듯한 인상을 주는 신역사주의의 방법론이 보수적인 학자들에게 마르크스주의로 오인받았고, 나중에는 그 비평적 지향점이 구조주의적 결정론으로 규정되면서 거꾸로 매우 보수적인 이론이라고 매도되었기 때문이다. 신역사주의가 국내에서 기반을 닦지 못한 가장 큰 이유는, 1990년대 이후 그 성격이 문학 자체뿐만 아니라 문화 전반에 걸친 포괄적인 연구로 변모한 사실에 있다. 신역사주의는 처음부터 과거의 재해석뿐만 아니라 현대의 재해석까지 포함하는 통시적인 비평이었고, 문학뿐 아니라 문화 전반에 걸쳐 적용될 것을 주장해 공시적 성격을 띠었다. 그것이 오늘날의 소위 문화연구Cultural Studies로 발전해 간 것은 사실 자연스러운 현상이다. 그러나 국내에서는 그에 대한 기초 연구가 채 정립되기도 전에 문화연구라는 이름으로 변모하였고, 더욱이 신역사주의와 문화연구를 별개의 이론으로 보는 그릇된 인식이 생겨, 신역사주의는 침묵할 수밖에 없었다(신역사주의와 비슷한 연구방법론을 가졌던 문화유물론Cultural Materialism도 마찬가지의 운명을 겪은 것으로 보인다).

신역사주의의 주창자이자 동시에 완성자로 간주되는 그린블랫은 1943년 매사추세츠주 케임브리지Cambridge Massachusetts에서 태어났다. 그는 1969년 예일대 영문과에서 월터 롤리 경Sir. Walter Raleigh의 시에 대한 연구로 박사학위를 받았고 그해 버클리대 영문과 교수가 되었다. 그린블랫은 당시 해체비평을 주도하면서 미국 영문학을 선도하고 있던 예일대 영문과 교수들에게 배웠고 그들의 영향하에 있었다. 그는 마르크스주의에도 많은 관심을 가졌는데, 버클리에서는 실제로 '마르크스주의 미학'

과 같은 과목을 개설하기도 하였다. 그린블랫에게 내재된 이러한 다양한 요소가 상호 연계되어 후에 신역사주의로 발아하게 된 계기는, 그도 인정하고 있듯이, 1970년대 후반 철학과 교환교수로 버클리에 초빙된 푸코Michel Foucault와의 만남이었다. 그린블랫은 푸코의 강연을 통해서 초월적이고 보편적인 것은 존재하지 않으며 모든 것이 역사적·문화적 산물임을 배웠다. 이를테면, 사랑과 성과 같이 인간에게 당연시되는 가장 원초적인 감정조차도 문화적 인공물이고, 따라서 역사적 사건을 재조명해 그 의미를 추적할 수 있음을 알게 된 것이다. 그의 이러한 시각은 후에 신역사주의의 기초가 되었다. 역사로 되돌아가 기원을 추적하는 소위 계보학적 방법론의 목적은, 지금까지 확고불변한 것으로 생각되었던 보편적인 진리가 사실상 지배 권력의 담론에 의해 형성되고 구성된 것에 불과하다는 점을 폭로하는 데 있다. 역사학의 경우, 이러한 방법론은 수정주의revisionism로 확립되었는데, 이를테면 아날학파The Annales school와 같은 경우는 커피, 초콜릿 등과 같이 우리의 일상생활에서 흔히 볼 수 있는 것의 기원을 역사적으로 고찰해, 그 속에 감춰진 권력관계를 분석하고 재구성하는 노력을 기울인다.

그린블랫은 이러한 자신의 신념을 진보적인 동료 교수들과 함께 만든 《재현Representations》이라는 저널을 통해서 구체적으로 실천하고자 하였고, 성공을 거두었다. 1980년 영문학사에 한 획을 그은 그의 《르네상스적 자아 형성—모어에서 셰익스피어까지Renaissance Self-Fashioning: From More to Shakespeare》라는 책이 출간되었고 그것은 신역사주의의 고전이 되었다. 이 책에서 그린블랫은 16세기 영국의 여러 가지 자아 창조 패턴—모어·틴들·와이엇·스펜서·말로·셰익스피어 등—을 분석한다.

여기서 '자아 형성'이란 제목의 의미는, 얼핏 보기에 현대적인 '자아 창조' 혹은 '자아 완성'이라는 휴머니즘적 의미로 생각하기 쉽지만, 그보다는 사회의 다양한 이데올로기들 간의 상호작용을 통해 만들어지고 지배되는 '주체subject'의 형성을 강조하는 것이다.

그린블랫은 주체를 형성하는 사회적·경제적 조건으로서 후원제도, 검열제도, 가부장제, 종교·궁정·가족·식민지와 같은 다양한 권력기관을 튜더Tudor 왕조의 이익과 권력을 재현하고 재생산하는 담론적 장소로 분석한다.

문학 텍스트도 당대의 리얼리티를 반영하는 것이라기보다는 이러한 권력관계 혹은 이데올로기가 구체적으로 드러난 형태 중의 하나로 간주한다. 서문에서 그는 이러한 자신의 비평적 경향을 '문화시학a poetics of culture'이라고 정의하였으나, 학계에서는 오히려 '신역사주의'라는 이름으로 널리 알려지게 된다.

'신역사주의'라는 용어는 매캔리즈Michael McCanles가 1980년에 '문화 기호학'을 지칭하는 용어로 이미 썼던 것이지만 당시 유통되던 의미로 사용된 것은 1982년 르네상스 특집으로 꾸며진 《장르Genre》의 서문에서 그린블랫이 언급하고 난 뒤부터이다.

그 후 신역사주의는 영문학계에 "늘 역사화하라Always historicize"라는 모토를 유행시켰다. 1999년 웨슬리언 대학교 영문과는 미국에서 처음으로 신역사주의 전공자를 초빙하는 광고를 내기도 했다. 오늘날 신역사주의의 연구 범위는 르네상스를 넘어서 영미문학의 전 영역으로 확대됨으로써 끊임없는 비판에도 불구하고 현재 미국 영문학계에서 가장 강력한 비평이론 중 하나로 확고하게 자리 잡고 있다.

중심역사에서 주변역사로

신역사주의는 신비평New Criticism 및 구역사주의Old Historicism에 대한 반동으로 일어났다. 신역사주의는 문학 텍스트와 역사의 관계를 완전히 배제하고 텍스트에만 몰입하는 신비평적 형식주의를 거부한다. 또한 그 명칭에서 알 수 있듯이 기존의 역사주의와 변별될 것도 주장한다. 몬트로즈는 이러한 입장을 텍스트의 역사성과 역사의 텍스트성이라는 매우 효과적인 대구 표현을 통해 설명하였다. 먼저 텍스트의 역사성이란 문학 텍스트는 사회적·역사적 상황에서 만들어진 구축물일 뿐 역사적 변화를 주도하는 자율적 주체가 아님을 의미한다. 몬트로즈에 의하면, 신비평은 텍스트와 역사를 양분하려는 오류를 범하는데, 사실 한 시대의 문학 텍스트는 다른 형태의 문화적 텍스트와 분리된 자족적인 미학의 영역으로 생각할 수 없다. 따라서 문학 텍스트를 이해하는 올바른 길은 그것을 생산한 사회와 문화를 통하는 것 외에 없다.

나아가 몬트로즈는 역사도 문학 텍스트처럼 사회적 산물로서 하나의 텍스트에 불과하다고 주장한다. 역사의 텍스트성이란 이러한 신역사주의의 독특한 역사관을 표현하는 것으로서, 역사의 진정한 의미는 대문자로 표기되는 핵심역사History보다 오히려 소문자와 복수로 표기되는 다양하고 중층적인 역사들histories에서 더 잘 발견될 수 있다고 하였다. 기존의 역사주의적 비평 방법에는 과거에 관해서 오직 단 하나의 정통적인 역사만 존재했고, 따라서 그것이 계속 진보해 나갈 뿐이었다. 그러나 몬트로즈는 오히려 보편 역사라는 것은 기존 사회질서가 정당성을 확보하기 위한 이데올로기적 수단에 지나지 않으며, 그것이 부각되면 부각될수록 그 이면에 억압된 사회적 무질서를 더욱 반영하게 된다고 보았다. 역사는 인간의 해석 행위의 소산인데, 역사적 해석 행위의 주체가 되는 인간 역시 사회적·문화적 구조물이므로 보편적이고 객관적인 역사는 존재할 수 없기 때문이다. 기존 질서와 모순적이어서 중심역사에서 탈락해 보이지 않게 된 주변역사가 오히려 중심역사의 선택적 주관성과 정치적 의도를 부각시킴으로써 중심역사를 더 잘 파악할 수 있게 한다. 요컨대, 역사는 외부의 질서정연한 가치관을 초월적으로 기술한 것이 아니라, 단지 삶을 형성하는 텍스트 중 하나에 불과하고, 당대의 문화코드를 형성할 때 삶의 다른 텍스트와 서로 영향을 주고받는, 상호 수평적인 관계를 구성한다.

신역사주의자들은 자연스럽게 종교 소책자, 기행문, 서신, 일기, 정부 포고령, 외교 문서, 국회 보고서, 노동 통계 등과 같은 비문학적 텍스트를 분석하는 데 보다 많은 관심을 가지게 되었는데, 이러한 텍스트 분석에는 소위 '조밀기술thick description'이라는 방법이 사용되었다. 이 용어는 인류문화학자 거츠Clifford Geertz로부터 차용된 것으로, 보통 해당 문학 텍스트의 내용과는 엉뚱하게 보이는 비문학적 '일화'나 사건, 이를테면 식민지 인디언에 대한 기술이나 17세기 동성애자에 대한 재판 등을 자세히 분석하며 출발한다. 그리고 그것을 문학 텍스트와 연관시키고 오늘날의 상식적인 가치관과는 변별되는 주장을 이끌어내는 방식이 조밀기술이다.

신역사주의자들의 상용전략인 조밀기술에 대해서는 한두 개의 일화를 소개함으로써 과연 당대 문화에 대한 일반화가 정당화될 수 있는지의 문제, 문학 텍스트와 성격이 전혀 상반되는 비문학 텍스트와 연결짓는 것이 임의적인 것이 아닌지의 문제 등이 거론된다. 그러나 겉보기에는 상반된 영역의 텍스트라고 해도 광범위한 문화의 그물망 속에서 거래와 협상을 통해 서로 밀접하게 연관되어 있음을 드러내는 것이 신역사주의의 전략이다. 그렇게 볼 때, 하나의 일상적인 사건에 대한 구체적인 기술이 오히려 중심역사에 대한 일방적인 설명보다 더 충격적으로 당대의 문화를 전달할 수 있을 것이다.

이념에서 권력 관계로

신역사주의 역사관에서 과거의 역사는 객관적인 사실로 존재하는 것이 아니라, 사실 일정한 주관적인 관점에서 '서술된' 것으로서 언제나 '재현'의 형태로 존재한다고 볼 수 있다. 재현은 언어로 규정된 것이므로 역사란 언어로 씌어진, 일종의 읽고 해석되는 하나의 텍스트가 된다. 역사뿐 아니라 정치·경제·사회·종교·과학·문학 등 인간 생활의 모든 분야도 일종의 텍스트로 간주된다. 언어로 이루어진 이러한 텍스트들은 현실에서 담론이라는 형태로 통용되므로 이 과정에 권력이 개입하게 된다. 모든 담론은 지식의 전달 및 유포 과정 없이 성립될 수 없기 때문이다. 권력은 대상을 담론화함으로써 지식을 생산해 내고 이 담론은 다시 권력을 (재)생산하게 된다. 그러므로 언어로 씌어진 텍스트는 절대적인 진리 체계가 될 수 없다. 공정한 과거의 기록이란 허구에 지나지 않고 당대의 문화적 가치관을 초월할 수 없게 된다. 따라서 역사란 늘 재해석되어야 하는, 즉 비평적 점검을 필요로 하는 운명에 처하게 된다.

신역사주의적 분석의 초점은 바로 이러한 재해석으로, 그 대상은 가시적인 텍스트나 이념 그 자체라기보다는 그 텍스트를 이루는 담론, 즉 비가시적 조건인 권력의 메커니즘이다. 여기서 권력이라 함은 물론 억압적인 힘을 의미하는 제도기관인 정치적 권력만을 의미하지는 않는다. 권력은 단순히 중앙정부나 집권층에게만 속한 것이 아니라, 한 체제를 가능하게 하는 모든 사회적 제도와 지식의 전달을 관리하는 기관이 공동으로 행사한다. 이러한 푸코적인 권력 개념은 기존의 거대권력처럼 지배적이고 억압적이고 수직적인 성격이 아니라 서로 충돌하고 경쟁하는 중층적이고 미시적인 담론들의 표현으로서, 정치에만 국한되지 않고 일상사 전반에 편재하는 수평적인 것이다. 신역사주의의 목표는 문학 텍스트와 종교·정치·과학 등과 같은 비문학적 텍스트가 이데올로기적으로 서로 밀접하게 유통되고 있다는 인식하에 이러한 담론들에 질서를 부여하고, 또 그것을 (재)생산하는 지배문화 코드의 네트워크, 즉 에피스테메episteme*, 혹은 문화 체계를 발견하려는 것이다.

유물론적 관점에서 문학 및 제반 문화 산물의 본질을 파악한다는 점, 즉 텍스트의 의미를 생산하는 과정에서 정치적·경제적 맥락을 중시한다는 점을 볼 때, 신역사주의가 마르크스주의와 이론적으로 접목되는 것은 사실이다. 그린블랫은 화폐가 사회에서 유통되고 교환되는 것과 마찬가지로, 예술작품도 사회의 다양한 제도기관 및 세력과 문화적인 협상과 거래를 해 사회적 에너지를 생산·교환·순환·유통시킨다고 본다. 그러나 그는 사회 변혁에 있어서 주체의 역할을 강조하기보다는, 지배담론에 의해 형성·변형·억압되는 주체라는 측면에 더 많은 관심을 보임으로써 마르크스주의와는 결정론적으로 다른 태도를 보인다. 그린블랫에게 주체는 특정 사회의 권력관계가 낳은 산물이기 때문에 순수하게 자유로운 주체성의 순간이 없다. 이러한 이유로, 지배권력은 주체를 억압 혹은 봉쇄하기 위해 역설적으로 전복을 조장한다는 소위 전복subversion 봉쇄론containment은 많은 비판을 감수해야 했다.

---

*에피스테메episteme: 과학적 지식, 직업적·전문적 지식, 지식 일반을 가리키는 말

그의 〈보이지 않는 탄환Invisible Bullets〉에 의하면 《헨리 4세Henry IV》
및 《헨리 5세Henry V》에 등장하는 폴스태프를 포함한 수많은 건달들은,
미래의 통치자 핼에게 전복적 집단으로서 극복의 대상으로 간주된다. 그
런데 핼이 그들을 다루는 방식은 당시 범죄학자들이 하류층 생활을 조사
하던 방식과 유사하다. 즉 지배권력은 권력 행사를 강제화하기 위해 전복
세력을 (재)생산해야 하는데, 이것은 사실 정치적 전략일 뿐 체제 전복 세
력들은 처음부터 바로 그 체제에 의해 전복 가능성을 봉쇄당한다는 것이
다. 이러한 점에서 돌리모어Jonathan Dollimore, 신필드Alan Sinfield, 드래
커키스John Drakakis 등의 지지를 업고 발전한 영국의 문화유물론은, 주체
의 창조적인 문화실천성을 주장함으로써 수정된 문화론으로서 마르크스
주의를 견지하고, 신역사주의와 노선을 달리하고자 한다. 그들이 주장하
는 대로, 신역사주의는 타자를 제시하면서도 결국 모든 저항의 표시를 흡
수해 새로운 변혁의 주체를 생산할 수 있는 가능성을 보여주지 못하는,
저항담론으로서 한계를 지닌다고도 볼 수 있다.

그럼에도 불구하고 르네상스 문화 현상의 전반을 고려해 보면, 문화유
물론의 문화적 실천인 주체 개념이 오히려 르네상스적 주체 의미를 고려
하지 않는 듯한 시대착오적인 느낌을 준다. 르네상스 시대의 상황, 이를
테면 헨리 8세의 로마로부터의 독립, 중앙집권화, 궁정의 강화, 민족국가
의 발흥, 엘리자베스 여왕의 정치적 불안정성, 종교적 갈등과 청교도혁명
등의 상황은 신역사주의의 주체 결정론 쪽의 해석이 더 큰 호소력을 가진
다는 점을 보여준다. 또한 권력 관계에서 해체되는 관념도 주체의 행위라
기보다는 자율성이므로, 주체의 저항이 원천적으로 부정되지는 않는다.
권력 관계가 항상 권력의 소재지뿐만 아니라 저항의 소재지도 다양하게

함축한다고 볼 때, 주체를 둘러싼 권력 관계에 대한 끊임없는 해체 작업은 진정한 자아에 도달하려는 가능성을 인식하는 것으로 볼 수 있다.

문학에서 문화연구로

신역사주의의 비문학적 텍스트에 대한 관심은 '위대한 전통'으로 간주되어 왔던 소위 정전의 이데올로기적 속성을 해체시켜 정전의 의미에 대한 재해석을 유발하였으며, 고급문화가 아닌 대중문화, 중앙역사가 아닌 지방역사 등에 대한 연구를 활성화시켰다. 또한 거시적인 국가권력의 분석으로부터 일상의 권력을 분석하는 방향으로 발전하여, 이를테면 공간구조, 육체, 욕망 등에 관련된 미시적인 권력 관계도 분석해 낼 수 있게 되었다. 그린블랫에게 정전이란 시대적 총체성을 담은 작품이라기보다는, 그 시대의 지배적 문화 코드와 부합됨으로써 살아남은 작품이다. 따라서 왜곡되지 않은 권력 관계를 규명하는 데에는 정전보다 오히려 주변문학이 더 확실하게 진리를 보여줄 수 있다. 이를테면, 르네상스 말기의 영국문화를 파악하기 위해서는 셰익스피어나 밀턴의 작품보다, 삼류 극작가나 시인의 작품 혹은 기록이 당대의 전형적인 모습을 더 잘 보여줄 수 있다는 것이다.

주변적인 문화의 가치에 대한 신역사주의적 재인식은 오늘날의 문화연구에서 대중문학을 정당한 학문적 관심의 대상으로 올려놓았다. 그 결과 문화연구의 이론의 틀은 문학 분야에만 국한되지 않고 종교 · 지리 · 과학 · 경제 · 법률 · 의복 · 의학 등 전 영역의 학문에 걸친 학제 간 연구에 의존하게 되어 학문의 경계선을 무너뜨렸다. 그린블랫은 그 방법론의 포괄성을 아우르기 위해서 '문화시학'이란 용어를 선호한 것으로 이해되며, 문화연구의 본바탕으로서 오늘날 신역사주의의 당위성은 거기에 존재한다.

　진정한 의미의 문화연구는, 고급문화/ 대중문화 식의 이분법적 가치판단에서 벗어나 대중문화에도 예술적 범주가 존재함을 인정해야 한다. 대중문화를 고급문화의 상대개념으로서 게토화해 파악하는 것보다는 대중문화 중에서도 옥석을 가릴 수 있는 비판능력을 교육하는 것이 더 적절한 문화 연구의 방향이다. 또한 바로 이것이 새로운 범주로서 대중예술이라는 개념을 수용할 수 있는 방법인 것이다. 대중문화의 수용이 문학의 영역을 확장하는 데 기여할지 아니면 오히려 위축시킬지에 대해서는 아직 판단하기 어렵다. 그러나 전통적인 문학 정전의 해체와 재고를 통해 다양한 사회 현상 사이에 나타나는 권력관계를 분석함으로써, 우리 자신의 역사성을 인식하는 계기를 마련하고 미래의 올바른 역사의 방향성을 제시할 수 있다는 점에서 신역사주의 문화론의 의의를 찾을 수 있다.

문화는 물질적이다

여건종 (숙명여대 교수)

물질과 문화의 연결고리, 인간의 창조성과 자기창출

문화 유물론은 서로 다른 지적 전통과 발전 과정을 가진 두 개의 핵심 개념을 통합하려는 시도이다. 즉, 문화는 물질적이라는 것이다. 이론적인 관점에서 볼 때, 이 시도는 혁명적인 것이다. 지난 100여 년간 인간의 삶을 이해하는 지배적인 생각의 체계는 모두 문화적이라고 부를 수 있는 인간 행위의 과정을 노동과 생산의 장으로서 물질성의 영역과 분리된 것으로 정의해 왔다. 문화가 물질적이라는 것은 문화에 대한 급진적인 재정의이면서 동시에 마르크스에 대한 근본적인 재해석이다. 문화유물론을 최초로 이론적으로 체계화했다고 평가되는 《마르크스주의와 문학》의 결론 부분을 레이먼드 윌리엄스는 다음과 같이 시작한다.

마르크스주의의 핵심에는 인간의 창조력과 자기 창출human creativity and self-creation에 대한 각별한 강조가 존재한다. 마르크스 이전의 사상가들

에 의해 시민 사회와 언어의 영역으로 확장되었던 자기 창출self-creation
의 개념은, 마르크스주의에 의해 기본적인 노동 과정과 깊게 (창조적으로)
변형된 물리적 세계, 스스로에 의해 창출된 인간성self-created humanity
의 영역까지 근본적으로 확장되었다.

인간의 창조성과 자기 창출은 문화와 물질성을 이어주는 키워드다. 윌
리엄스가 마르크스 유물론의 핵심으로 포착한 것은 바로 노동과 생산을
통한 인간의 자기 창출 과정이다. 마르크스에게 '생산하는 인간'이란 자
기의 밖에 존재하는 자연 세계와 능동적인 관계를 맺는 존재를 의미한다.
인간은 노동을 통해 물리적 세계를 변형하고, 새로운 세계를 창조하고,
동시에 그 스스로를 형성해 가면서, 사회적·역사적으로 존재하게 된다.
그에게 생산은 새로운 실재를 창출하는 행위이면서 동시에, 스스로를 만
들어나가는 행위, 즉 자기 생산이다. 인간은 노동 행위를 통해 자연을 변
화시켜 생물적 존재로서의 자신의 삶을 지속시켜 나간다. 동시에 의미를
생산하면서, 즉 외부 세계를 인지하고, 기술하고, 표현하고, 반응하고, 그
러한 반응을 소통하고 공유하면서 자신의 개체적이고 공동체적인 생존을
지속해 나간다. 이 과정은 마르크스의 노동이 그렇듯, 자기 생산의 과정
이다. 의미 생산은 주체가 생산되는 지속적 과정 중 핵심적 요소이며, 따
라서 인간의 기본적이고, 필수적이고, 본능적인 삶의 과정의 일부이다.
이 기술과 표현과 반응과 소통의 행위, 그리고 그것을 통한 자기 형성, 자
기 확장, 자기 창출의 과정을 문화라고 정의할 수 있을 것이다. 표현과 소
통이라는 인간 행위의 영역은 능동적인 세계 관계를 구성하는 중심적 행
위이며, 이것을 통해 문화적 존재인 한 개체는 '나됨'을 끊임없이 만들어

가면서 생존을 영위한다.

레이먼드 윌리엄스가 마르크스주의의 핵심에 존재한다고 주장한 "인간의 창조력과 자기 창출에 대한 각별한 강조"는 《경제학 철학 수고》에서 개진된, 초기 마르크스의 철학적 인간학의 기본 전제를 이룬다. 노동을 통한 외부 세계의 변화와 인간의 자기 갱신 사이의 동시성은 초기 마르크스를 이해하는 출발점이다. 노동은 자기 갱신이자 자기 확장이며, 결국 자기 실현이다. 인간은 표현을 통해서 풍부하게 자기를 형성하는 생산 행위를 하고, 이는 마르크스의 노동이 물질적 재화의 생산이라는 경제적 의미를 훨씬 넘어선 것이라는 사실을 여실히 보여준다. 레이먼드 윌리엄스는 문화 이론가로서 영국 문화비평 전통이 발전시켜 온 창조적 인간에 대한 이해를, '일반 사람들이 주체적인 삶을 살 수 있는' 문화적 민주화의 이상과 결합시키려고 했다. 그에게 있어 초기 마르크스의 '생산하는 인간'에 대한 철학적 사유는, 자신이 문화라는 말로 표현하려고 했던 인간의 행위—본질적이면서도 역동적인 과정, 마르크스의 표현을 빌리자면, 생명 활동—를 개념화하는 데 중심적인 이론적 원천을 제공해 준 것이었다.

이론적 체계로서 문화 유물론은 기존의 마르크스주의의 기본 개념을 재규정하는 것으로 시작한다. 윌리엄스는 그동안 마르크스주의자들이 마르크스 유물론의 중심 개념인 토대·상부구조·생산력을 잘못 이해해 왔다고 비판한 뒤, 마르크스의 '물질성materiality' 개념을 다시 해석한다. 윌리엄스는 토대결정론의 명제, 즉 결정하는 토대와 결정되는 상부구조의 명제를 마르크스의 보다 근본적인 명제인 "사회적 존재가 의식을 결정한다"는 명제로 바꿀 것을 제안한다. 그것이 마르크스의 원래 의도였다는 것이다. "사회적 존재가 의식을 결정한다"라는 명제는 경제적 토대와 상부구조라는 정태적 이분법을 부정하면서, 우리의 의식이 무언가에 의해 결정된다는 중요한 진실을 보여준다. 사회적 존재란 마르크스가 독일관념론을 부정하면서 인간 삶을 구성하는 가장 실체적인 영역으로 설정한 것으로, 바로 구체적인 삶을 지속해 나가는 행위가 이루어지는 과정을 가리킨다고 할 수 있다. 이런 의미에서 사회적 존재란 인간의 삶을 만들어나가고, 역사의 변천을 움직여가는 근본적인 추동력의 장으로서의 물질적 토대를 뜻한다.

이 점을 마르크스의 또 다른 핵심 개념으로 표현하면, 사회적 존재란 우리 삶의 '생산'이 일어나는 영역이다. 윌리엄스는 마르크스가 말하는 생산의 근본적인 의미가 경제적 생산만을 의미하는 것이 아니라, 우리 삶을 재창출하고 지속시키는 모든 중요한 행위를 가리키는 것이라고 말한다. 노동자가 노동을 통해 생산하는 것은 바로 그 자신이며 그것을 통해 사회와 역사를 만들어간다는 것은, 바로 《경제학 철학 수고》에서 지적한 대로 "스스로를 역사 속에서 전개하고 개현하는 창조적 인간"의 관점에서 유물론을 보는 (관점)이다. 따라서 생산력은 우리 삶이 생산되고 재생산되는 모든 수단을 포함하게 된다. 그것은 특정한 종류의 물질적 생산 —농업 생산과 산업 생산—으로 볼 수도 있지만, 그러한 생산은 이미 특정한 형태의 사회적 협동이며, 거기에는 이미 사회적 지식이 개입되어 있다. 우리는 모든 행위를 통해 자신의 욕구의 충족을 생산할 뿐 아니라, 새로운 욕구를 생산하고, 그 욕구에 대한 정의를 생산한다. "새로운 욕구를 생산하고 그러한 욕구의 새로운 정의를 생산한다는 것"은 물질적 생산이 우리의 의식 작용을 필연적으로 포함한다는 것을 의미한다. 즉 사회적 실재와 의미 생산의 과정은 분리된 것이 아니다. 왜냐하면 공동체와 그 삶의 양식은 의사소통의 과정과 동시에 존재하기 때문이다.

언어의 물질성

마르크스의 '인간의 자기 창출로서의 노동과 생산'이라는 개념이 윌리엄스의 문화 이론으로 결정적으로 전화轉化되는 것은 언어의 물질성에 대한 논의에서다. 언어 행위를 사회적 실재를 '반영'하고, 재현하고, 표현하는 상징적 의미화의 도구로만 보는 것은 모두 마르크스가 얘기한 실천적 의식의 본질적이며 구성적인 과정을 충분히 이해하지 못한 것이라고 윌리엄스는 주장한다. 언어를 통한 의미 생산은 본질적이며 '구성적인', 물질적·사회적 과정의 분리할 수 없는 요소이며, 항상 생산에 깊이 관여한다. 언어 행위는 의식을 통해 일어나는 것이지만 새로운 실재와 관계를 만들어나가는 실천 행위이며, 그런 의미에서 윌리엄스는 '실천적 의식'이라는 이름을 붙인다. 언어가 실천적 의식이라는 것은, 고전적인 마르크스적 의미에서 '생산력'을 가진다는 것이며, 따라서 '물질적' 행위가 된다.

언어가 인간의 자기 창출human self-creation에 있어 불가분의 요소이며 따라서 물질적 행위, 즉 생산 행위라는 것은 윌리엄스가 마르크스를 문화적으로 해석하는 과정에서 나타난 가장 과감한 수정이다. 왜냐하면, 적어도 마르크스는 어디에서도 공개적으로 언어가 물질적 행위material activity라는 언급은 하지 않았기 때문이다. 윌리엄스가 마르크스를 재해석하는 방식을 이해하기 위해서는 그의 초기 문화 이론과 연결시키는 것이 필수적이다. 즉 인간이 의미 생산을 통하여 창조적으로 자기실현을 해나가는 과정을 이해하지 못하면, 이 이론은 많은 다른 마르크스주의자들이 비판했던 것처럼, 마르크스를 다시 관념화하는 것에 지나지 않은 것이기 때문이다.

월리엄스에게 의미 생산으로서의 언어 행위는 인간에게 가장 핵심적인 자기 창출, 자기 실현의 기제였으며, 이 지점은 사실 낭만주의 이후 영국의 문화비평 전통이 정의하는 문화 개념과 마르크스의 유물론이 조우하는 지점이라고 할 수 있다. 월리엄스에 의하면 "언어는 지속되는 사회적 과정의 살아 있는 증거이다. 창조적 의미 생산이며, 실천적 의식인 언어행위를 통해서 개체는 그 속에서 태어나고 형성되며, 다시 그 사회적 과정을 구성한다. 이것은 개체화인 동시에 사회화이다", 즉 사회적 의사소통 과정을 통해 한 개체가 형성되며, 그 과정은 사회적 실재가 내화되는 과정에 다름 아니기 때문이다. 개체는 언어를 통해 사회라는 공간에 상호 침투하게 된다. 어떤 의미에서는 사회적 삶의 영역을 의미 생산의 공간으로 환원시키는 것으로서, 전통적 혹은 정통적 마르크스주의의 관점에서 볼 때 용서할 수 없는 관념화이며 신비화라고도 할 수 있다. 그러나 월리엄스에게 이 의미 생산의 영역은 다른 어떤 구체적인 생산 행위의 영역보다 더 효과적이고 강력한 실천적·구성적 힘의 원천이 되는 공간인 것이다.

물질적 생산으로서의 문학

문화가 물질적이라는 것은 그것이 미리 존재하는 현실을 반영·재현하거나 일반 사람들의 감상과 해석을 기다리는 고정된 생산물로 존재하는 것이 아니라, 인간의 삶을 창출하고 사회적 관계를 만들어가는 실천 행위의 형태로 사회 속에 존재한다는 의미이다. 따라서 문화 유물론은, '문화적 실천 혹은 문화적 생산으로서의 문학'에 접근하는 전혀 다른 방식을 제시한다. 우선 문화란 우리가 전통적으로, 그리고 일반적으로 생각해 왔듯이, 기존의 사회 관계를 반영하거나 재현하는 '상부 구조'로 존재하는 것이 아니라는 것이다. 문화적 실천은, 사회적 실재가 구성되는 과정 그 자체의 핵심적인 부분이며, 사회의 총체적인 물질적 과정the whole social material process의 일부인 것이다. 여기에서 '물질적'이란 개념의 의미를 다시 상기하면, 문화적 실천은 인간의 기본적인 자기 생산 과정에서 생산력을 가지며, 다시 말해 문화가 근본적으로 '결정력', 구성력을 가진다는 것이다. 따라서 문학과 사회, 문학과 삶의 관계는 문학이 사회를 반영한다는 식으로 둘을 추상적 실체로 고정시켜서 보면 안 된다. 오히려 문학은 하나의 실천 행위로서, 사회라는 과정 속에 처음부터 함께했다고 할 수 있다. 즉, 사회란 그 안에서 작동하는 모든 실천 행위를 포함하는 개념이어야 하기 때문이다. 이런 의미에서 우리는 문학과 예술을 다른 종류의 사회적 실천 행위와 분리시켜서는 안 된다. 그것은 일반적 사회과정의 일부인 것이다. 여기에서 윌리엄스는 사회라는 것을 이미 형성되어 고정된 실체, 혹은 대상으로 보는 것이 아니라, 끊임없이 유동하는 관계와 조건과 가치와 실천의 총체로 파악하고 있다. 그것은 인간을 구성하고 결정하지만, 또한 인간에 의해 확장되고 수정되고, 변화되는 특정한 공간을 가리키는 것이라고 할 수 있다.

우리에게 문학은—특히 대학이라는 제도를 통해 그것을 정의하고 연구의 대상으로 삼았을 때 문학은— 주로 감상하고 해석할 대상으로 존재했다. 따라서 문학 연구란 어떤 작품이 나에게 특정한 효과를 발생하게 하는 내재적 구조는 무엇인지를 분석하거나, 그 시대의 특정한 사고방식, 세계관, 인간에 대한 이해 등을 어떻게 보여주고 재현하고, 반영하고 있는가를 분석하는 것이었다. 이것은 대상으로서의 문학이라고 할 수 있다. 문화 유물론적 관점에서 문학은 해석되어야 할 고정된 대상으로서 존재하는 것이 아니라, 우리의 삶의 여러 관계와 조건을, 가치와 의미를 구성하고 만들어주는 하나의 행위로 존재하게 된다. 이것은 실천 행위로서의 문학이라고 할 수 있다. 문학은 의미를 생산하는 기제가 되는 것이다. 즉, 관계와 조건과 가치와 실천의 총체인 사회적 실재를 구성하는 역동적인 생산적 과정, 따라서 '물질적 과정'으로서의 문화와 문학의 개념이 등장한다. 이런 의미에서 우리는 문학적 경험의 외연을 확장시킬 필요가 있다. 즉, 몇 가지 문자화된 장르로 분류되는 고정된 대상으로서 문학작품을 보는 것이 아니라, 외부 세계를 경험하는 특정한 방식인 문학적 경험을 생산하는 문화적 실천 행위의 많은 부분을 포함하는 것으로 파악해야 한다. 다양한 대중매체를 통해 생산되는 모든 표현양식은—단 그것이 문학적 경험이라고 부를 수 있는 것을 제공하고, 따라서 의미생산의 기제로서 작용한다면— 드라마나 영화는 물론이고, 대중가요, 라디오 음악 프로그램에서의 편지 읽기나 대화, 광고의 이미지로까지 확장될 수 있다. 뿐만 아니라, 일상생활에서 삶의 결을 이루는, 의식儀式화되었거나 일상적인 많은 언어 행위까지도 포함될 수 있을 것이다.

　감상과 해석을 기다리는 고정된 생산물로서의 문학의 개념에서 벗어나서, 의미 생산의 장에서 적극적이고 능동적으로 작용하는 문화적 실천으로서의 문학을 이해한다는 것은, 다른 한편으로 문화적 과정에서 문학적 경험이 얼마나 중요한지 이야기하는 것이기도 하다. 즉 문학적 경험이라고 부를 수 있는, 우리가 외부 세계와 관계를 맺는 특정한 양식—말하자면 강렬하고 깊고 고양된 방식으로 세계를 경험하는 것—이 한 공동체에서 의미와 가치가 생산되는 과정에 핵심적인 부분을 이룬다는 것이다. 문화는 지속적인 의미 생산을 통해 스스로를 확장하고, 갱신하는 자기 창출 행위이다. 이러한 자기 창출은 삶의 특별한 영역에서 이루어지는 것이 아니라, 우리가 외부 세계를 경험하고, 기술하고 반응하는, 일상적이면서 기본적인 과정에서부터 일어나는 것이다. 우리에게 이러한 자기 창출의 역동적인 원천은 언어이며, 그것이 근본적으로 창조적 과정이라는 것을 보여주는 것이 문학적 경험이다.

21세기의 바흐친, 그 꺼지지 않는 신화

조준래 (외대 책임연구원)

'바흐친 산업'의 소란스러움을 뒤로 하고

대표적인 바흐친 연구자 중 한 명인 게리 모슨이 다분히 부정적인 뉘앙스로 '바흐친 산업'이라고 표현했을 정도로, 1980~1990년대 서구 지성계의 러시아 출신 철학자이자 문예이론가인 미하일 바흐친 수용은 적극적이다 못해 극성스러울 정도였다. 서구의 바흐친 수용은 반세기에 조금 못 미치는 긴 시간의 터널을 통과했다. 미미했던 시작과 비교할 때 그간 이룬 것은 너무나도 많다.

'바흐친 산업'의 열기는 아직도 가시지 않고 있다. 지금 그 열기는 보다 차분하고 진지한 연구로 승화되어 이 러시아 출신 '서구적 철학자'의 정신적 유산을 재조명하고 창조적으로 응용하는 데 바쳐지고 있다. 이것이 서구 바흐친 연구계의 전반적인 분위기다. 이는 바흐친학이 '아마추어적' 수용 단계를 벗어나 '본격적인' 수용의 시기로 접어들었음을 보여준다. 또한 바흐친의 사상을 미술·음악·연극 등 예술 분야는 물론 신학·법학·정치학 등 인접 학문에 다양하게 적용하려는 움직임이 보이고 있다. 바흐친 사상의 '창조적' 수용은 바흐친 자신이 바라던 바가 아니었던가. 초기부터 윤리학·현상학을 비롯한 제반 철학과 자연과학에 관심을 가졌으며, 꾸준히 문학과 타 학문 간의 연계를 주장했던 바흐친의 가르침을 상기해 보자.

'카니발' 개념을 중심으로 한 바흐친 철학의 서구 수용

바흐친의 철학에 대한 최초의 연구서(마이클 홀퀴스트·카테리나 클라크, 《바흐친 전기》)가 러시아가 아닌 서구에서 출간된 것은, 바흐친에게 러시아보다는 서구에 가까운 무언가가 내재되어 있다는 점을 방증한다. 바흐친이 그토록 단시간 내 서구 지식인에게 어필할 수 있었던 것은, 바흐친 사상의 축을 이루는 네 개념, 대화주의dialogizm·카니발karnaval·흐로노토프khronotop·폴리포니야polifonija* 때문인데, 문제는 이 개념들이 '카니발'에 무게중심이 실린 채 수용되었다는 점이다.

카니발 개념은, '작가의 신성화' '말의 순결성'을 근간으로 삼은 러시아의 전통적인 문학장文學場에는 이질적인 것이다. '카니발적 자유'의 헌장을 계승하고, 작가가 중세의 여흥 문학 및 시장 문학 창조자들의 계승자로 자임했던 근대 서유럽·영미문학과는 달리, 18~19세기 러시아 문학, 20세기 소비에트 문학장에서 '광장의 말ploshchadnoe slovo'과 '웃음'은 원칙적으로 허용되지 않았다. 이러한 개념이 러시아의 문학장에서 허

---

*폴리포니야polifonija: 본래는 반주가 멜로디처럼 독립성을 가진 음악의 화성 원리에서 나온 개념이다. 바흐친에 의해 대화원리로 적용되며 소설에서는 등장인물이 작자의 언어의 객체로 머무르지 않고 직접적인 언어를 가진 자기자신의 말의 주체로 의지나 의식을 가지고 자신의 목소리를 내는 기법으로 응용된다.

용된 것이, 문학 언어로 욕설을 허용하자는 논쟁에서 시작된 소비에트 문학장의 해체 이후였다는 점은 매우 시사적이다. 다시 말해서 바흐친은 세상을 떠난 뒤 한참 지나서야 러시아에서 발생한 문제들에 대해 고민했던 셈이다.

또 다른 요인으론 수용 시점을 꼽을 수 있다. 그의 《라블레론》이 소개된 것은 서구 지성계가 포스트구조주의의 물결 속에서 술렁이던 1970년대 초였다. 그의 개념들이 표방하는 비종결성과 자유는 '냉혹한 시간적 변화의 흐름 속에서 미소국가微小國家 간의 영원한 긴장'을 의미하는 것으로, 그의 언어철학은 시니피앙 밑에서의 시니피에의 영원한 흔들림으로 정의되는 포스트모던 시대의 언어적 개방성에 관한 사고와 일치하는 것으로 오해되었다. 고급 예술과 '저급한' 타자 간의 위계질서적 구별을 소설의 수평적인 문장 내에서 자유로이 결합하도록 허용하는 카니발 개념은 포스트모던 예술의 이론적 기반으로 도용됐다. 마지막으로, 포스트구조주의 사상가들은 카니발 개념에 담긴 전민중적인 동시성의 규칙이, 형이상학적이거나 이론적 전체화를 꿈꾸는 것에 대해 가차 없이 적대적이라는 점에 착안, 바흐친을 우호적인 동조자로 여겼다.

확립된 정전과 규범의 파괴, 그로 말미암은 정보의 생산을 독특한 메커니즘으로 갖는 카니발의 상황은 미학적 규범의 진화에서 필수적인 것으로서, 포스트모더니즘에 국한된 특수한 현상이라 볼 수 없다. 한 문화가 기존의 제도적 표현 형식 내에서 통제 불가능한 새로운 분규의 국면에 다다를 때마다 카니발화는 꾸준히 발생해 왔다. 바흐친이 부각된 원인은 이런 시대적 조류와 무관하지 않다.

'카니발'의 다양한 해석

바흐친이 정치적 견해를 진술한 적은 없음에도, 그 용어의 정치적 함의 때문에 카니발은 자주 정치적 문맥 속에서 해석되었고, 그 결과 종종 바흐친의 의도와는 전혀 다른 의미의 옷을 입게 되었다. 카니발 개념을 사회주의 리얼리즘의 이론적 대안으로 보거나, 스탈린식 전체주의와 동일시하거나, 거대담론을 가차 없이 잡아먹는 카니발의 부속적 이미지에 근거하여 포스트모던 시대의 영구 혁명과 동일시하는 견해 등은 그 대표적 예다.

카니발에 대한 첫 번째 해석은, 소비에트 사회의 공식 모델과 연관된다. 그것은 '전진Vperjod!' 구호로 상징되는 직선적인 역사적 흐름의 이데올로기적 시간관이 중세적인 상승적·수직적 시간관과 일맥상통한다고 보면서, 1930년대 소비에트 공식 문화에서 세계 모델은 중세의 종교적 모델과 다른 정치적·이데올로기적 동기를 지니지만 위계질서의 측면에서는 유사성을 보인다는 주장에 근거한다. 이런 주장은 라블레의 원칙적인 '비공식성'과 강경한 '전민중성'에 대한 바흐친의 논설이, '위기'와 '공포', '엄숙함'의 구현체인 당대 소비에트의 공식 문화에 대한 저항의식에서 비롯됐다는 가설로 거슬러 올라간다.

두 번째 해석은, 바흐친의 이론이 문학과 삶의 본질적인 상동을 기호화하는 것이기 때문에 카니발 이론에서 코드화된 삶의 강령, 그 정치적인 함의를 엿보는 것은 당연하다는 논리에 근거한다. 이는 첫 번째 해석과 달리, '폴리포니야'를 바흐친이 살았던 스탈린 시대의 이데올로기적 독백주의에 대한 항거로, '카니발'을 공식적 소비에트 체제의 엄숙함에 대한 저항으로 해석하지 않는다.

바흐친이 주장한 바는 개인적 육체를 파괴하고 민중의 집단적 육체로 동화시키는 카니발의 전체주의적 성격이라고 강조할 뿐이다. 또한 카니발의 전민중성은 아방가르드적인 '계급적 차별성'을 갈아치운 스탈린 문화의 독특한 파토스의 다른 모습이라고 항변한다.

카니발은 외재성과 종결을 수반하지 않는 반미학적 개념이다. 그 누구도 카니발로부터 떨어져 존재하거나, 스스로 총체적 이미지에 도달할 수 있는 민주주의적 권리를 부여받지 못한다. 두 번째 견해의 지지자들은, 카니발의 웃음을 고립무원 상태에 처한, 고통에 경련하는 개인에게 민중이 던지는 흥겨운 욕설과, 익살스런 '물질적·형이하학적 백치주의의 신명나는 조롱', 민중과 세계에 대한 원시적 믿음, 전체주의의 진리에 대한 믿음으로 해석한다.

그러나 이렇듯 급진적인 두 번째 견해는 자치와 개성의 자기 폐쇄, 우주적 통일성에서의 개성 분리 등 카니발의 본래적 혐오를 지나치게 강조해, 바흐친의 사상에서 중요한 다른 두 개념인 폴리포니야와 대화주의가 표방하는 자유 및 민주주의적 정신과 논리적 상충을 일으킨다.

바흐친의 용어와 개념은 비유적이어서 오독의 가능성이 크다. 이런 이유에서 러시아의 문예이론가 가스파로프는 바흐친에 대해 '도전적일 정도로 부정확하다'고 혹평했다. 바흐친의 저작물은 그 논점과 문체·개념이 고르지 않을 뿐더러 나름대로 독특한, 그리고 강조점이 다른 화제를 거느린다. 이 때문에 개별 논저로 바흐친의 사고를 규정할 경우, 바흐친에게 구조주의자, 포스트구조주의자, 다원론자, 신비주의자, 생기론자, 기독교 신학자, 유물론자 등 본질적이지 않은 온갖 꼬리표를 붙이는 오류를 범할 수 있다.

인간 본질에 대한 탐구를 담은《행동의 철학》

바흐친은 1918년 페트로그라드 국립대를 졸업하고 비테프스크와 네벨에서 '철학적 인간학'에 관한《예술과 책임》《행동의 철학》《미적 활동을 하는 저자와 주인공》 등 주요 저작물을 집필한다. 이들 저작물은 소설론과 대화주의, 카니발론의 사상적 기반이 된다.

《예술과 책임》《행동의 철학》은 내용 면에서 신칸트학파에 대한 강력한 반발인 동시에 심화된 연구라고 할 수 있다. '현실세계의 근본적인 구조적 특징 규명'을 과제로 상정한《행동의 철학》은 인간의 본질은 무엇이고, 어떻게 구성되어 있으며, 인간을 인간답게 만드는 것은 무엇인가라는 물음으로 구체화된다. 그에 대한 바흐친의 대답은 인간에 대한 보편적인 종교적·철학적 정의에서 크게 벗어나지 않는다. 인간은 그 무엇으로도 환원되거나 객체화될 수 없는 존재, 통계나 계량적 수치로 측량할 수 없는 존재, 고유한 시공간을 살아가는 존재, 끊임없는 자기 계발을 펼쳐나가는 존재, 사회적 관계에 놓일 수밖에 없는 존재라는 것이다. 이 모든 것에는 '책임'이 뒤따른 행동이 전제된다. 책임은 '사랑', '진리'와 긴밀한 관계를 지닌다. 바흐친의 철학에서 이 두 개념을 토대로 삼는 또 하나의 중요한 개념으로 '자유'가 있다. 이는 사랑과 진리의 원칙 아래서 실현되기에, 일부 실존 철학자들이 말하는 자유의지, 즉 타인을 나의 이기심대로 전유하거나 착복·착취하는 행위에 전적으로 배치된다.

바흐친은 '사람 안의 사람chelovek v cheloveke'이 '인간'이라고 정의했다. 인간의 그러한 실체를 파악하게 해주는 기제는 다름 아닌 현실적 삶의 구조, 또는 존재 방식에 대한 해부이다. 이 저작에서 바흐친은 그런 과제를 수행하는 자신의 철학을 '제1철학'이라고 지칭하고, 삶의 구조를 총체적으로 파악할 수 없었던 기존 철학의 맹점을 보완하려는 시도를 했다.

《행동의 철학》에서 삶과 인간 행동을 구조하는 두 개의 상이한 존재 양태로서 바흐친이 설정한 개념은 '주어진 것dannost'과 '창조되는 것zadannost'이다. 전자는 소여·폐쇄·정지·현재·자족성을, 후자는 당위·개방성·생성·변화·과정·초월 등을 속성으로 한다. 후자가 개방되어 있고 변수로 충만한 시공간, 즉 '개방된 존재의 사건' 속에서 이루어지는 삶의 세계의 속성인 반면, 전자는 자기 폐쇄적이고 외부의 도움 없이 자기 증식을 해나가는 고립되고 오만한 지적 영역(예식주의·형식주의), 우리의 행위가 객체화되는 세계, 바로 문화의 세계이다.

문제는 이런 존재의 두 측면을 하나로 통일하는 것이다. 바흐친 초기 저작의 과제는 바로 이것이다. 그는 그 해답을 책임 있는 행동에서 찾았다. 행동은 주어진 존재와 창조되는 존재가 통일되는 영역이며, 삶은 복잡한 행동, 들어감과 관계 맺음, 존재의 사건이다. 행동 속에서 나는 자아 안에 머물지 않고 '자아로부터 외출'하며, 그런 외출행위로부터 세계가 나에게 열린다. 문화적 산물과 삶을 통일시킬 열쇠는 행동 외에는 없다. 이 책은 그 열쇠를 다른 곳, 특히 고립된 문화 영역인 추상적 지식 체계나 이론에서 찾는 시도는 정당하지 못하다고 비판한다.

행동이 본연의 임무를 올바로 수행하기 위해서는 의무, 책임과 능동성이 부가되어야 한다. 책임은 '존재함에 있어 알리바이의 부재ne alibi v bytii'에서 비롯된다. 나 역시 수동적인 동시에 능동적인 존재이다. 나의 수동성은 세계 속에서 내가 타자에 의하여 발견되는 모습과 관련되며, 나의 능동성은 세계 안에 내가 참여하는 것과 관련된다. 바흐친은 이런 인간의 존재 양태를 나와 타자의 범주를 통해 논하면서, 나와 타자 어느 일방이 각자의 위치를 지키지 못하고 상대방의 위치를 찬탈하려고 할 때 위험한 상황이 벌어진다고 했다. 행동의 주체인 나와 행동의 산물 간에 '균열treshchina'이 발생하면 행동의 산물의 타락은 벌어지는 거리에 비례해 가속화된다.

신과 인간에 빗대어 미학을 해석한 《미적 활동을 하는 저자와 주인공》

바흐친이 철학적 논의에서 그것의 세부 영역인 미학으로 이동한 이유에 대한 해답은 없다. 그러나 바흐친은 미학을, 《행동의 철학》에서 선언한 제1철학의 특화된 일부, 또는 분열된 문화 영역을 통합시킬 마지막 보루로 제시한다.

행동이 객관의 세계와 주관의 세계를 통일시키는 수단인 것처럼, 예술적 행동인 창작 역시 실제 행동과 동일한 메커니즘을 보여준다. 창작의 세계에서 벌어지는 저자와 주인공의 관계 또한 자아와 타자의 가치적 관계 위에 있다. 그러나 《미적 활동을 하는 저자와 주인공》에서 논의되는 나와 타자는 현실적으로 동등한 수준에 놓인 인간들이 아니라, 절대자인 신의 위치에 놓인 저자와 그의 은총을 갈망하는 인간으로서의 주인공이다. 바흐친은 그 특유의 글쓰기 방식을 통하여 이 저작이 과연 예술 작품을 논의하는 미학에 관한 저작인지, 실제 삶의 건축학에 대한 논의인지 혼동을 일으키게 한다. 여기서 그는 예술 작품의 주인공을 허구적 존재가 아니라, 절대자인 신을 찾아 헤매는 현실의 인간과 동일하게 취급한다. 저자는 창조주의 반영으로 취급한다. 삶과 예술의 구분은 의도적으로 삭제하며, 종교적 관점(기독교 윤리)의 논의를 통해 두 영역 간 공통점을 지적한다. 《행동의 철학》이 인간 상호 간의 사회적 관계에 국한된다면, 이

미학적 저작은 예술 작품의 원리를 신과 인간 사이의 종교적 관계로 재해석하려는 시도를 보인다.

기독교적 이타정신을 바탕으로 한 자아와 타자의 개념

바흐친의 초기 미학적 저작에 대한 연구에서 문제시되었던 개념은 대상을 총체화한다는 의미를 갖는 '종결'이다. 종결 상태란 절대자에게 자신의 전부를 의탁함으로써 평안을 누리는 신뢰 어린 분위기를 지칭할 뿐, 형식의 부여를 통하여 주인공을 무조건 소여의 상태로만 틀 지어 무생명적이고 객체적인 것으로 변형시키는 것과는 거리가 멀다.

이 저작에서는 저자와 주인공의 관계를 기독교적 이타정신 속에서 이해하기 때문에 저자와 주인공 간의 불균등한 관계는 유해한 것으로 읽히지 않는다. 이런 희생정신과 이타정신 속에서, 저자의 원칙적인 입장을 설명하는 대목까지는 저자가 '나'의 범주에서, 주인공은 '타자'의 범주에서 논의된다.

자아와 타자의 속성에 대한 구별은, 《행동의 철학》과 달리 종교적 측면에서 보다 치밀하게 행해진다. 자아의 범주에 연결된 주요 속성은 '파편성', 자기 체험으로서의 '자기 부정', '참회', '기도', '절규'이며, 타자의 범주와 연관된 속성은 '외부로부터의 온화한 인정' '용서와 구속' '죄로부터의 해방'이다. '타자'는 '나'에 대해 배타적 외재성·초월성을 지니고, 시공간적으로 내가 범접할 수 없는 차원에 머물면서 나를 육화시킨다. 현상학적 관점에서 타자는 나를 '육화·구현'시킬 권리를 갖는다. 특히 해당 저작의 논의가 신과 인간의 관계를 축으로 전개되기 때문에 '나'는 현세에 안주하거나, 타인(신)을 회피하고, 폐쇄된 왕국을 세우려 해서는 안 된다고 바흐친은 분명히 지적한다. 바흐친은 이런 '나'의 상태를 카오스에 비유한다. 타자와 접촉하고 그의 종결 행위를 통해서만 그런 카오스 상태가 코스모스의 상태로 변화한다.

그러나 '나'의 결핍된 상태는 결점으로 작용하지 않고, 타자(신)와 관계를 맺는 데 유익한 요소가 된다. 나의 부족분을 타자의 사랑과 도움으로 메울 수 있기 때문이다. 내가 자족하고 타자와 담을 쌓는 순간, 나는 '참칭자僭稱者 · samozvanec' '유령'이 된다. 《행동의 철학》에서는 구체적인 인간의 행위에서 동떨어져 교만하게 자기 증식하는 문화적 산물을 '유령prizrak'이라고 지칭한 바 있고, 이 미학적 저작에서도 그런 참칭 행위를, 타자(신)의 사랑도, 구현(성화)의 사역도 거부한 채 자유의지를 따라 고립되어 교만 속에서 살아가는 인간의 파멸성을 지칭하는 것으로 사용한다.

타자의 사랑에 대한 나의 욕구, 즉 '미적 욕구'는 정당하고 또한 의당 그래야 하는 것이며, 곤핍困乏 내지 부족은 나의 삶을 적극적이고 긍정적으로 끌고 나가는 추진력이다. 바흐친은 이런 현실과 자아의 불일치를 '적법한 광기'라고 불렀다. 타자의 사랑을 향한 이런 '미적 욕구'는 나로 하여금 지금, 그리고 여기라는 제한된 시공간을 초월하도록 만드는 촉발점이 된다. 나를 완전무결한 존재로 성화하는 타자(창조주)를 기억하는 그런 행위를, 바흐친은 '미적 기억'이라고 명명한다. 이런 '미적 기억'과 관계하는 시간의 범주는 지상적 · 세속적인 시간 범주인 현재와 과거가 아니라, '의미적인 절대적 미래'이다. 이 용어 속의 '의미'는 인간을 구성하는 3원소인 영혼 · 정신 · 육체 중 정신에 대응하는 현상학적인 개념이고, 형이상학성 · 초월성으로 인해 시공의 제약을 받지 않는 자유로움을 특징으로 한다.

바흐친의 전후기 저작들(특히 《라블레론》)의 표면적 모순점은 바로 《미적 활동을 하는 저자와 주인공》 가운데 이 대목, 즉 소여와 현실에 머무는 것과 현세적 고착화에 대하여 부정적인 논조로 평가하고, 창조성과 개방을 높이 사는 부분으로 해결할 수 있다. 이 대목은 초기 미학적 저작이 개방 대신 종결에 대한 찬양 일변도라는, 일부 바흐친 전문가들이 주장한 피상적 독서를 수정하도록 요구한다.

대화주의와 도스토예프스키론, 소설론

바흐친에게 인기를 가져다 준 저작으로 1929년과 1963년 출판된 《도스토예프스키 창작의 제 문제》《도스토예프스키 시학의 제 문제》를 들 수 있다. 이 책에서 바흐친은 작가의 창작 기법이나 국소적인 문학 요소에 얽매이지 않고, 작품에 대한 총체적 입장에서 접근하며, 작품의 근간을 이루는 사상인 '대화주의'에 천착한다.

'대화주의'는 바흐친이 문우 볼로시노프와 공저한 것으로 추정되는 《마르크스주의와 언어철학》에서 이미 예고된 것이다. 위의 책에서 바흐친은 '메타언어학' '초월언어학'이라고 명명한 새로운 입장에 서서, 언어학 연구 대상의 변경과 그에 따른 의사소통 모델의 수정을 요구한다. 메타언어학의 콘텍스트는 언어학의 콘텍스트와도 유사하지만 이후 바흐친이 소설론에서 핵심 개념으로 소개한 '흐로노토프'에 더 가까운 의미다. '시공연속체'로 번역되는 이 개념은 문학 작품이 위치하는 넓은 콘텍스트, 즉 공간과 시간의 근본적인 결정인자가 빚어내는 광활한 콘텍스트를 뜻한다.

바흐친 사유의 근간을 이루는 '대화주의'의 뒤에는, 플라톤의 개념과 비슷하면서 헤겔의 개념과는 다른 변증법이 자리하고 있다. 바흐친은 《정신현상학》에서 헤겔의 태도를 독백적이라고 비판한다. 왜냐하면 헤겔은 관념으로 하여금 대화하도록 허용하지 않으며 수사학적 양태 속에서 일방적으로 '나'의 사상을 표현하기 때문이다. 바흐친은 언어의 본질적인 대화성을 강조하면서, 작가(발신자)와 독자(수신자) 모두가 대화적 상호 작용 속에서 능동적인 동인으로 규정돼야 한다고 말한다. 따라서 의사 소통의 다이어그램은 양 방향으로, 즉 발신자로부터 수신자에게로, 동시에 수신자로부터 발신자에게로 진행돼야 하는 것이다.

《마르크스주의와 언어철학》에서 진술된 대화의 개념은 도스토예프스키론에서 작가의 창작적 세계관을 밝혀내는 토대로 이용된다. 여기에서 바흐친은 소설을 독백적 유형과 대화주의적 유형 두 가지로 구분한다. 전자에는 톨스토이, 후자에는 도스토예프스키가 해당한다. 독백적 소설에서 작가와 독자의 관계는 언어학의 다이어그램 '발신자—메시지(소설)—수신자'의 상황에 놓인다. 즉 모든 열쇠는 작가—발신자의 손에 쥐어진 것이다. 도스토예프스키 소설에도 서술·주인공·언어·관념이 존재하나, 다만 여기에서 서술은 주인공 간의 대화 공간을 창조하는 기능, 즉 대화를 가능케 하고 의미화하는 기능으로 축소된다. 다음으로, 주인공들은 서로를 배제한 채 개별적으로 존재하지 않으며, 심지어 혼자 있는 경우에도 끊임없이 '타자'와 대화를 한다. 그들은 자신의 발화 속에서 끊임없이 출현하는 논쟁 상대(타자의 관념)를 발견한다. 이런 점으로 미루어 보아 주인공의 독백조차 실상 대화임을 확인할 수 있다. 도스토예프스키 작품의 주인공들의 발화는, 타자의 생각·바람·저항을 계산에 넣은

'이중적 목소리'의 발화인 것이다.

이렇듯 다방면에 적용되는 바흐친의 대화주의적 방법론은 그의 넓은 인류학적 사고에 근거한다. 이후 바흐친의 대화주의는 사회학적 지평으로 옮겨가게 되는데, 그것이 바로 바흐친의 또 다른 문우인 메드베제프의 이름으로 출간된 《문예학의 형식적 방법》이다. 초기 러시아 형식주의를 비판한 이 책에서 바흐친·메드베제프는 언어의 사회적 본성, 관념의 담지자로서 주인공의 사회적 본성을 강조하는 대화주의적 방법론을 통하여 형식주의자들이 경도됐던 텍스트의 의미론적 자율성에 관한 환상을 깨뜨린다.

바흐친은 《소설의 말》을 위시한 소설론에서도 소설의 문제를 대화주의적 관점에서 풀어내려고 시도한다. 소설 장르의 발전에 관해 조망한 이 책은 소설 언어의 본질적인 다어성을 주장하는 데 초점이 맞춰져 있다. 소설 언어는 혼성화 원칙 위에 존재한다. 바흐친은 소설이 서사시의 독백적 형식과 현대인 사이의 대화 속에서 등장했다고 말한다. 소설론에서 바흐친은 소설의 언어를 사회적으로 방향 설정된 발언, 즉 이데올로기적 계기로 해석함으로써 형식주의와 마르크스주의 간의 모순을 극복하려고 시도한다. 나아가 그는 소설 언어를 작가 개인의 스타일에 입각하여 파악하는 비노그라도프의 문체론, 형식주의의 스카즈론을 비판하면서, 소설 언어는 언어 체계 전체, 예술적으로 굴절된 사회적 다어성·다성성을 포괄하는 것이기에 소설의 말을 대화주의적 입장에서 파악할 수 있는 새로운 수사학의 고안을 제안한다.

과거와 미래를 넘나드는 바흐친의 철학

앞서 살펴본 창작 행위와 작품에 대한 바흐친의 논의는 제한적인 미학적 가치만을 지니는 것이 아니다. 그는 저자와 창작품의 비유를 통하여 절대 진리와 인간의 상호규정성, 인간적 만남의 신성함, 세계와 문화의 유의미성에 대하여 말한다. 그럼으로써 세계와 문화 속에 그것의 궁극적 창조자인 절대자, 그리고 절대진리의 숨결이 알 듯 모를 듯 녹아 있음을, 또 인간 간의 만남이 얼마나 소중한가를 일깨우려 한다.

아울러, 위대한 예술 작품은 자신의 뿌리를 먼 과거에 내리고 있는 한편, 동시대보다 미래에서 더 강렬하고 심오한 삶을 산다. 인류의 과거 · 현재 · 미래는 문화라는 영원한 기억 안에서 상호침투, 상호규정하면서 나란히 존재한다. 광활한 시간대를 자유로이 넘나드는 문화 언어를 통하여 성취되는 예술 작품의 무한한 회귀, 영원한 변형, 갱생, '낯설게 하기'. 바흐친이 말하는 카타르시스적 문화 언어로서의 카니발과 웃음이 갖는 양가적 성격은 이 때문에 항상 긍정적인 면모 속에서 해석되어야 한다.

바흐친은 왜 문학으로써 철학이라는 거대한 우주를 사유했는가? 그 대답은 간단하다. 거대한 문화적 기억 속에서 살아가는 무수한 이미지, 상징, 텍스트는 언어를 매개로 보존되고, 이후의 시대와 그 시대 안에 살고 있는 독자들의 새로운 독서로 인하여 풍성해지기 때문이다. 바흐친의 정신적 유산 역시 거대한 문화적 흐로노토프 속으로 편입되었다. 그리고 이제는 새로운 독자의 새로운 독서에 의해 풍성해지기를 기다리고 있다.

6부 _
21세기 문학을 바라보는 새로운 시각

위기에 처한 저항적 분과학문

송승철(한림대 교수)

문화연구의 정체성과 부상 과정

지난 20여 년간 서구 인문사회과학 분야에서 진행된 변화 가운데에서 가장 괄목할 만한 것 중 하나는 문화연구cultural studies의 부상이다. 레이먼드 윌리엄스의 《장구한 혁명The Long Revolution》에서 시작되었다는 일반적 통념을 받아들인다면 문화연구의 학문적 연륜은 불과 40년 남짓이다. 그나마 1970년대까지는 영국 버밍엄 대학의 현대문화연구소를 중심으로 발전하였지만, 여전히 제도권 학계의 변두리에 머물러 있었다. 문화연구는 1980년대 초 미국 학계에 진출하면서 본격적으로 제도권 학계의 중심부로 진입하게 된다. 1990년 4월 일리노이 대학의 비평해석이론 분과는 '문화연구의 현재와 미래' 심포지엄을 개최했는데, 이 대회는 문화연구가 미국 학계의 중심 화두로 성장했음을 확실하게 보여준 사건이었다. 그후 미국 학계 특유의 다원주의적 풍토와 1980년대 포스트모더니즘의 강세에 힘입어 문학·사회학·언론매체학·인류학 등의 분야에서 크게 성장한다. 예를 들어, 인디애나 대학에서 출간되는 《빅토리아조 연구 Victorian Studies》의 편집자인 패트릭 브랜틀링거는 현재 인문학은 위기에 처해 있으며, 특정 학문이나 이론 그 자체에서보다 문화연구에서 탈출구를 찾아야 한다고 주장한다.

문화연구의 지형을 깔끔하게 정리하기란 쉽지 않다. 문화연구는 특정한 분과 학문이나 방법론으로 규정하기 힘든 면이 있기 때문이다. 1992년 간행된 《문화연구Cultural Studies》는 1990년의 일리노이 대학 학술대회의 결과를 모은 저작인데, 주제가 성·민족·식민주의·인종·대중문화·교육학·미학·문화제도·담론·과학·지구화 등 무려 16가지 항목이 나열되어 있다. 다시 말해서, 어디까지가 문화연구의 주제에 해당되는지, 어떤 식으로 사고해야 문화연구를 할 수 있는지 애매하다는 뜻이다. 편집자인 캐리 넬슨 스스로 이 저작에서, 문화연구 붐에 편승해 너나 할 것 없이 문화연구자임을 자칭한다고 비꼬았을 정도이다. 마르크스주의 비평가 프레드릭 제임슨은 한발 더 나아가 문화연구라는 명칭은 "있지도 않은" 그 무엇을 마치 있는 것처럼 거명하는 느낌을 불러일으킨다고 말한 바 있다. 대상이 너무 애매하니 명칭을 아예 쓰지 말자는 주장이다.

학문의 정체성을 규정하는 가장 일반적인 범주는 연구대상, 방법론, 학문 자체의 역사 세 가지다. 그러나 지적한 바처럼 연구대상 및 방법론에 관해서는 문화연구자들 사이에서 합의가 이루어진 바가 없고 앞으로도 이루어질 것 같지 않다. 그러므로 문화연구의 정체성을 규정하기 위해서는 통칭 문화연구자로 언급되는 사람들의 학문이 발달하는 과정을 추적하는 경우가 대부분이다. 문화연구의 정체성을 설정하는 또 한 가지 일반적 방법은 학문에 접근하는 태도 내지 학문적 특징을 중심으로 설명하는 방식이다. 우선 후자의 관점에서 접근해 보자.

문화연구의 특성, 저항성 · 실천성 · 통합성

문화연구자들은 문화연구가 위기의 산물이라고 주장해 왔다. 그러므로 문화연구자들이 강조하는 첫 번째 특징은 저항성이다. 문화연구의 창시자 격으로 거론되는 레이먼드 윌리엄즈는 문화연구는 1950년대 말이 아닌 19세기 후반에 출범했다고 말한다. 즉, 중간계급에 토대를 둔 학자들이 제도권 밖의 노동자와 여성의 경험과 만나는 순간 문화연구가 태동했으며, 1930년대 노동운동의 현장에서 진보적 학자와 노동자가 만났을 때 발전의 계기를 마련했다는 것이다. 요컨대 문화연구의 기본 동력은 기존 제도권의 관심에서 배제된 소외집단의 억압된 목소리를 되살려 놓으려는 정치적 의식이었다. 문화연구 발달사는 좌파 지식인들이 마르크스주의 문화론에 대한 대안 모색의 과정이라고 주장하는 연구자들도 상당수 있는데, 이런 주장 역시 문화연구를 저항담론으로 생각하는 예이다.

문화연구의 두 번째 특성으로 흔히 드는 것은 이론과 현실의 분리를 거부하는 실천성이다. 실천성을 강조하게 된 배경은 여러 가지가 있는데 크게 두 가지를 들 수 있다. 하나는 1950년대의 주류 담론인 신비평이나 실증주의가 지닌 보수적 세계관에 대한 반발이다. 신비평은 '작품' 자체만을 강조한 나머지 작품을 작가 · 독자 · 사회와 분리시켰는데, 그 결과 작품을 (현실을 초월한) 신비로운 대상으로 만들었다. 실증주의적 태도는 정반대로 관심을 눈에 보이는 현실에만 국한시킴으로써 현실을 넘어설 수 있는 초월의 계기를 상실해 버렸다. 문화연구자들은 이런 보수적인 학문 풍토에서 현실에 대한 관심—정확하게는 현실의 모순을 극복하려는 의지—을 부활시키려고 했던 것이다. 실천성을 강조하게 된 또 한 가지 이유가 있는데, 이는 대학을 비롯한 학문 생산 제도에 대한 인식의 변화이다. 근대 대학의 목적은 '보편적 진리 탐구를 통해 만인의 행복을 추구'하는 계몽주의적 강령으로 규정할 수 있는데, 이 목적을 달성하려면 사회에서 어느 정도 떨어져 있어야 한다고 생각하였다. 사회의 각 세력은 모두 특수한 이익을 지향하기 때문에, 사회활동의 열기로부터 거리를 두고 있어야 보편적 관점을 얻을 수 있다고 생각한 것이다. 그러나 20세기 중반 대학이 제도적으로 경직되면서 사회의 보편적 이익을 추구하는 대신, 제도 자체의 재생산에만 몰두하고 있다는 인식이 태동하기 시작했다. 예를 들면 영문학과는 영문학자의 생산만을 염두에 두기 때문에 영문학과에 입학한 학생들을 교육의 주체로 대하기보다 영문학을 재생산할 예비학자 후보로만 대하고 있다는 비판이다. 여기에, 이론이 지나치게 추상화되어 현실 적합성을 잃어버린 채 그 자체로 억압담론이 되었다는 반성도 포함된다.

따라서 문화연구가 처음부터 통합 학문과 같은 특징을 띠게 된 것은 당연한 일이다. 특히 대학의 분과 학문 구성은 학과 간에 상호불간섭을 원칙적으로 전제하고 있다. 상호불간섭 원칙은 학과 내에도 적용된다. 영어영문학과의 경우 시대별·장르별 초빙 교수로 과를 구성하는데, 이런 구성원칙은 각 전공자들이 타인의 전공에 대해 간섭하지 않겠다는 무언의 약속을 전제로 한 것이다. 그러나 분과학문이 요구하는 미시적 시각으로는 역동적 현실을 포착할 수 없는 것이 당연하다. 따라서 문화연구는 처음부터 통합 학문적 지향성을 갖게 된다. 사실, 이 상호불간섭 특징으로 인해 진보적 연구 경향조차도 제도권 학계에 편입되면 그 저항성을 상실하는 경우가 종종 있다. 시카고 대학의 제럴드 그라프 교수는 영문학에서 흑인문학·페미니즘·마르크스주의·해체이론이 이러한 경우에 해당한다고 말한다. 이들이 제도권 밖에 있을 때는 기존의 사회 현실에 대해 저항담론의 입지를 펴고 있었다. 그러나 이들이 (그들이 정작 원했던 바대로) 대학의 교과 과정에 편입되고 나서는 오히려 애초 저항담론으로서 세웠던 위상을 상실하고, 심지어 지배질서의 일부나 문화 산업의 인력 양성 기관으로 전락하는 아이러니를 연출하기도 한다. 문화연구가 미국 대학의 제도권에 편입된 이후 이런 경향이 가속되고 있는데, 문화연구가 과연 현실 적합성을 가진 저항담론으로 현실의 해법이 될지, 아니면 모순된 현실의 징후로 전락할지 계속 지켜보아야 할 것이다.

문화연구의 역사 및 방법론

문화연구의 개설서가 요약하는 역사적 패턴에 따르면, 문화연구는 1950년대 말 영국 학계에서 주변부의 목소리를 학계로 끌어들인 일군의 연구자—레이먼드 윌리엄스, 리처드 호가트, E. P. 톰슨 등—들로부터 시작되었는데, 이들은 흔히 문화주의자culturalist로 통칭된다. 문화주의자들이 문화의 연구에 공헌한 바는 크게 두 가지로 정리할 수 있다. 첫째는 속류 마르크스주의의 경제환원론 및 부르주아 미학의 관념론을 극복했다는 점이고, 둘째는 문화를 고급문화로 이해하는 당대의 경향에 대항하여 문화 개념의 일상성과 민주성을 주장하였다는 점이다. 당시의 마르크스주의는 상부 구조와 토대를 엄격히 분리하는 한편, 상부 구조는 토대에 의해 결정된다는 개념을 매우 기계적으로 해석하고 있었다. 따라서 문화는 상부 구조에 속하기 때문에 자율적 실체가 못 되고, 토대에 해당되는 생산양식을 반영하는 비자율적 매개물에 불과한 것이라고 이해되었다. 또한 부르주아 미학은 문화가 사회—특히 일반대중—와 관계없는 초월적·자율적 세계에 속한다고 주장했는데, 따라서 문화는 일반인들의 입장에서 보면 적극적으로 참여하는 것이 불가능하고, 단지 수동적인 '감상의 대상'—또는 감탄의 대상—이 되고 만다.

당시 지배적이었던 두 이론에 대항하여 윌리엄스는, 문화란 전체 사회 과정에서 분리할 수 없는 '일차적·능동적·전체적' 실천 행위라고 규정함으로써 '문화 대 사회'라는 이분법 설정 자체를 거부한다. 동시에 문화를 '일상적' 활동으로 정의해 고급문화에 대항하는 문화의 민주화를 지향하는데, 대중문화 및 하위문화에 대한 관심은 사실 여기서부터 출발한 것이다. 영국의 하위문화 연구는 그 좋은 예이다. 1968년에는 급진적 운동을 열렬히 지지했던 일부 마르크스주의 연구자들이, 혁명의 열기가 완전히 가라앉고 이어 노동계급의 동질성과 진보성마저 크게 흔들리게 된 1970년대 후반이 되자, 사회변혁의 가능성을 지배질서의 가치에 대해 저항하는 하위문화에서 발견하려 한 것이다. 그러므로 스킨헤드·히피·마약상용자·자퇴생 등 '발칙한 문화'를 탐닉하는 하위 집단은, 기성 체제의 입장에서 볼 때는 저질 문화에 물든 희생자에 불과하지만, 하위문화 연구자들은 그들만을 위한 문화의 '창조자'로 적극적으로 해석했다. 예를 들면, 자퇴 행위는 정규교육 과정에 적응하지 못하고 낙오한 것이라기보다 오히려 경쟁력만 중시하는 자본주의 문화에 대한 저항의 형식이며, 왜곡된 형태지만 노동계급의 전통적 가치인 단합의 윤리를 계승하는 행위라고 새롭게 해석하는 식이다.

그러나 1960년대 이후 문화주의자들의 목소리는 크게 잦아들고 알튀세

Louis Althusser의 구조주의적 마르크스주의의 영향을 받은 구조주의 문화 이론이 지배담론으로 부상한다. 알튀세의 영향은 문화의 상대적 자율성, 지식의 담론적 구성, 그리고 이데올로기론으로 요약할 수 있다. 문화의 상대적 자율성이란, 문화는 최종적으로 토대에 해당되는 생산양식에 의해 결정되지만 적어도 일정한 한도 내에서는 생산양식과 관계없이 독자적으로 활동한다는 의미인데, 앞서 윌리엄스가 문화를 일차적 실천 행위로 정의한 것과 유사하다. 지식의 담론적 구성이란 구조주의 특유의 사유 방식으로 우리가 지닌 지식이 만들어진 것이라는 점을 강조한 것이다. 이는 언어와 존재를 분리시킨 구조주의 특유의 사유 형식에 기인하는 것인데, 우리가 가진 지식은 현실에 대한 지식이 아니라 — 현실이 무엇인지는 아무도 모르는 일이고, 따라서 진실이냐 아니냐를 따질 수 없다 — 언어 체계 속에서 만들어진 환영이라는 것이다. 이 이론에 따르면 문학은 더 이상 현실에 대한 진술이 아니며, 따라서 전통적 리얼리즘 이론의 핵심인 '반영' 개념은 일거에 낡은 개념으로 전락하였다.

알튀세의 이론 중 가장 영향이 컸던 것은 세 번째의 이데올로기론 또는 반주체론인데, '주체는 원인이 아니라 이데올로기에 의해 만들어진 효과'라는 발언이다. 이 이론에 따르면 우리의 모든 행위는 우리가 원해서가 아니라 누군가가 시켜서 행해진 것이며, 우리는 누가 시키는지도 모른 채 따르게 된다는 뜻이다. 따라서 문화는 인간 해방을 지향한 실천 행위이기는커녕 오히려 의식을 통제하는 억압 장치로 해석되는데, 이 부분이 구조주의 문화 이론과 문화주의의 결정적 차이를 보여주는 대목이다. 주체가 자율적 존재가 아니라 (자신이 알고 있든 모르고 있든) 다른 무엇의 사주를 받고 있는 꼭두각시라면 작가의 위치도 변하기 마련이다. 과거에 작가는 진리의 담지자로서 독자의 존경을 받았는데, 구조주의 문화 이론이 등장하고 나서부터는 작가 역시 이데올로기의 사주를 받는 꼭두각시에 불과해졌다. 예전의 비평가는 작가를 '위대한 사람'으로 평가하고 작품은 완전한 통일성을 이룬 것으로 생각하였는데, 이제는 정반대로 작가의 표현 뒤에 설치된, 보이지 않는 이데올로기를 찾는 데 열중하게 된 것이다. 작가 자신이 개인적으로 성실할지라도 자신도 모르게 이데올로기의 노예에 불과하기 때문에, 비평가는 텍스트의 겉으로 드러나지 않은 숨겨진 '텍스트의 무의식'을 읽어내고, 이를 작가에게 충고하고 싶어 한다.

1970년대 중반이 되면 푸코와 라캉의 영향을 받은 탈구조주의 및 포스트모더니즘 문화론이 대두하면서 알튀세의 영향력이 크게 후퇴한다. 물론 탈구조주의 문화론은 기본적으로 언어와 현실을 분리하거나 안정된 주체 개념을 부정하는 구조주의 인식론의 틀을 계승하였다. 탈구조주의는 구조주의에 남아 있는 전체(즉, 구조)의 개념을 완전히 해체하고, 언어와 주체의 불확정성을 훨씬 강조하는 방향으로 발전한다. 특히 1970년대까지 영국 학계의 변두리에 머물던 문화연구는 1980년대 중반 미국학계에서 급속히 제도권 중심부로 진입하게 된다. 오해의 여지를 무릅쓰고 정리하면, 1980년대 미국학계의 주류 담론은 탈구조주의와 포스트모더니즘이라고 할 수 있다. 두 이론의 공통점은 동일성 개념을 이데올로기로 부정하고 '차이'만을 전적으로 강조하는 것인데, 이런 문화적 다원주의를 지배적 패러다임으로 정립하는 데 큰 영향을 미친 사람은 장 보드리아르와 질 들뢰즈이다.

보드리아르는 미디어에 의한 재현이 현실 자체를 압도하는 현 상황에 대해 이론적 대응 양상을 보여준다. 예를 들자. 이라크 전쟁은 과연 무엇이 진실일까? 우리는 실제로 경험을 해서 판단할 수 없으므로 신문이나 방송 같은 미디어를 통한 재현에 절대적으로 의존하기 마련이다. 따라서, 이제 진실이나 현실이 따로 있다고 생각하는 것은 무의미한 발언이며, 재현된 현실을 현실 자체로 받아들여야 한다고 주장한다. 이에 대해 보드리아르는 "모든 것은 구성된 것이며, 구성된 것은 언제나 이미 재구성된 것"이라는 탈구조주의적 명제를 극단까지 밀고 나가, 마침내 현실과 가상, 이데올로기와 진실 사이의 구분도 거부하였다. 난삽한 학술 용어를 빌려 표현한다면, 보드리아르의 세계에서는 사물의 물질성이 사라지고 단지 기호의 끊임없는 유통, 즉 '상징적 교환'만 남게 된다. 예를 들어보자. 비싼 값을 치르고 의복을 구매하는 것은, 추위를 막기 위해서라기보다 사회적 신분을 과시하기 위함일 때가 많다. 우리가 다른 사람의 의복을 볼 때도 마찬가지다. 옷 자체가 가진 물적 특성보다, 다른 옷과의 관계에서 주어지는 '기호학적' 의미 — 기호학에서 특정 기표의 의미는 다른 기표와의 관계 속에서 주어진다 — 만이 남는다는 것이다. 이러한 보드리아르의 급진적 해체주의는 교환가치의 위력이 정점에 도달한 후기 자본주의 사회의 소비적 현실을 어느 정도 설명해 주는 나름의 미덕이 있기 때문에 미디어 및 패션과 같은 소비경제학 영역의 문화연구에서 상당한 영향력을 발휘하게 된다.

들뢰즈가 문화연구에 보탠 개념은 모든 것이 얽혀서 결코 분리할 수 없다는 근경rhizomatics 개념과 주체의 불확정성, 그리고 부단한 재구성을 의미하는 유목민적 주체 개념이다. 들뢰즈에 따르면, 주체의 개념은 늘 현재진행형으로 구성되고 수시로 변하는 유목민적인 것이다. 들뢰즈의 영향을 받은 문화연구자들은 주체를 이정표로 파악하였다. 이정표는 진리가 아니라 변화를 표시해 주는 기호일 따름인데, 우리는 단지 이정표를 따라 한없이 흘러가면서 새로운 의미와 부닥치고, 새로운 의미에 의해 횡단될 따름이다. 들뢰즈의 영향을 받은 문화 이론의 예를 들어보자. 몇 년 전 출간된 《미국 문화연구American Cultural Studies》는 미국 문화의 정체성 문제에 대한 거론으로 논의를 시작한다. 이 저작은 미국 문화의 특징을 '청교도 정신' 혹은 '개척 정신' 따위로 고정시키려 했던 과거의 문화 이론을 비판한다. 즉, 정체성 개념 자체를 비판하면서, 만일 미국 문화에 정체성이 있다면 그것은 다양한 세력 사이에서 끊임없이 갈등하면서도 그 갈등을 넘어 늘 새롭게 규정하고 출발하는 것, 들뢰즈의 용어를 빌면 '탈영토화'라고 주장한다. 즉, 여러 문화가 상호 충돌·갈등하는 속에서 '새로운 삶이 시작될 때까지' 경계선을 반복해서 넘으면서 재구성되는 잡종적 주체다.

문화연구의 공헌

지금까지 소략하여 문화연구의 특성과 발전 과정을 정리했는데, 문화연구가 끼친 영향은 다음과 같이 요약해 볼 수 있다. 첫째, 분석의 초점을 텍스트에서 텍스트를 둘러싼 여러 관계로 옮긴 점이다. 과거 형식주의 문학 이론은 텍스트가 자율성과 완결성을 지녔다고 주장하면서 문학연구를 내재적 연구와 외재적 연구로 이분한 다음, 후자를 문학 외적 연구로 배척했다. 이에 반해 문화연구는 내재적 요소인 문학 형식 자체가 외재적 요소에 의존하는 점을 설득력 있게 입증하고 있다. 따라서 텍스트와 세계 사이의 관계를 맺어주는 사회적·역사적 조건이 주요한 관심사로 부각하게 되고, 그 결과 구체적 역사 및 생산양식(재현 양식)에 대한 관심이 고

조된 것은 당연한 일이다.

　둘째, '문학'의 탈신비화를 가속화시켰다. 문화연구자들이 반복해서 주장하는 바는 지금 우리의 문학 개념이 낭만주의자들이 생각하듯 사회를 초월한 특권적 행위가 아니라는 점이다. 순수하기는커녕, 오히려 오늘날의 문학 개념은 19세기에 와서야 비로소 정립된 역사적 개념이며, 매 역사의 과정에서 그 의미를 새롭게 부여받는다. 문학이 19세기의 역사적 상황 내에서 제국주의 경영의 이데올로기 장치로 기능하였다든지, 또는 탈근대사회가 되면 문학 자체가 비판적 시각을 상실한다는 따위의 이론이 그 예가 될 수 있다.

　셋째, 문학을 이데올로기로 파악하게 되면, 고급문화와 대중문화의 변별성이 희석되는 것은 당연한 귀결이다. 양자 사이에 놓인 본질적 변별성이 사라지게 되면서 문화연구의 관심은 자연스럽게 정통 문학 중심에서 영화·잡지·만화 등 모든 종류의 의미 실천 행위로 넓어지고 있다.

　넷째, 정치적 관심의 부활이다. 신비평 및 일부 구조주의의 형식주의가 강조했던 문학의 자율성 및 완결성이 사실 보수주의 이데올로기와 은밀하게 조응했다는 점을 고려한다면, 문화이론의 반형식주의적 입장이 정치적 관심을 부활시킨 것은 당연한 이치다. 문화연구는 이데올로기·권력·생산양식을 학문적 논의 속으로 끌어왔으며, 이와 함께 계급·성별·인종 등 차이에 대한 연구를 진척시킴으로써 사회의 지배적 범주에서 소외된 주변적 삶에 대한 관심을 높였다. 그러나 이미 지적했듯이 문화연구가 학계의 중심부로 편입함에 따라 현실과의 연계성을 상실하고 점차 추상화되는 국면이 가속되는 점은 심히 우려할 만한 현상이다.

새로운 상호텍스트로서의 정신분석

박찬부(경북대 교수)

포스트 시대의 정신분석 담론

현대 정신사상사의 특징 중 하나는 정신분석학의 재발견이라고 할 수 있다. 1896년 프로이트가 '정신분석학'이라고 공식 명칭을 붙인 이 학문은 창설된 후 한 세기를 거치면서 그 영역을 크게 확장해 왔고, 오늘날 우리는 문학·철학·사회학·언어학·기호학·인류학·심리학·역사학·정치학 등 거의 모든 인문·사회과학 분야에서 정신분석학의 막강한 영향력을 읽을 수 있게 되었다.

최근 미국에서는 《정신분석학과……》라는 제목의 평론선집이 출간되었다. 이 여백으로 남겨진 말줄임표에는 어떠한 학문 명칭을 대입해도 책 제목이 될 수 있다는 뜻이 함의되어 있다. 이러한 현상은 포스트모더니즘과 포스트구조주의로 대변되는 '포스트 시대'의 세계사적 흐름 속에서 더욱 두드러지게 나타나고 있다. 이에 대해서 비판론자들은 타 학문에 대한 정신분석학의 '제국주의적 침투'라는 표현도 쓰고 있지만, 그것은 정신분석학의 '코페르니쿠스적 혁명'이 가져온 정당한 결과라고 생각된다. 이 혁명은 지그문트 프로이트에서 시작되었고 자크 라캉에 이르러 완성되었다.

그 혁명의 본질은 무엇보다도 무의식의 발견이라고 말할 수 있다. 정신분석학을 논하는 전문가 사이에서도 무의식의 문제는 덮어버리고 하얗게 표백된 의식적 언어만 사용하는 경우가 흔히 있는데, 이 경우 그들은 무의식의 문제 자체를 무의식적으로 억압하고 있거나, 그 표백된 언어 속에서 이미 무의식의 문제를 작동시키고 있다고 보아야 할 것이다. 무의식을 논하지 않는 어떠한 논의도 정신분석학적 논의가 아니다. 프로이트는 전기 이론을 통해 무의식의 절대적 타자성에 관한 치열한 관심을 보였는데, 후기 이론에서는 상대적으로 퇴조하였다. 이와 관련하여 라캉은 무의식의 발견자 프로이트에게서조차 무의식은 무의식적이었다고 지적하는데, 이것은 무의식의 무의식성과 그것의 억압 가능성을 단적으로 말해 준다.

문학과 관련하여 우리는 문학적 무의식, 혹은 텍스트성 무의식이 엮어내는 어떤 탈문자 현상을 텍스트 이론에서 읽어낼 수 있다. 무의식은 라캉의 표현대로 '나의 역사 중 공백으로 표시되어 있거나 거짓말로써 채워진 장'이고 '검열된 장'이기 때문이다. 정신분석학이 문학의 무의식을 밝혀줄 수 있다면 문학은 정신분석학의 무의식을 형성한다는 논리가 성립된다. 프로이트가 그의 오이디푸스 콤플렉스 이론을 소포클레스의 〈오이디푸스 왕〉이나 셰익스피어의 〈햄릿〉에서 발견했다는 사실이나, 라캉이 에드거 앨런 포의 〈도난당한 편지〉에 관한 세미나를 《에크리》의 첫 장에 실어 책의 주제로 삼으려 했던 것은 바로 이러한 상황을 잘 설명해 준다.

그리고 사회와 정치·문화에 대해서 정신분석학은 사회적 무의식, 정치적 무의식, 문화적 무의식을 밝혀줄 수 있다. 정치적 담론 속에서 어떤 억압의 구조를 발견했을 때 그곳에는 이미 무의식이 작동하고 있다. 일반적으로 정신분석학과 마르크시즘은 대치되는 개념으로 생각되어 왔으나, 최근 슬라브예 지젝의 많은 글이 잘 말해 주듯이 두 학문은 '마르크스적 무의식'과 '정신분석학적 유물론' 속에서 만나고 있다. 탈식민주의 이론도 식민주의적 지배 담론을 해체하려 하면 이미 억압의 구조에 대한 통찰력이 전제가 된다.

여성학과 관련해서는 정신분석학과 페미니즘에 관한 수많은 저서와 편집서들이 둘 사이의 연결고리를 말해 준다. 해체론은 정신분석학과 더 큰 친화성을 보인다. 데리다의 중심 개념인 '차연差延' '보충' '흔적' 등이 무의식의 문제와 심상치 않게 연결되어 있다는 사실을 지적한 사람들은 매우 많다. 데리다가 정신분석학에 대해 쓴 많은 글이 시사하고 있듯이, 정신분석학은 처음부터 이미 해체론적 사유를 배태하고 있었고, 정신분석학과 해체론은 모두 문학을 동반자로 그 이론을 전개해 왔다. 그러므로 문학은 정신분석학의 무의식일 뿐만 아니라 해체론의 차연이라고도 말할 수 있다.

이와 같이 무의식은 언제 어디서나 '항상, 이미' 작동하고 있는 것이다. 무의식의 편재성을 고려할 때, 그리고 억압된 무의식의 가공할 파괴성을 인정할 때, 무의식을 의식화시키려는 노력은 우리의 행복조건으로 연결된다. 그것은 자기 성찰적인 삶을 살아가는 것을 의미하고, '너 자신을 알라'는 파르테논 신전의 교훈을 실천하는 것이다. 라캉의 정의대로 '무의식은 타자의 담론이다.' 자기 속에 품고 있는 타자, 인간관계 속에 드러나는 타자, 언술적 담론 속에 재현되는 타자, 이 타자성에 대한 인식이 없는 삶은 맹목적인 삶이다.

범법자를 찾아 외부로 향하던 눈길이 곧 자기 자신에게 와 박히는 것을 확인하는 순간, 오이디푸스는 자신의 눈을 찌르고 만다. 그는 역설적이게도 맹목성을 통해 개안한 것이다. 정신분석학은 그 학문의 성격이 근본적으로 우상 타파적이고 인간 해방적이라는 사실을 백 년의 역사를 통해 증언했다.

라캉의 프로이트적 귀환과 주체이론

정신분석학의 제2의 창시자 라캉은 구조주의 및 후기구조주의의 관점에서 프로이트를 재해석했다는 평가를 받고 있다. 그는 소쉬르와 야콥슨 등의 구조주의적 언어의 관점에서 정신분석학자 프로이트를 읽었을 뿐만 아니라, 프로이트의 관점에서 언어의 문제에 접근했다. 그 결과 그는 '무의식은 언어와 같이 구조화되어 있다'고 선언할 수 있었다.

라캉이 금세기 지성사에 남긴 가장 빛나는 공헌은 주체의 문제에 대해 탁월하게 해석한 점이다. 그는 20세기를 관류했던 구조주의와 후기구조주의 시대를 살면서 종래의 인본주의적 주체론이나 데카르트적으로 명징한 사유주체에 대한 비판과 함께 구조와 언어의 개념을 정면에 부각시켰다. '무의식이 언어와 같이 구조화되어 있다'라는 말은 무의식이 언어로서 구조화되어 있다는, 다시 말해서 그의 주체론의 중심축을 이루는 무의식의 주체가 결국 언어적 구조의 산물임을 분명히 하고 있다.

이런 점에서 라캉은 레비스트로스나 알튀세와 같이 구조주의자로 불리기도 하고, 때로는 푸코나 데리다와 같이 후기구조주의자로 분류되기도 한다. 그러나 라캉은 구조주의자이자 후기구조주의자이면서, 동시에 구조주의와 후기구조주의를 뛰어넘고 있다는 점에서 그의 주체론에는 변별성이 있다. 작금의 포스트 시대에 흔히 들리는 '주체의 죽음', '인간의 죽음'에 대해 라캉은 동의하지 않는다. 헤겔이 말하는 '사물의 타살'과 관련된 이 죽음에 대해 라캉은 주체론을 통해, 주체화 과정에서 필연적으로 겪게 되는 상징적 거세에 의한 사물의 타살은 운명적인 것으로 받아들이면서도 '오브제 a'와 같은 실재계와 관련된 개념을 통해서, 죽음의 무덤 위에서 어떤 생명의 부활 가능성까지 열어놓고 있다는 점에서 주체의 죽음을 말하는 후기구조론자들과는 구별된다.

따라서 라캉은 '비주체적 구조', 즉 주체 없는 구조의 개념에 대해서도 동의하지 않는다. 라캉의 인식 체계에서 구조의 개념은 타자와 타자성의 문제와 결합되어 있다. 타자에 의한 주체 결정론이다. 존재는 상징적 타자에 대한 절대적 복종을 통해 주체로 태어난다. 존재 차원에서 의미 차원으로 이행되는 이 주체화 변신 과정은 많은 희생적 대가를 요구하고, 그 대가를 지불하고 탄생하는 주체는 필연적으로 결핍과 상실의 주체, 분열되고 소외된 주체로 드러난다. 대문자 S에 빗금이 간 $\bar{S}$는 이렇게 언어와 상징의 구조적 타살에 의해 분열되고 소외된 주체를 상징적으로 대변한다. 이러한 상징적 기호가 타살의 흔적인 '오브제 a'와 맺게 되는 환상의 구조 $\bar{S} \diamond a$는 바로 실낙원의 주체가 복낙원에의 가능성을 어렴풋이 꿈꿔보는 주체의 자리라고 할 수 있다. 이와 같이 라캉에 있어 어떤 경우라도 주체 없는 과정, 주체 없는 구조란 있을 수 없다. 주체화 과정에서 명시적으로 보이지 않던 이른바 '비주체적 과정'이란 것도 사실은 이미, 벌써 주체화된 것으로 드러난다.

그렇게 함으로써 라캉은 정신분석학의 윤리성을 말할 수 있게 된다. 주체는 타자와의 관계 속에서 형성되지만 역설적이게도 이렇게 탄생한 주체는 바로 그 타자의 속박으로부터 해방됨으로써 그 타자의 욕망에 대해서 주체적으로 책임을 지는 윤리성을 획득할 수 있다. 그것은 타자의 욕망을 주체화하는 것이다. 셰익스피어의 〈햄릿〉의 비극성은 바로 주인공 햄릿이, 라캉의 표현대로, '타자의 시간'에 머무는 데 기인한다. 햄릿이 극의 마지막에서 자신의 윤리적 결단에 따라 복수의 의지를 행동으로 옮길 수 있었던 것은, 그때까지 타자의 시간에서 서성이던 바로 그가 자신을 속박하고 있던 타자의 욕망으로부터 벗어나고서야 가능한 일이었다. 라캉이 프로이트의 분석지침 'Wo Es war, so soll Ich werden'을 여러 가지로 번역하면서 큰 관심을 보이는 이유도 '그것'이 있었던 곳에 주체가 들어서야 하는 타자의 주체화 과정의 중요성 때문이다.

  따라서 담론의 주체로서 라캉의 주체론이 다른 현대의 여러 이론에 대해 갖는 중요성과 차별성은 상징과 실재, 혹은 언어와 언어 아닌 것 사이의 관계를 설명하고 그 속에 주체를 정박시켰다는 것, 다시 말해서 '한편으로는 언어와 문화가 실재의 바위에 부딪쳐 깨지는 (마르크시스트적) 반영론의 스킬라Scylla*를 피하면서도 다른 한편으로는 모든 것을 빨아먹고 삼켜버리는(포스트구조주의적) 관념론의 카리브디스Charybdis** 피하는'(마크 브라커) 전략을 썼다는 것이다. 이 전략은 주체가 언어적 담론에 의해 생성되는 과정을 설명해 주는 동시에 그것이 단순한 빈껍데기가 아니

---

*스킬라Skylla: 그리스 신화에 나오는 바다의 괴물로 큰 동물을 비롯하여 사람까지 무엇이든 먹어치운다.
**카리브디스Charybdis: 그리스 신화에 나오는 여자 괴물. 바다의 신 포세이돈과 대지의 여신 가이아의 딸로, 너무나 대식가여서 제우스가 번개로 때려 시칠리아 가까운 바닷속에 던져버렸다. 그녀는 하루에 3번 바닷물을 마신 다음 그것을 토해 내는데, 그때마다 바다에선 커다란 소용돌이가 일어난다고 한다.

고 어떤 '저항'의 가능성까지 담지하고 있음을 보여준다. 이 저항의 가능성은 또한 이데올로기적 호명에 절대적으로, 수동적으로 복종함으로써만 형성 가능한 알튀세적 주체의 '너머에' 라캉의 주체론이 존재하고 있음을 잘 말해 준다.

문학 이론으로서의 정신분석학

라캉은 언어와 같이 구조화된 무의식론, 주체 문제에 대한 새로운 해석, 독특한 비재현적 재현론, 그리고 실재real 문제에 대한 탁월한 견해로 문학 이론과 비평에도 큰 영향을 끼쳐 정신분석과 문학의 관계를 새롭게 정립시켰고, 정신분석비평을 현대비평의 큰 흐름 속에 합류시키는 데 결정적 기여를 했다.

그러나 문학과 정신분석학의 관계가 처음부터 동반자로서 평등했던 것은 아니다. 우리가 '문학과 정신분석학'이라고 말할 때, 이 구절의 두 단어, 즉 '문학'과 '정신분석학'을 연결하는 접속사 '과and'는 등위접속사임에도 불구하고, 그 말을 사용하는 사람들 사이에서 등의적·평등적 의미로 쓰이지 않고, 종속적 관계를 함축하고 있는 것으로 쓰여 왔다. 이 종속적 관계란 물론 정신분석학에 대한 문학의 종속적 관계이다. 헤겔의 표현을 빌려 막강한 지식체계로 무장한 정신분석학은 주인의 자리에 서게 되고 인정받기 투쟁에서 실패한 언어의 산물, 즉 문학은 노예의 자리로 전락한다.

정신분석학과 문학의 이런 불평등한 종속 관계를 라캉 이론가인 펠만 교수는 '적용 관계'라고 말하고, 이것의 문제성을 극복하기 위한 대안으로 '포함 관계' 혹은 '상호포함 관계'를 제시한다. 이 적용 관계의 한계

는 그것이 어떤 외재성의 바탕 위에 서 있다는 것이다. 다시 말해서 정신
분석학은 문학의 밖에 존재하면서 그것의 논리를 일방적으로 적용하고,
따라서 이들의 관계는 대화적 관계가 아니라 독백적 관계가 되는 것이다.
반면에 상호포함 관계는 글자 그대로 문학과 정신분석학이 각각 서로 안
에 서로를 포함하는 관계, 일정한 공간을 서로 공유하고 겹치는 관계, 즉
서로의 내재성에 근거하고 있는 관계이다. 이것이 문학과 정신분석학의
진정한 대화의 관계이고, 진정한 평등의 관계인 것이다.

　이 문제는 정신분석학적 모델이 문학비평에 어떻게 기여할 수 있는가
하는 문제와 연결된다. 그리고 이것은 정신분석비평의 존재 이유를 묻는
물음과도 연관되어 있다. 이 문제와 관련하여 정신분석적 개념을 문학비
평적으로 수용하는 것이 은유적 성격을 띠는 것이 아니냐는 비판이 제기
된다. 그럴 경우 정신분석학은 그 자체가 지배하려는 조직의 일부이므로
어떠한 척도도 제공할 수 없다. 다시 말해서 문학과 정신분석학의 상호
관계를 은유적으로 파악한다는 것은 이 두 학문 사이의 관계가 소박한 의
미에서 상호텍스트적이거나 동어반복적 차원에 머물고 만다는 말이다.

　이러한 비판에 대해, 정신분석학은 문학에 대해서 어떤 메타포에 불과
한 것이 아니라 하나의 좋은 모델을 제공한다는 사실을 논증할 필요가 있
다. 맥스 블랙의 《모델과 메타포》에 의하면, 모델이란 그것을 통해서 그
것과 유추적 관계에 있는 이종동형의 타자를 바라볼 수 있는 렌즈를 제공
하는 것을 목표로 한다. 모델은 처음에 '발견적 허구'라는 관점에서 출발
하지만, 궁극적으로는 그 모델에 대한 '존재론적 참여'의 순간을 맞게 된
다. 그러나 이때 모델은 그것의 적용 대상이 되는 타자에 대해서 메타 담
론으로 작용하기보다는 좋은 모델의 경우, 그 모델과 대상 간에 '어휘의

유추적 전이’나 ‘같은 구조나 관계의 패턴’ 사이에서 일어나는 상호교환적 접촉 현상이 일어나 모델의 비교적 잘 조작된 인식 영역에 내포된 의미가 적용 대상에 이전된다.

정신분석학은 문학 연구에 단순히 메타포가 아니라 하나의 좋은 모델을 제공한다. 인간의 정신기제에 대해서 비교적 잘 정리된 지식 체계를 갖고 있는 정신분석학은, 같은 뿌리에서 나온 문학현상에 대해서 공통의 구조나 같은 관계의 패턴을 밝혀주는 렌즈로서 작용하기에 적절하다. 프로이트 · 융 · 라캉 등 정신분석학의 원조뿐만 아니라, 사이먼 레서, 라이어널 트릴링, 노먼 홀란드, 쇼서나 펠만, 피터 브룩스 등 정신분석비평가들 또한 한결같이 마음의 구조와 문학의 구조가 겹친다고 주장한다.

그렇다면 모델의 쓰임새는 무엇인가. 왜 우리는 모델을 필요로 하는가. 모델은 우리로 하여금 그 모델이 아니었다면 못 보고 지나쳐버릴 수도 있었을 것을 보게 해주고 텍스트 내의 여러 요소 사이에서 새로운 관계의 가능성을 읽을 수 있게 해준다. 좋은 모델은 우리가 텍스트에 대해서 더 많은 질문을 던지고 새로운 가설을 세우고 새로운 각도에서 텍스트를 심문하도록 유도한다. 바로 이러한 암시성, 조직적 전개성이 좋은 모델을 단순한 메타포 이상으로 만든다는 것이다. 그리고 바로 이러한 암시성, 조직적 전개성이 정신분석학을 문학 연구의 한 모델로서 받아들이기 위한 충분조건을 형성한다고 생각된다. 이 모델을 통해 텍스트의 피상적 현상 너머로 더 많은 질문을 유도해 낼 수 있다면, 그리고 이 질문을 바탕으로 새로운 가설을 세우고 그 가설을 다시 텍스트의 존재성을 통해 검증하여 새로운 ‘사실’의 발견으로 이을 수 있다면, 이 비평 모델은 비평 행위를 얼마나 비옥하고 풍요롭게 하겠는가. 이런 점에서 우리는, 정신분석학적 비평 모델이 텍스트의 과정과 정신 과정 사이의 상동적 친화성에 바탕을 두고 설명하고 해설하는 장치일 뿐만 아니라, 발견하는 과정이라는 주장에 동의하게 된다.

이런 관점에서 우리는 정신분석학이 결코 문학 연구를 위해서 자의적으로 선택된 상호텍스트가 아니라 특별히 끈질기고 자기주장이 강한 상호텍스트라고 말할 수 있다. 정신분석학과 문학 사이의 상호텍스트성은 급진적 포스트모더니스트들이 말하듯이 단순한 은유성도 아니고, 셰익스피어의 극에 나타난 이미지가 밀턴의 시에도 나타난다는 식의 상호텍스트성도 아니다. 그것은 좀 더 심각하고 중요한 의미에서의 두 학문의 만남이다. 왜냐하면 정신분석학적 상호텍스트는 비평가로 하여금 정신 과정의 역동성을 서술하는 데 바쳐진 조직적 담론을 통해서 전이하게 만들기 때문이다. 비평가가 문학 텍스트를 읽으면서 가슴으로 통과해 온 텍스트는 단순한 상호텍스트가 아니라 인간정신의 메커니즘을 체계적으로 설명한 조직적 담론이다. 이 정신분석학적 담론을 거쳐온 비평적 담론은 '인간적 차원'을 획득하게 되고, 이것은 문학비평이 왜 메마른 형식 논의로 끝날 수 없는가, 그것이 왜 인류학적으로 주요한 의미를 지니는 사건인가 하는 점을 말해준다. 문학논의에 어떠한 이유에서도 배제될 수 없는 것이 형식에 대한 고려인데, 이것은 정신분석학이 바로 인간 정신의 형식화 과정에 관한 설명이라는 사실과 조응한다. 그러나 형식에 대한 고려가 단순한 언어분석에 그치지 않고 그것에 인간적인 차원이 도입되어 형식과 삶이 서로 교차하면서 역동적인 관계를 형성하는 것, '형식의 에로스학'을·창출하는 것, 이것이 문학 연구에서 정신분석적 비평모델의 존재 이유이고, 새로운 형식주의적 정신분석비평이 지향하는 목표이기도 하다.

3

문예학으로서의 몸담론

황훈성(동국대 교수)

몸, 인식의 대상에서 주체로

"몸이 인식의 주체이다"라는 명제는 옥시모론oximoron*이다. 몸은 정신활동인 인식 작용의 대상일 따름이다. 적어도 19세기까지는, 즉 서구 형이상학이 도전을 받기 전까지 이는 명백한 사실이었다. 그러나 20세기에 들어오면서 특히 구조주의, 탈구조주의로 인식론의 좌표가 변동하면서 인식의 주체도 이동해 갔다. 구조주의에서 인식의 주체는 적어도 인간의 정신을 표방하는 인간 주체는 아니었다. 진리는 인간의 주체적 창발성이 배제된 구조 내의 관계에 의해 결정되었다. 탈구조주의에 들어와 데리다는 한 발 더 나아가 구조 내의 관계를 설정하는 대립쌍의 형이상학성에 반기를 들면서, 구조주의도 서구의 초월적 기의signifie transcendantal에 근거하고 있다고 비판한다. 이러한 지적 흐름의 근저에는 서구 형이상학의

---

*옥시모론oximoron: 모순어법. 효과적인 표현을 하기 위하여 서로 모순되는 어구를 나열하는 표현법.

남상濫觴 이루는 플라톤주의의 이분법적 형이상학이 자리 잡고 있다. 즉 이데아/ 현상의 이분법에서 후자는 감각의 소산, 즉 가상schein이며 속임 수에 불과하다는 인식론이다. 따라서 정신/ 몸의 대립쌍에서도, 전자는 진리의 영원하며 보편성을 지닌 명명자이자 담지자이며 후자는 감각적 · 주관적인 진리가 일시적으로 머무르는 곳에 불과하다는 인식이 지배적이 고 상식이었다. 데리다는 몸담론에 대해 직접적으로 언급하지는 않지만 아르토Artaud의 잔혹 언어를 규명하는 과정에서 간접적으로 그 특징을 예시한다. 즉 아르토의 잔혹 언어를 으뜸 로고스logos premier 구상의 지 배를 거부하는 몸체 언어로 파악한 것이다.

몸담론의 역사-분화 · 확대

20세기 몸담론의 가장 정치精緻한 논구論究는 현상학 쪽에서 일어난다. 후설의 현상학적 환원은 종래의 인식 주체인 정신뿐만 아니라 체험적. 즉 간주관적 주체를 상정했음을 의미한다. 메를로 퐁티에 이르러서 육체는 단순히 사물성을 지닌 몸덩어리Köper가 아니라 체험하는 몸leib이다. 그 리하여 그의 현상학이 지향하는 바는 몸체화된 주체embodied subject가 지각을 통해 세상으로 타자로 또 자기 자신에게로 개방하는 현상을 구명 究明하는 것이다. 탈구조적 시각에서 가장 혁명적으로 몸담론을 밀고 나 간 철학자는 물론 들뢰즈/ 가타리이다. 《앙티 외디푸스Anti Oedipus》에서 내세운 '기관 없는 몸le corps sans organes'은 대표적 개념이다. 그는 모든 본질의 · 실체주의의 통념을 깨부수고 생산, 에너지 흐름, 연접이란 개념 으로 개별자나 존재에 대한 재정의를 시도한다. 따라서 몸도 독립된 실체 를 부여받지 못하고, 생산 과정상의 '욕망하는 기계들les machines desirantes'과, 이를 거부하며 비생산적인 정적 상태에 머물고자 하는 '기관 없는 몸' 사이의 대립 관계로 파악된다.

이 짧은 글에서 우리가 다루고자 하는 것은 문예학으로서의 몸담론이다. 이는 철학·정치학·사회학 또는 심리학의 한 분야로서의 몸담론과는 다르다. 그럼에도 불구하고 우리 시대의 담론 생산의 특성상 모든 담론은 종국에는 학제적 담론일 수밖에 없다. 때문에 이 글의 전개도 형이상학 논쟁에서 몸담론이 자연스럽게 도출되는 과정에서부터 시작하여 정치·경제적 또는 사회적 욕구의 변화가 몸담론을 재생산하는 과정을 밟을 것이다. 그리고 한 걸음 더 나아가 이러한 지적 흐름과 인간 욕망의 상호 침투에 의해 몸담론이 예술작품 등을 통해 문예학적으로 수용되는 과정이 검토될 것이다.

인식론적 담론으로서의 몸담론이 전술한 반플라톤주의 전통에서부터 비롯하여 데리다의 해체비평에까지 이른다면, 몸담론에 대한 사회사적 연구는 푸코의 작업에서 잘 드러난다. 팬옵티콘panopticon이라는 죄수 감시 전망대에서 각 분할 감방의 죄수들을 일방적으로 감시하는 근대 체제에서 인간의 정신은 고정불변의 실체가 아니라 권력의 작용 내지는 육체의 조련 과정이 낳은 생산물에 불과하다.

푸코에 의하면 현재의 인간 주체는 근대화 과정의 생산물이다. 즉 수많은 군대 체제, 수도원, 병원 등 근대국가가 정체성을 획득해 가는 과정에서 인간의 육체는 각 단계마다 감시·조련되어 현재의 인간 주체로 생산된 것이다.

인간의 육체 조련은 비단 근대국가의 기획뿐만 아니라, 근대주의와 결합된 자본의 힘과 논리에 의해 작동되는 육체 작업의 메커니즘, 즉 세부적으로 공정이 조직된 공장에서 노동자의 육체노동을 획일화하도록 훈련시키는 테일러리즘에 의해서도 증명된다. 테일러리즘은 인간의 육체를 생물학적 기계로 파악한다. 그리하여 "테일러리즘의 생산 과정은 노동자의 전체성 중에서 오로지 육체만을 기계적으로 반복하는 작동 율동에 끊임없이 적응하도록 요구하였으며 그의 '인간성' 과 '정신성' 은 작업 과정에서 축출했다." 자본주의 논리, 윤리가 이미 정신 속에 내면화된 우리 동시대인들은 우리가 진정 어떠한 존재인지도 모르는 아이덴티티의 혼란에 처해 있다. 이는 하이데거가 주장하는 기술 문명 시대의 세인das Man/ 현존재Dasein/ 존재자Sein라는 존재론적 질문에서 설득적으로 드러나고 있다.

이런 정치·경제적 접근에 못지않게 가장 아방가르드적으로 몸의 정치·경제성을 문예학에서 실천한 집단은 소위 페미니스트이다. 그들은 반플라톤주의에서 끌어낸 독특한 문예이론인 여성적 글쓰기ecriture feminine의 이론화에서부터 여성의 몸의 정치성이란 화두로 동시대에 맹위를 떨치고 있는 성형수술, 다이어트 등 여성의 몸 가꾸기에 대한 가부장 체제의 독재에 대한 저항에 이르기까지, 이론과 실천 양면에서 저항하고 있다.

새로운 문예이론으로서의 몸담론을 다루는 이 글에서는 지면과 필자의 수용 이해 능력의 한계로 인해, 데리다·푸코·라캉· 들뢰즈 등 탈구조주의자들이나 메를로 퐁티 등으로 대표되는 프랑스의 철학적 성찰이 몸담론의 생산 과정에 기여하는 바를 체계적으로 서술하지는 못한다. 다만 부분적으로 그들의 기본 개념을 인용하면서 페미니스트 이론가들이 생산하는 몸담론에 초점을 맞추어 논의를 전개할 것이다.

페미니즘에서의 몸담론

여성의 몸이 페미니즘의 집중적인 조명을 받게 된 역사는 길지 않다. 어떠한 계기에 의해 페미니즘과 몸에 대한 현상학이 융합하여 상승 작용을 일으켰는지에 대해서는 이론이 분분하다. 물론 전술했다시피 전체적인 패러다임의 변화는 20세기 중반 이후 태동하기 시작한 탈구조주의에서 촉발되었다.

우선 거칠게 정리하면 플라톤주의에서 비롯하여 유대 기독교주의, 그리고 근대에 이르러서 데카르트주의로 대변되는 계몽주의 인간관은 정신/ 육체 이분법에 기초하여 인식적인 존재res cogitans만 의미 있는 자아selfhood로 보았다. 육체에 해당되는 실존적인 존재res existans는 하위층에 존재하면서, 상호 보완적이라기보다는 오히려 후자가 전자의 완전성에 대한 희구를 좌절, 붕괴시키는 파괴적 요인으로 주지되었다. 이러한 인식론의 획기적인 전환에 기여한 탈구조주의 개념은, 가령 데리다의 이항대립의 해체 구성으로부터 푸코의 근대화 기획에 대한 고고학적 탐사, 그리고 크리스테바의 기호적semiotique/ 상징적symbolique 영역과 코라Chora 개념의 설정 등을 들 수 있다. 특히 크리스테바는 인간의 정신적 영역에 해당하는 상징 세계보다 그 이전의 육체에 친연성을 가지는 기호 세계와 코라가 갖는 진리가에 더욱 비중을 두는 노력을 하지 않았나 싶다.

이러한 탈구조주의자의 물결에 편승한 다양한 이론이 인식적 이분법dichotomy의 후자에 관심을 돌리게 되었고, 정신/ 육체, 남자/ 여자에서 동일한 위상을 가지게 된 육체와 여자는 이론의 대상으로서 더욱 긴밀한 친화력을 갖게 되었다. 역사상 이 둘의 관계는 가령 철학사나 의학사를 보더라도 불완전하고 미완성인 존재나 실체로서 간주되어 왔다. 플라톤의 경우, 육체의 감각 기관이 수용하는 감각소여感覺小輿는 모두 현상계의 사실이며 이데아의 진리와는 동떨어진 것으로 인식되었다. 의학에서 본 여성의 몸은 결핍되고 미충족된 상태에서 끊임없이 월경menstruation, 임신pregnancy, 폐경menopause 등으로 변해 가는 불완전한 존재로 파악되었다. 심지어는 보부아르Simone de Beauvoire도 평등 페미니즘egalitarian feminism을 주장하면서 과학기술의 발전에 의해 여자들의 신체적 한계인 임신·수유·육아·피임 등이 극복되기를 기대했다. 그러나 육체나 여성의 부분적인 인식을 긍정적으로 전환시킨 흐름은 식수Cixous나 이리가레Irigaray로 대변되는 프랑스의 급진적 페미니즘radical feminism이다. 이들은 여성적 내지 육체적 인식의 독자성과 창발성을 부인하는 인식 체제를 남근 중심주의phallocentrism의 산물로 파악한다. 그리하여 여성의 몸이 갖는 탈중심성·다원성·구체성·수용성 등은 남근 중심주의가 폄훼한 결핍이나 산만, 불안정한 측면이 아니라 오히려 여성성의 고유한 미덕에 해당된다.

그런 점에서 식수나 이리가레가 계발한 여성적 글쓰기는 페미니스트 시학인 동시에 몸의 시학이다. 이들은 우선 남근 중심주의에서 상정되는 진리와 페미니즘의 진리 사이에 근본적인 차이가 있음을 인정한다. 즉 기존의 진리는 여성을 지배하려고 구축된 하나의 허구이며, 따라서 그러한 진리를 설파한 글쓰기의 논리성이나 합리성도 남근 중심주의적이라고 매도한다. 비유적으로 남자와 여자는 몸 구조와 지각 방식이 다르기 때문에 글쓰기의 논리와 합리성도 다른 형태를 취할 수밖에 없다고 주장한다. 가령 지각 방식의 경우 남성은 시각적인 반면 여성은 촉각적이다. 따라서 남성의 인식 방식은 계열축paradigmatic axis을 따른 연상association에 기초한 인식이며, 여성은 계합축syntagmatic axis을 따른 결합combination에 기초한 이다. 야콥슨 식으로 풀이하면 여성은 인접성continuity에 기초한 환유적metonymic 사고를 하는 반면, 남성은 유사성similarity에 기초한 은유적metaphoric 사고를 한다.

나아가 몸의 구조상으로도 남성의 성행위는 로고스(페니스) 중심주의에 클라이맥스 사정으로 치닫는 일회적·단선적linear 플롯 구조를 가진 반면, 여성의 성감대는 지방분권적이며 성행위 플롯도 엘리자베스 시대의 극 구조를 답습하지 않고 클라이맥스 이후 무수한 오르가즘을 겪는 다층적multiple 플롯 구조를 갖는다. 나아가, 이리가레의 논문 제목처럼, 여성의 성기는 남성의 성기로 상징되는 중앙집권적 독백전제주의가 아니라 두 개의 입술이 안과 밖에서 가까이 맞붙어서 끊임없이 언어를 주고 내뱉는 대화주의를 지향한다. 갤럽J. Gallop의 설명에 따르면 여성적 글쓰기는 따라서 '접촉·인접·현존·직접성·부딪침의 인식' 으로 특징지어진다.

따라서 이 남성/ 여성의 글쓰기가 근본적인 차이를 빚는 것은 당연하다. 그러나 프랑스 페미니스트 이후, 여성적 글쓰기의 이론화와 실천에 매진한 페미니스트들은 여성적 글쓰기의 전범을 구체적으로 제시해야 하는 어려움을 겪었다. 가령 연극에서 1970~1980년대의 페미니스트 극 운동의 화두는 서구 그리스극으로부터 면면히 내려온 남근 중심주의 극에 대항할 페미니스트 극 고유의 미학을 창출해 내는 것이었다. 그러한 노력의 소산 중의 하나가 글래스펠S. Glaspell의 〈사소한 것들Trifles〉에 대한 재발견이다. 이 작품은 외견상 드라마틱한 요소는 미약하다. 그러나 남편을 살해한 것으로 의심받는 여주인공 미니의 증거물을 수색하는 과정에서, 마을 남정네들은 유사성에 근거한 연상의 방식을 이용해 단서를 찾으려고 집 밖을 뒤지지만, 여자들은 사소한 뜨개질 방식이나 부엌 살림살이 같은 인접성에 근거한 환유적 방식으로 미니가 살해자라는 단서를 포착하는 장면이 나온다. 이러한 수동적이며 방어적인 페미니스트 극 미학의 확인에서부터 한 걸음 더 나아가 다이아몬드E. Diamond는 서구 극의 미메시스 양식 자체를 남근 중심주의의 소산으로 보고 벤야민의 변증법에 기초한 새로운 재현 방식을 제시한다. 즉, 변증법적 이미지는 탈신비적인 게스투스이며(중략) 역사의 연속체로부터 '터져나가 버려' 잊혀진 상품 문화의 사물이나 잔편으로 이루어진 몽타주 구성이다.

시각·청각적 이미지의 여성적 구성에 초점을 맞춘 연극에서의 페미니스트 극 미학 논의와는 달리, 시나 소설에서의 '여성적 글쓰기'는 더욱 어려운 문제에 봉착하게 된다. 여성의 생물학적 본질주의biological essentialism를 어떻게 문체의 문제로 전환시키는가? 시나 소설에서 관찰되는 성별화된 문장gendered sentence에 대한 분석은 주로 언어적인 접근에서 이루어진다. 하이엣Hiatt(1977), 레오나르디Leonardi(1986) 등이 대표적인데, 레오나르디의 경우, 문장 구조/ 통사론, 소재, 완결성, 논리 또는 지시성의 네 측면에 대한 분석을 시도한다. 가령 울프V. Woolf의 문장을 분석하면서, 통사적 측면에서, 울프가 종속절의 지배를 받는 복문을 꺼려하는 이유는 위계질서의 문장hierarchical sentence을 싫어하기 때문이라고 주장한다. 울프 문장의 미완결성이란 특징 역시, 남성적인 합리성과 권위를 전복시키기 위한 텍스트 전략이며 여성의 "혼을 쏟아놓는outpouring of the soul" 문체에 해당된다.

물론 이러한 접근법은 자가당착적인 측면이 강할 수밖에 없다. 왜냐하면 울프의 글에서도 이러한 일반화를 방증하는 예가 허다하기 때문이다.

따라서 여성적 글쓰기는 막연한 이론으로만 존재할 뿐, 구체적이고 실천적인 전범은 다만 개별적이고 일시적인 체험에 의존할 수밖에 없다. 어쨌든 여성적인 글쓰기의 체계화·이론화 작업은 요원하고 무망한 듯 보인다. 그러나 여기서 중요한 것은 종래의 글쓰기 논리 전개나 합리성 등의 서술학적인 자질이 영원하고 보편적인 절대성을 지닐 수 없으며, 따라서 새로운 차원의 논리와 합리성이 생성되어야 한다는 시대적 요구가 강력히 대두되고 있다는 사실이다. 현재까지 '여성적 글쓰기'에 대한 체계화 작업은 이 수준에서 답보 상태에 머물러 있다.

여성의 몸의 정치성

글쓰기에서 여성의 몸담론이 위와 같이 전개되는 동안 몸담론을 주도해 온 화두는 여성의 몸의 정치성이다. 이 화두에 대한 연구는 크게 네 분야로 나누어진다. 인식적 담론, 일상의 정치성 담론, 과학 또는 의학 담론, 연극·영화 담론이 그것이다. 인식적 담론을 다루는 연구로는 그로쓰E. Grosz와 버틀러J. Butler 등을 들 수 있는데, 그로스의 육체 정의에 따르면, "육체는 단순하게 비역사적·전문화적precultural 또는 자연적인 대상으로 충분하게 이해될 수 없다. 이는 자신의 외부에 존재하는 사회적 압력에 의해 각인, 표지, 조각되어질 뿐만 아니라 자연 그 자체에 대해 해당 사회가 구성되는 과정의 직접적인 효과이며 생산물이다"라고 주장한다. 버틀러에 따르면, 성sex이란 "시간에 의해 강력하게 체현된materialized 이상적 구성물이며, 육체의 단순한 사실이나 정적인 상태가 아니라, 규제적 규범이 성을 체현화시키는 과정이다." 나아가서 "성의 규제적 규범은 육체의 물질성을 구성하기 위해, 보다 구체적으로는 육체의 성을 체현화하기 위해, 이성애적 절대 명제의 공고화를 뒷받침해 주는 성적 차이를 체현화하기 위해 수행적performative 형태로 작용한다".

이러한 인식적 작업은 육체의 체현화를 여실하게 보여주는 몸의 일상성이 갖는 정치성에 어김없이 적용된다. 바르트키Sandra L. Bartky, 보르도S. Bordo, 사위키T. Sawicki 등이 대표적이다. 가령 바르트키는 주로 억압의 현상학에 대해 논의하는데, 가장 핵심적인 논문 〈푸코, 여성성, 그리고 가부장 권력의 근대화〉에서 푸코의 미시물리학의 정치성이 여성의 몸을 순치된 육체le corpse docile로 조련하는 과정에 응용되는 방식을 구체적으로 적시하고 있다. 그녀에 의하면 여성미의 3대 원칙은 첫째 일정한 체구와 일반적 윤곽을 지닌 육체를 생산하기 위한 조련, 둘째 이 육체로부터 제스처, 자세, 행동에 대한 특정한 목록을 작성하기 위한 조련, 셋째 이 육체를 장식적 표면으로 전시하기를 지향하는 조련이다. 첫 번째 경우 "날씬함의 독재tyranny of slenderness"가 여성의 일상 삶을 지배하게 되어 심할 경우에는 식욕거부증anorexa nervosas, 식욕항진증bulimia 등의 정신질환을 앓게 한다. 두 번째의 경우에도 여성은 정숙함을 자세나 행동으로 보여주기 위해 마치 좁은 유리 공간 속에 갇혀 있는 듯한 제스처를 취해야 한다. 마지막으로 여성의 피부는 무모無毛에 어린애 피부처럼 매끄러워 피로, 체험, 나이, 깊은 사고의 흔적을 드러내서는 안 된다. 보르도도 미와 용모의 정치성이 여성성 구성의 핵심이라고 주장하면서 "이 점에서 여성은 당한 자the done이지 하는 자the doer가 아니며, 남성과 그들의 욕망(우리가 아닌)은 원수이며, 패션의 명령에 복종하는 것은 선택이라기보다는 굴종으로 개념화되어야 한다"고 주장한다.

과학·의학적 몸담론을 선도하는 이론가는 해러웨이D. Haraway와 드

로레티스T. de Lauretis이다. 해러웨이는 알튀세르 개념인 '육체 생산 장치'를 원용하면서 종래의 인본주의 담론은 '아이덴티티, 기제, 노동, 그리고 위계적인 기능을 지닌 비교적 명료한 거점으로서의 육체의 아이덴티티를 인정했으나 포스트모던적인 육체관에 의하면, 생체의학—생체기술적인 육체는 기호적 체계이며 복합적 의미를 생산하는 장이며 면역 담론, 즉 인정/ 불인정에 대한 핵심적인 생의학적 담론이 여러 의미에서 가장 도전적인 실천이 되었다라고 주장한다. 그리하여 우리는 더 이상 육체를 성장의 법칙에 따르고 본질적인 자질이 있는 실체로 보지 말고, 기획의 전략, 경계 억제, 유동의 정도, 억제를 완화시키는 조직 논리와 비용으로 파악해야 하며, 질병도 "자아라고 불리는 전략적 집합의 경계를 불인정하거나 위반하는 과정으로 보아야 한다고 주장한다.

위와 같은 인식론, 여성의 몸의 정치성, 과학·의학담론 등이 예술적인 문예담론으로 수용되어 가장 탁월하게 실천된 예는 연극과 영화 부문이다. 가령 돌란J. Dolan의 경우, "이제 우리는 무대를 현실의 거울로 더 이상 간주하지 않는다. 우리는 이를 새로운 무성별적nongendered 아이덴티티들을 재구성하는 실험실로 사용할 수 있다"라고 주장한다. 이러한 연극적 실험이 아방가르드적으로 발전한 것이 소위 '표출 운동Explicit Movement' 이다.

이 극 운동의 주된 실천가는 슈네만C. Schneeman, 스프링클Sprinkle, 구보타Kubota, 핀리K.Finley, 멕콜리McCauley, 멘디에타Mendieta, 마그누슨Magnuson, 버나드Bernard, 스파이더 우먼Spider Woman, 그리고 엔슬러E. Ensler 등이다. 이들의 무대에서는 여성의 몸이 마치 무생물처럼 해부되고 재구성되어 고깃덩어리나 기계 부속품같이 다루어진다. 또는 슈네만의 경우처럼, 음부에서 자신의 대사를 끄집어내어 읽는 퍼포먼스를 한다. 그 내용도 한 남성 영화 제작자의 부당한 성차별에 대한 항의이지만, 더욱 주목을 요하는 점은 이 텍스트가 남성작가도, 여성의 머리도 아닌 가장 여성적인 신체인 국부에서 생산된 가장 여성적인 텍스트라는 사실이다. 기존의 글쓰기 논리와 미학은 남근 중심주의의 산물이므로 이에 맞서는 유일한 글쓰기 방식은 여성의 몸 자체를 텍스트 생산자로서 무대 위에서 직접 보여주는 것뿐이다.

영화의 경우 여성의 몸에 대한 담론은, 포르노에 대한 열띤 논쟁도 중요하지만, 가장 고전적인 접근인, 멜비L. Melvey가 시도한 관객의 관음적 판타지voyeuristic fantasy에 대한 성찰을 주목해야 한다. 그녀는 라캉의 거울 단계와 주이상스jouissance*개념을 도입하여 '수많은 주류 영화들이…… 관객의 존재에 무관심한 척 그들에게 분리감을 불러일으키면서도, 한편으로 그들의 관음증적인 판타지를 자극하여 유희하면서 마술적으로 펼쳐지는 비의적으로 봉합된 세계를 그린다' 라고 주장한다.

이상과 같이 동시대의 몸담론에 대해 주마간산으로 살펴보았는데, 개관이라는 글의 성격상 결론은 미래의 몸담론 전개 과정에 대한 질문 몇 개로 대신한다. 우선 반플라톤주의 반데카르트주의 전통에 서 있는 서구의 몸담론은 서구 인식론의 주류로 부상할 것인가, 아니면 여전히 현재처럼 일시적 반발에 그친 소수 인식론으로 남을 것인가? 둘째, 몸담론이 서구 인식론의 주류로 편입된다면 그 이론 전개는 현재 가장 유력한 해러웨이나 드 로레티스의 포스트모던 육체 개념에 해당되는 생체의학/ 생체기술적인 육체 코드로 발전할 것인가, 아니면 새로운 축으로 전개될 것인

---

*주이상스jouissance: 향락. 상징계, 즉 법, 언어, 이성, 제도를 넘어서는 즐거움.

가? 또 이와 관련하여 21세기 사이버 공간에서 전개될 몸의 인식론은 어떠한 양상을 띨 것인가? 셋째, 페미니즘에서 말하는 몸담론은 이를 주도하는 이리가레·버틀러·해러웨이 중 어떤 이론이 주류로 부상할 것인가? 넷째, 서양의 몸담론은 동양철학의 인식론에서 다루는 몸담론과 어떠한 친연성affinity을 갖는가? 가령 주희의 이기理氣론에 나오는 기는 몸의 인식 주체와 어떻게 구별/ 동일시되는가? 또 불교의 참선수행 마지막 단계에서 이루어지는 육체언어는 서구의 몸담론과 어떻게 구별/ 동일시되는가?

마지막으로, 상기한 몸담론들은 몸의 현실/ 현실의 몸과 상호 영향을 미치며 발전되고 있는가, 아니면 현실과 유리된 상태에서 유아론적인 이론 세우기가 이루어지고 있는가? 나아가서 이러한 몸담론과 동시대의 문예적 재현은 생산적으로 연동되고 있는가 등의 질문이 앞으로 몸담론에 있어 중요한 화두가 될 것이다.

윤리학적 비평이론이 가리키는 주체와 그 욕망

이재성 (부산대 교수)

현재 문학과 예술, 문화의 비평이론을 연구하는 학자들의 주류 담론은, 서양의 형이상학이라는 거대한 구조나 모든 이데올로기의 허구성을 해체하는 포스트모더니즘 내지 포스트구조주의이다. 그리고 일반적 입장에서 말할 때 그 핵심은 해체라고 할 수 있다. 그러나 해체가 과연 인간성을 진정 해방시킬 수 있을 것인가에는 큰 오해가 있을 수 있다. 앞선 시대의 형이상학자들이 만든 이분법의 구속을 풀어주어 모든 것이 가능하도록anything goes 한다는 것만으로는, 인간사회에 자연적으로 발생하고 만연하는 갈등의 근본을 두드리지 못할 것이기 때문이다. 문학과 예술의 비평 문제 역시 해체로만 끝날 수는 없는 노릇이다. 그러나 허체는 필요없는 것이 아니라 오히려 평등을 핵심적 요소로 하는 해체를 당연한 근본으로 하여 인간성과 사회를 조명하는 이론들이, 근본적으로 윤리학적이라는 사실에 논의를 집중하여 보고자 한다.

포스트모더니즘과 윤리학

필자는 포스트모더니즘이 지닌 근본적 취지를 '윤리학'의 눈으로 보아 지금까지 통상적으로 생각되어 온 바와는 다른 윤리적 주체가 이미 논의되고 있음을 밝히려 한다. 또한 포스트모더니스트들 중 특히 윤리학적 특색을 지니는 부류를 들추어내어(철학적 구조나 사회적인 배경 등의 차이점은 있으나) 그들 모두에게 중요한 공통성을 지적하고, 나아가 동양의 철학과 예술이 어떻게 서양 사상가들의 생각과 연결되어 무엇에 공헌할 수 있는가를 간단히 모색해 볼 것이다.

지금까지 흔히, 인간의 이성의 능력과 전체성을 중요시하는 모더니즘에 대항하여 나타난 포스트모더니즘은 이성의 능력과 의견 합일consensus의 확실성과 중요성을 부정하는 것으로 인식되어 있다. 그리고 포스트모더니즘의 세계는 다시는 닫힐 수 없는 전혀 새로운 차원의 세계, 차이만이 존재하는 세계로 여겨져 왔다. 그러나 과학의 세계, 인터넷의 세계, 그리고 차이만이 존재할 뿐이라는 사고방식으로는 인간존재와 사회, 역사의 문제를 해결할 수 없다고 본다. 대신 우리는 소위 포스트모더니스트 계열에 속하는 이론가 중 일련의 학자가 보이는 사고의 특성을 살펴야 한다. 레비나스, 들뢰즈와 가타리, 제임슨, 라캉, 그리고 그 밖의 소수의 학자들을 포스트모더니즘의 무가치에서 출발하여 다시 주체의 잉여를 조명함으로써 포스트모더니즘의 약점을 극복하려 하는 이론가라고 칭할 수 있다. 그들이 모더니스트의 관점과는 다른 주체의 형성을 논하는 것은 결코 모더니즘과 포스트모더니즘 사이에서 자신들의 위치를 결정하지 못했기 때문이 아니다. 모더니즘과 포스트모더니즘의 사이에는 완성되지 않은, 포스트가 아닌 모더니즘의 상태만이 존재할 뿐이다. 그들은 모더니스트들이 아닐 뿐더러 아무것이나 다 성립한다는 식의 발상(예를 들어 모든 예술작품에 평등한 가치를 부여한다든지 하는)을 하지도 않는다는 점을 지적하고 싶다.

주체/ 전체성의 한계와 자기 해체

그러나 이제 모더니즘이 찬양해 온, 그러나 포스트모더니즘은 부정하는 주체와 전체성이 무엇인지 살펴보기로 하겠다. 비판받는 전체성은, 현상성에 의하여 주체 자신과 그에 대한 객체를 이분한 후 객체를 주체로 흡수하고, 이러한 방법으로 다른 모든 객체와 관계를 맺어 거대한 체계를 형성하는 것으로 전체의 통일을 기하는 방법이다. 그런데 이러한 이기적인 주체는 한 사회의 구성원들의 생각의 차이나, 심지어 한 인간의 의식 등 모든 현상에서 드러나는 양면성을 그 모태로 한다. 개인의 생각의 차원에서조차 두 개의 다른 면을 합치시키려는 데서 갈등이 생겨났고, 내 편과 상대편을 가르는 식의 사고방식으로 인해 인간의 역사 속에서 이데올로기의 시스템을 만들어지고 전체주의가 형성되어 왔다. 물론 주체와 객체의 분리는 그 둘의 평등을 전제로 하여 성립한다. 한 주체와 다른 주체가 맞설 때, 둘 중 어느 한쪽이 다른 사람의 의견을 무시함으로써 자신의 의견을 높여, 자신의 의견과 객체의 의견을 통일시킬 수 없다는 것이 평화 공존의 대전제이다. 갈등과 합일, 그러나 합일될 수 없기에 분열되고 갈등이 다시 반복되는 것이, 바로 평등을 받아들이지 않는 서양의 형이상학 체제를 유지해 온 전체주의이다. 오랜 시간 계속된 영국과 프랑스의 제국주의의 팽창, 두 번의 세계전쟁 등은 서양 형이상학자들로 하여금 상대방을 인정하지 않는(상대방 불인정의) 자가당착을 깨닫게 해주었다.

이러한 전체성은 깨어져야 한다. 세계의 정치 현실을 돌아보자면 부시와 럼스펠드의 이라크에 대한 전쟁 도발, 미국인의 오만성, 일본의 제국주의적 대외 관계, 중국의 티베트와 대만 등에 대한 오만함, 우리나라의 독재 정권 등이 모두 이러한 전체성의 부활이라고 볼 수 있다. 문학과 예술작품에 대한 비평의 경우에는 그 작품 전체가 어떤 주제theme를 바탕으로 형성되었는지를 밝히는 작업이 중요하다.

그러면 모든 가치를 해체하고 차이를 인정하는 것만 남았는가? 이것을 좋아하든 저것을 좋아하든 모두 괜찮다는 것은, 사실 이것이나 저것이나 지금까지 존재해 왔던 사물들의 관계 속에서 만들어진 하나의 상념이나 환상에 불과하다는 사실을 의미한다. 어떠한 철학 자체도 없어져야 한다는 생각은 그 자체가 철학이다. 이런 식으로 보면 어떠한 생각도 해체될 수 있고 인간과 세상은 더 이상의 의미가 없어지는 것으로 여겨질 수 있다. 어떠한 종류의 생각도 전체성의 재건에 불과할 뿐이라는 데리다의 초기적 사고도 이렇듯 극단적 방식을 취했다.

그러나 현실은 우리를 해체의 차원에 머물도록 내버려두지 않는다. 미국·영국·일본·중국 등의 힘에 대처할 때, 무엇이 우리의 사고의 힘이 되어야 하는가? 그렇다고 전체주의의 극단이었던 나치와 그에 희생된 유대인들이 현재 보여주는 오만함을 보며, 역사는 무의미하게 쳇바퀴처럼 돌아간다고 넋두리를 늘어놓기만 할 뿐 윤리의 문제를 외면할 수도 없다. 다시 말하자면 해체와 동시에 우리는 무엇을 추구해야 하는가? 해체 후에는 주체나 전체성으로 불려질 것이 아무것도 없는가? 인간의 주체를 살아가게 만드는 힘은 그 바깥의 영역인 타자의 영역에로 이끄는 힘이며, 그것은 곧 윤리적인 힘이다.

자신의 철학을 윤리학이라 부르는 레비나스뿐 아니라 위에 언급한 포스트모더니트들은 모두 포스트모더니즘적 무가치에서 다시 모더니즘적 가치를 바라보고 있다고 할 수 있다. 최소한 주체와 총체성, 윤리의 문제에 한해서만은 그렇게 말할 수 있을 것이다. 다시 말하자면 그들은 구조 없는 곳에 있는 구조성, 해체된 이후에 나타나는 인간의 근본성을 발견한 자들인 것이다. 모더니즘적 사고는 인간의 이성의 힘과 자제력에 의하여 개인적으로 발전할 수 있고, 마찬가지로 다른 의견을 보이는 두 사람 간 내지는 그 이상의 집단 구성력의 힘에 의하여 일치점을 발견하고 그 집단을 발전시킬 수 있다는 생각이다.

반면에 포스트모더니스트들은 그러한 인간의 힘이 존재하는 것같이 보이나, 이는 사실 수많은 차이를 모아놓은 상태, 다른 부분보다 에너지가 더 많이 쏠려 있는 상태에 지나지 않고, 어느 상태에서도 변하지 않는 결정이란 있을 수 없다는 의견을 견지한다. 모든 것이 움직이는 과정의 부분일 뿐이라는 것은 주체나 그 주체가 처해 있는 상태의 중심이 비어 있기 때문이다. 전체가 하나가 되게끔 지탱해 주는 축이 없기 때문에 차이가 있는 주체들의 일치점이 없을 뿐 아니라, 각 주체의 생각 자체도 이미 여기저기서 존재했던 사건과 상념에 의해서 구성된 파편들의 집합일 뿐이다.

문학 작가는 푸코가 말한 대로 그러한 상념들을 조작하여 표현하는 사람일 뿐이다. 주체 자신은 이미 이분성이 그 존재의 실체이고 이분은 다시 끝없는 분열만을 만든다. 주체가 만들어내는 표상들은 그 실체가 없기 때문에 꿈과 같이 덧없는 것이라고 한다. 표현되어진 모든 것은 허상일 뿐이다. 물론 인간의 사고와 사회의 덧없음, 그리고 침울한 비전은 19세기 말, 20세기 초의 모더니즘의 사상과 문학작품에 이미 나타난 바 있다. 그러나 모더니즘은 여전히 인간의 힘을 믿고 그들이 만드는 사회의 발전에 의미를 부여한다. 한 생각, 혹은 한 주체의 힘을 발견해 내려고 하고 그 힘이 형성된 구조를 알고자 하는 구조주의와 맞물려 진행된다. 한 주체의 실체, 혹은 그 주체의 생각의 실체를 믿고 다른 주체와의 일치con-sensus를 믿는 한 그 사람은 모더니스트이다. 진정한 포스트모더니스트는 모든 현상은 에너지가 모여져 생기는 것일 뿐 그 실체란 없다고 믿는 사람이다. 현상이라 함은 주체의 현존뿐 아니라 모든 상념과 기억, 그리고 그 모든 것을 표현하는 수단을 포함한다. 그리하여 인간의 핵심적 능력인 언어 능력이 만들어내는 이미지의 해체에 포스트모더니스트들의 관심이 집중된 것은 당연한 귀결이다. 포스트모더니스트는, 언어로 만들어지는 이미지의 뒤에는 오직 차이와 반복만이 있을 뿐이고 그 차이와 반복이 생성하는 리듬 위에는 아무것도 없다는 니체의 말을 절대적으로 수용한다.

그렇다면 포스트모더니스트들이 발견한 구조는 무엇인가? 그들이 발견한 주체는 제2의 주체, 혹은 포스트모던적 주체라 부를 수 있는 주체, 해체된 상태의 총체성의 틀이라 할 것이다. 이기적이지 않고 온전히 윤리적인 주체, 욕심 내지 욕망이 허물어진 상태에 있는 주체가 있을 수 있는가? 물질적이든 정신적이든, 자신의 영역 밖에 있는 다른 사물이나 다른 주체를 소유하려는 욕심이 없는 주체가 가능할까? 레비나스, 들뢰즈와 가타리, 제임슨, 라캉 등이 믿는 바대로 진정한 자아의 바깥으로 향하는 욕망이, 이기적 욕망의 단계를 벗어난 초월적이고 가장 순수한 자기 해체를 하는 주체의 근본적 욕망이다. 이러한 초현상적 욕망을 바탕으로 하는 주체는 결핍lack에서 일어나는 것이 아니다.

필자는 여기서 세상은 순진무구한 성선설적 관점에 부합되지 않는다고
하는 식으로 결론을 내리는 것이 너무나 단순한 생각일 뿐 아니라 우리가
논의하는 이론가를 오해하는 길이라고 주장하고 싶다. 혹자는 이기적이
지 않은 주체는 이미 주체가 아니라고 할 것이다. 그러나 주체의 첫 번째
욕망, 이미 말한 자기 바깥의 대상을 소유하고자 하는 욕망, (좋게 사용되
든 나쁘게 사용되든) 자신의 만족을 위한 욕망에 반대되는 의미를 지니는
주체가 바로 레비나스의 윤리적 자아이고, 들뢰즈와 가타리가 주체와 객
체가 하나가 된 상태라고도 부르는 것이다. 니체 · 하이데거 · 레비나스
등의 철학자들이 첫 번째 자아를 'the same' 이라 부르는 이유는 바로 욕
망의 주체가 이렇게 항상 자신의 영역으로 돌아오기 때문이다. 그에 반하
여 두 번째 욕망은 온전히 이기적인 자아의 범주 바깥, 즉 자아의 힘이 전
혀 미치지 못하는 영역인 타자를 위한, 타자를 향한 욕망이다. 두 번째의
순수한 욕망은 바깥의 세계를 온전히 인정하고 타자의 타자됨을 인정하
며, 그 타자를 소유하려는 마음이 아니라 타자성을 온전히 받아들이고자
하는 욕구이다.

그런데 타자성을 온전히 인정하고 받아들인다는 것은 초현상적으로 이
해해야 할 사항이다. 예를 들자면 상대방의 성격을 있는 그대로 인정한다
든가 미국이 무슨 요구를 해오든 모두 들어준다는 식을 이야기하는 것이
아님을 분명히 밝혀둔다. 물론 이 순수한 욕망은 자기 해체의 구조와 직
결해 설명할 수 있으나, 너무 순진하다고 할 만한 도덕적 생각은 아니다.
이미 한 주체의 가장 근본적 구조, 주체임의 현상과 초현상 사이에 위치
하는 윤리의 틀인 것이다. 자기 해체는 그 어떤 도덕적 행위를 가리키지
않고 오히려 도덕률을 해체시키는 힘이 된다.

윤리학적 맥락에서의 이론 이해

지면이 허락지 않아 자세한 설명을 붙이지는 못하지만 몇 명의 사상가들의 생각을 윤리적 주체의 관점에서 일견해 보고자 한다. 우선 정신분석학을 보자면, 프로이트의 계열에 있는 모든 정신분석학 이론이 '대상애 object love'를 그 핵심 부분에 위치시키고 있으며, 라캉 또한 완전한 예외는 아니다. 임상적 실험성이 주 성격이 되는 라캉의 정신분석 이론은 자아의 외계인 타자의 존재가 자아에 우선함을 밝혀준다는 점에서 추호의 의심이 있을 수 없다. 그러나 기표에 너무 지나치게 비중을 두었기 때문에 기표가 총체적으로 추구하는 '현실계the real'에 대해서는 충분히 설명하지 못했다. 라캉의 가장 큰 업적으로 평가받는 설명인 오브제 a의 설정을 보아도, 그것 역시 주체의 결핍과 타자의 결핍이 겹친 곳에서 그 설명이 시작됨을 본다. 물론 라캉은 주체의 와해로 끝나지 않는 힘을 'the power of the signifier as such'라고 부르나, 이는 마치 하이데거가 〈철학의 종말과 사고의 방법The End of Philosophy and the Task of Thinking〉에서 보여주는 태도처럼 주체의 한계를 보여주는, 스크린을 그리는 것에서 더 많이 나아가지는 않는다고 함이 옳다.

들뢰즈와 가타리의 욕망에 대한 설명 중 중요한 것은, 《천 개의 고원》에서 그들이 말하는 대로 "환상이 아니며, 아무런 해석할 것도 없는", 그리고 "욕망의 흐름 그 자체인 내재성"이 자아의 영역 안에 속하지는 않지만 완전히 바깥에만 속하는 것도 아니기 때문에 탈영토화와 재영토화의 과정 형성이 가능하다는 점이다. 이 내재성의 설명은 레비나스가 일컫는 대로 주체와 타자의 근접성proximity과 매우 가깝다고 하겠다. 레비나스에 의하면 주체가 타자에 대하여 갖는 순수한 욕망은 타자의 표정을 쫓아가는 힘인데, 욕망의 흐름 그 자체라고 하겠다. '메타 윤리학자 Meta-ethicist'라고까지 불리는 레비나스는 이 영역을 초월적 감성transcendental sensibility의 영역으로 규정하며, 초월과 가시성/ 비가시성의 사이between transcendence and visibility/invisibility인 일종의 유사무 a quasi-nothing의 상태로 묘사한다. 물론 레비나스가 '초월'이란 말로 지칭한 것은 현상적 수단으로 재현represented/ signified되지 않는 초월의 영역이다. 들뢰즈 · 가타리가 전체성, 또는 총체성의 형성이 가능함을 보여주는 예로 《천 개의 고원》의 영어 제목이 '하나'를 뜻하는 'A'로 시작하는 'A Thousand Plateaus'인 것을 꼽을 수 있다. 수없이 많은 생성은 무한성을 기반으로 이루어지는데, 그 무한은 서양철학이 전통적으로 고수해 온 의미에서의 초월과는 정반대이다.

전체성은 사회적인 영역에서 이론을 개진하는 제임슨에게 더욱 중요한 논제이다. 제임슨은 변증법적 유물론dialectic materialism과 포스트모더니즘에 그 이론의 뿌리를 두며, 아도르노의 '부정적 변증법negative dialectic'에 의존하여, 지금까지 생각되어 온 전체성은 자체의 모순으로 구성되고 그 자가당착에 의하여 그 자체를 해체deconstruct한다고 하여 인간주체의 자기해체self-deconstruction 현상을 논한다. 바로 그 자기모순 때문에 역사는 진행되는 것이다. 즉 제1(현상적)의 전체성은 이미 제2(초현상적인, 항상 변화하여 그러잡을 수 없는)의 전체성을 향하여 자기 해체를 하고 있는 것이다. 제임슨 역시 진정한 주체가 지닌 '욕망'의 실체, 즉 그것의 초현상성을 온전히 인정한다. 그러한 욕망은 항상 시간이나 서술 narrative 등 현상의 밖에 있다. 그 순수한 욕망이 분출되어 나오는 계기가 되는 것이 억압이다. 즉 억압이 순수한 욕망을 무의식적 표현의 영역으로 불러내는 것이다. 그런데 제임슨은 이 욕망을 개인적인 차원이 아니라 집단적·연합적, 혹은 정치적인 관계에서 다루고 싶어 한다. 그는 프로이트보다 칼 융의 집단 무의식과 원형archetypes의 사용에 관심을 기울이고 종교를 (다른 신화비평가들과 달리) 집단적인 표현으로 보는 노드롭 프라이의 생각을 높이 산다.

마지막으로 한 가지 덧붙여 언급하자면, 서양에 가장 잘 알려진 동양의 두 고대 철학자인 노자와 장자 또한, 이러한 윤리학적 맥락에서 이해하면 서양에서 발전하고 있는 비평이론에 도움을 주리라 믿는다. 레비나스가 '진리'라는 이름을 아깝지 않게 쓴 제2의 총체성이야말로 이 동양의 성현들이 표현하려고 했던 도道일 것이다. 노자의 《도덕경》의 대표적인 "도라고 말할 수 있는 것은 참된 도가 아니다.Tao that can be described in language is not the real Tao 道可道 不常道"라는 첫 구절 정도는 서양의 이론가들도 알고 있을 것이다. 그러나 이제는 더 구체적으로 윤리와 주체의 문제, 그리고 "the sublime"과 "jouissance" 등의 개념을 통하여, 서양 이론가들이 지향하는 바를 노장사상이 보여주고 있음을 밝힐 때이다. 도는 끝없이 변화하는 길the way, 즉 그 현상을 자진하여 해체한다. 우리가 말해온 식으로 보면 제1의 도가 아닌 제2의 도, 자신을 해체하는 윤리적 주체이다. 도가 초현상적 총체성임은 이야기체로 되어 있는 《장자》에서 더 많이 찾아볼 수 있다.

비판적 페다고지와 문학 교육

이소영 (전문 번역가)

문학 장르로서의 교육 개념의 대두

지금까지 국내외적으로 문학 연구와 문학 이론은, 문학작품 자체의 분석과 해석, 그리고 문학비평과 문학 이론에 주로 관심을 보였을 뿐 문학을 가르치는 일은 많이 논의하지 않았다. 영문학의 경우 1969년 영국에서 F. R. 리비스가 《우리 시대의 영문학과 대학》을 출간하여 대학에서의 영문학 교육 문제를 진지하게 다루었다. 그 후 1982년 미국에서는 《예일 프랑스 문학 연구Yale French Studies》(63호)가 특집으로 〈교육적 명령: 문학 장르로 가르치기〉라는 주제를 다루었다. 이 학술지는 "가르치는 것은 문학적이다"라는 명제를 바탕으로 '가르치는 것의 교훈', '교사는 무엇을 원하는가?', '텍스트의 페다고지' 등의 문제로 나누어 문학 교육에 대해 다각도로 분석했다.

이 특집호의 편집자인 바버라 존슨은 서문에서 문학 자체가 가진 교육적인 명령을 지적했다. 존슨은 19세기 영국의 낭만주의 시인인 S. T. 콜리

지의 유명한 시 〈노수부의 노래 The Rime of Ancient Mariner〉를 예로 들
어, 이 초자연적인 순수시에서 시(문학) 자체가 가진 엄청난 교육적인 충
동과 명령을 읽어낼 수 있다는 점을 통찰력 있게 지적했다. 이 특집에서
논한 것은 단순히 일반적인 문학 교육이나 교육 방법에 관한 이론이 아
니다. 이 책에 실린 다른 논문에서 정신분석학자인 쇼사나 펠먼은 사람
들이 하찮게 여기는 꿈, (정신병) 환자, 문학 텍스트에서 지그문트 프로
이트 자신이 얼마나 많이 배우고, 또 우리들에게 얼마나 많은 것을 가르
쳐주었는지 설득력 있게 지적했다.

펠먼에 의하면 프로이트는 역사상 가장 탁월하고 독창적인 학습자이
며 동시에 교육자다. 펠먼은 프로이트가 소포클레스의 비극 《오이디푸
스 왕》을 읽으면서 무의식을 발견해 나가는 과정을 추적함으로써 프로
이트가 특히 문학을 통해 얼마나 많은 것을 배웠는지를 지적하는 한편,
일반교육과 학습이론에서 '문학적 가르침literary teaching'의 중요성을
갈파하고 있다. 펠먼은 이를 토대로 하여 '문학 장르로서의 교육'의 개
념을 제시하며 결국 가르치는 일이 시적이거나 문학적인 양식임을 주창
한다.

그 후 미국의 근대어문학회MLA가 매년 개최하는 학술대회에서 문학
교육에 대한 세션이 등장하기 시작하고 《대학영어》《대학작문과 의사소
통》《전문직》에도 교육에 관한 논문이 많이 실리게 되었다. 그러나 문학
교육의 문제만을 전문적으로 다루는 연구지인 《페다고지Pedagogy》는
2001년 겨울에야 창간호가 나왔다. '문학, 언어, 작문 및 문화 교육에 대한
비판적 접근들'이라는 부제가 붙은 이 연구지의 창간호 책임 편집자는 서문
에서 다음과 같이 창간선언을 하였다.

독자 여러분들이 손에 들고 있는 이 창간호는 새로운 것으로, 대학에서의 영문학 교육을 다루는 다양한 방법론을 보여주고 있다. 이 연구지는 이론적 접근과 실천적 현실을 혼합하여 교육에 대한 새로운 담론을 창출해 내고자 한다. 주로 교육적인 문제만을 다루는 본 연구지는, 비판적 반성을 위한 포럼으로 다양한 입장과 조망을 살펴보는 활발하고 전문적인 논의의 장이 될 것이다. 본지는 오랫동안 지속된 교육의 주변부화와 이와 관련된 학술적 성과들을 전복시키고, 그 대신에 학자로서 전문가로서 우리의 작업인 교육의 중요성을 강조할 것이다. 본지를 통하여 우리는 고등교육기관에서 잘 가르쳐야 한다는 과업에 대한 대화를 활성화시키는 학술연구지로 발돋움하리라 예상하고, 특히 영미문학에서 학부와 대학과 교육행정에 근본적으로 영향을 줄 것을 기대해 본다.

바람직한 페다고지란 무엇인가

그렇다면 '페다고지'란 무엇인가? 그것은 단순히 가르치는 작업에 한정되지 않는다. 그것은 가르치는 것과 배우는 것의 상호작용이다. 좋은 페다고지는 가르치는 사람과 배우는 사람이 함께 통합 과정에 참여하는 것이다. 지금까지 거의 가치중립적으로 사용되어 온 '페다고지' 개념만으로는 우리의 문화적 위기를 타개할 수 없다. 중요한 것은 '비판적' 자세이다. '비판적 페다고지critical pedagogy'야말로 오늘날의 암울한 상황에서 문학 교육을 통해 교사와 학생 모두가 변혁의 주체가 될 수 있는 중차대한 문화정치학의 전략을 수립할 수 있다.

그렇다면 '비판적 페다고지'는 무엇인가? 그것은 교실 안의 교육에서 교사와 학생의 관계를 조정하고 변형하는 것, 지식 생산과 학교의 제도적 구조, 좀 더 넓은 지역사회, 그리고 사회와 국가의 사회적 · 물적 관계에 관하여 사유하는 것이다. 여기서 '비판적'이라는 말은 비난의 의미가 아니라, 보고 알게 되는 새로운 방식을 발견하는 것이고, 가르치고 배우는 작업의 복잡한 과정과 단계를 상하 · 안팎으로 심도 있게 고찰하는 것이다. 그러므로 비판적 페다고지는 교육과 학습의 복합적인 상호 관계를 반성하는 프리즘으로, 이전에는 숨겨져 있어서 우리가 보지 못했던 곳을 새롭게 보고 역사 · 사회 · 정치 · 경제 · 문화적 상황까지를 고려하는 포괄적인 활동이다. 현재 미국의 여러 대학에서 이론적으로 활발하게 논의되고 있는 '비판적 페다고지'의 이론적 토대를 마련한 사람은 브라질의 비판 교육 이론가인 파울로 프레리Paulo Freire(1921~1997)이다. 성인의 문맹 퇴치 운동을 한 프레리를 통하여 비판적 언어 교육과 비판의 문학 교육을 소개해 보겠다.

억압받는 사람들의 페다고지

파울로 프레리의 대표 저작은 《억압받는 사람들의 페다고지》(1970)이다. 20세기 최고의 진보적 교육이론가인 이반 일리치가 '진정으로 혁명적인 페다고지'라고 평가한 이 책은 지금까지 전 세계적으로 20개 이상의 언어로 번역되어 50여만 부 이상이 팔렸고, 각 분야에 엄청난 영향을 끼쳤다. 특히 비판적 언어 교육에 관심을 집중시켰던 프레리의 예에 따라 전 세계적으로 언어 교육, 제2언어 교육, 외국어 교육, 문학 교육 등에 많이 원용되고 있다.

그렇다면 《억압받는 사람들의 페다고지》가 지닌 장점은 무엇인가? 프레리가 브라질과 칠레에서 실제로 행했던 1960~1970년대 성인 문맹자 교육의 체험을 토대로 한 이 책은 시공간적 제약을 뛰어넘어, 끊임없이 변용되어 특정 시공간에서 새로운 통찰력과 새로운 모델을 제시한다. 그것은 시대와 지역을 초월하여 프레리가 겪은 증오 · 억압 · 불평등 · 착취 · 폭력 · 위험 · 권력 · 자본 · 기술 등이 야기한 '침묵의 문화'가 '이미 언제나' 하나의 실제 상황으로 존재하기 때문이다.

'억압받는 사람들의 페다고지'란 말의 의미를 프레리에게 직접 들어보자. 그것은 바로 이 책 전체의 내용이며, 전략이기도 하다.

> 이 책은 필자가 억압받는 사람들의 페다고지라고 부른 것, 즉 인간성을 되찾기 위해 끊임없이 투쟁하는 억압당하는 개인과 민족을 위해서만이 아니라 그들과 함께해야만 하는 페다고지의 여러 양상을 제시할 것이다. 이 페다고지에서는, 억압받는 사람들에 의해 억압이나 억압의 대의명분이 반성 대상이 되고 억압받는 이들이 해방 투쟁에 참여함으로써 그 반성을 실천하게 된다.
> 중요한 문제는 다음이다. 분열되고 신용할 수 없는 존재로 억압받던 사람들이 어떻게 그들을 해방시킬 페다고지를 발전시키는 데 참여할 수 있겠는가? (중략) 억압받는 사람들의 페다고지는 그들뿐만 아니라 그들의 압제자도 모두 비인간화의 표시라는 것을 비판적으로 알아내기 위한 도구이다.

억압받는 사람들이 해방 투쟁을 벌이는 억압된 현실은 출구가 없는 닫힌 세계가 아니라 그들이 바꿀 수 있는 제약된 상황일 뿐이다. 이러한 인식을 심어주기 위해서 교육(페다고지)이 필요하다. 이 교육은 '비판의식critical consciousness'을 심어주어야 한다. 이것이 바로 '비판적 페다고지'이다.

여기에서 핵심어는 '비판적'이라는 말이다. 억압받는 사람들은 현실을 비판적으로 대면해야 하는데, 그것은 오직 '비판적 개입'만이 객관적 현실을 변형시킬 수 있기 때문이다. '비판적 사고critical thinking'를 강조하는 프레리는, 그것이 "세계와 사람들 사이에서 분리할 수 없는 연대감을 찾아내고, 그들 사이의 이분법을 허락하지 않으며, 현실을 하나의 정태적인 실체가 아닌 과정과 변형으로 인식하고, 비판적 사고 자체를 행동과 분리하지 않고, 위험을 두려워하지 않으면서 시간성 속에 지속적으로 참여하는 것"이라고 부연 설명한다.

이와는 대조적으로 '순진한 사고naive thinking'라는 개념은 역사의식이 결여되어 있고 현실을 정상적이고 당연한 것으로 받아들여 유지시키는 것으로 보았다.

프레리에 따르면, 인본주의적이며 해방의 교육인 억압받는 사람들의 페다고지는 두 단계를 거친다. 첫째, 억압받는 사람들은 억압 세계의 베일을 벗기고 실천을 통해 변혁 작업에 참여한다. 억압의 현실이 변혁된 둘째 단계에서는, 이 페다고지가 억압받는 사람들만의 것에서 벗어나 지속적인 해방과정 속에서 모든 사람들의 페다고지가 된다.

이런 해방 교육을 구체적으로 실천하기 위한 방편으로 프레리는 우선 대화주의 교육dialogic education을 주창한다. 대화주의 교육에서는 교사와 학생 모두가 억압하는 현실을 폭로하고 비판적으로 인식한다. 뿐만 아니라 그 지식을 재창조하는 과업에서도 교사는 주체, 학생은 객체로 행동하는 것이 아니라 두 사람 모두 주체가 되어 공동의 성찰과 실천을 수행한다. 이것이 바로 프레리의 페다고지 이론의 핵심이다.

은행식 교육에서 문제 제기 교육으로

교사—학생 간의 관계를 논하면서 프레리는 학생과 교사가 서로 의사소통을 하지 않고, 일방적으로 교사가 지식과 정보를 즈고 학생들은 단순히 그것을 받아들여 기억하고 반복하는 방식을 '은행식banking 교육'이라고 불렀다. 이 교육에서 지식은 잘 아는 사람이 모르는 사람들에게 주는 선물에 불과하다. 그러나 프레리는 지식이란 발명과 재발명을 통해서만 구성되고, 사람들이 세계 속에서 그리고, 서로에게 추구하는 불안하고, 지속적이며, 희망적인 물음을 통해서만 형성되는 것으로 생각한다. 따라서 은행식 교육의 병폐는 학생들의 창의력을 극소화하거나 폐기시켜 그들을 비판적이 아닌 순응적인 사람으로 만들고, 폭로되거나 변형되는 것을 원하지 않는 억압자들의 이익에 봉사하도록 만든다는 점이다. 억압으로부터의 해방원리는 억압받는 사람들이나 주변부 타자들을 비정상적인 사람이나 무능력자로 간주하여 기존 사회의 억압구조에 그들을 통합시키고 적응시키는 것이 아니다. 사회구조 자체를 바꾸는 일인 것이다.

이런 측면에서 볼 때 기존의 학생과 교사가 보이는 모순 관계는 재조정되고 해결되어야 한다. 다시 말해 그것은 변화되어야 한다. 과거의 사회·교사는 학생을 채우기만 하는 과정에 참여시키므로 교육받은 학생을 세상에 적응하기 쉬운 인간으로 만든다. 그러나 개인은 단순히 세계 속에 있는 것이 아니라 세계(사회)와 다른 사람들(교사)과 함께 있는 것이다. 이제 학생과 교사는 지식이나 이론을 공통으로 생산하는 관계를 형성해야 한다. 이렇듯 교사와 학생 간의 관계는 '대화'적이 되어야 한다. 프레리는 '대화'의 다섯 가지 조건으로 사랑, 겸손, 믿음(신뢰), 희망, 비판적 사고를 든다.

다음으로, 프레리가 해방 교육의 실천을 위하여 중요하게 생각하는 것은 '문제 제기 교육problem-posing education'이다. 해방 교육은 은행식 교육을 완전히 거부하고 학생들을 현실 세계의 여러 가지 문제에 개입시키고 참여시켜서 문제 제기를 통해 이루어지는 것이다. 해방 교육은 지식이나 정보를 단순히 전달하는 작업이 아니고 인식과 통찰력을 주는 행위이다. 문제 제기 교육은 은행식 교육의 수직적 관계를 깨고 교사—학생의 관계를 대화적 관계로 재정립함으로써 자유의 실천으로서의 해방교육의 기능을 실천한다. 대화를 통해 '학생들의 교사'와 '교사의 학생들'은 사라지고 새로운 관계가 만들어진다. 교사는 단순히 가르치기만 하는 것이 아니라 학생들과 함께 배우고, 학생들도 일방적으로 배우기만 하는 것이 아니라 다른 학생들은 물론 교사와 함께 연구하고 배운다. 이처럼 문제 제기 방법은 교사—학생의 활동을 이분화하지 않는다. 학생들은 얌전하게 듣기만 하는 것이 아니라 대화를 통해 교사의 비판적인 공동탐구자가 된다.

은행식 교육은 학생들의 창조력을 마비시키고 금지시켜 의식이 수면 위로 떠오르지 못하게 계속 물밑에 가둔다. 그러나 문제 제기 교육은 현실을 끊임없이 폭로하고 의식을 수면 위로 부상시켜 현실로의 비판적 개입을 독려한다. 은행식 교육은 대화를 거부하면서 현실을 신비화하고 사실을 은폐하지만, 문제 제기 교육은 대화를 현실 인식의 필수 요소로 간주하고 현실과 진리를 탈신비화한다. 은행식 교육은 학생을 교육의 대상으로 취급하나 문제 제기 교육은 학생들을 비판적 사색가로 만든다.

프레리의 비판적 교육사상은 미국에서 페다고지에 대한 다양한 관심을 제고시켰고, '비판적 페다고지'라는 새로운 변혁적 실천교육 이론의 토대가 되었다. 프레리의 이론은 미국을 여행하며 미국적 맥락에서 새로운 사상으로 전화轉化되고 있다. 이제 미국의 대표적 프레리주의자인 헨리 A. 지루와 벨 훅스(본명 글로리아 와킨스)의 이론을 간략히 소개하고자 한다.

지루는 프레리의 비판교육 사상의 폭넓은 가능성을 논의하는 《교육과 정치의식》의 서문에서 학교 문화는 '중립적 제도'가 아니고, 학교는 "지배계급이 학생을 승인하고 특권화시킬 수 있게 묵인하고 있을 뿐만 아니라 배제와 모욕을 통해 하위집단의 역사·경험·꿈을 무시"하기도 하고 "선발, 학위 수여 정책, 법적 권력을 통해 국가의 자본주의 논리에 봉사한다"라고 주장한다. 학교 문화는 대부분의 학생들로 하여금 침묵의 문화권 속에서 자신의 주체가 처한 위치를 정하게 하며, 알게 모르게 교사를 지배계급의 허위 지배 이데올로기의 생산과 유지·전파라는 과업에 복무하게 만든다.

지루는 지난 20여 년 동안 미국에서 프레리의 이론을 가장 많이 확대·발전시킨 비판적 페다고지 이론가다. 그는 또한 21세기 페다고지의 방향을 전개시키는 데 커다란 영향력을 발휘하고 있는 창조적인 교육사상가이다. 그의 궁극적 목표는 급진적 민주주의를 위한 페다고지 이론 수립이다. 급진적 민주주의란 일상생활에서 남성·여성·어린이 등 소수자나 타자까지 모두 포함하는 교육적·경제적·문화적 영역 속에서 사회 정의, 자유, 평등한 사회 관계의 가능성을 확대시키려는 노력이라고 볼 수 있다. 1970년대 말부터 파울로 프레리의 영향으로 시작한 지루의 이론적 구성과 전개 양식은 점진적이고 중층적이다. 우선 그는 프랑크푸르트학파의 비판이론을 필두로 1980년대 초의 영국의 문화연구cultural studies를 자기 이론 속에 포섭하였다. 그리고 1990년대에는 비판적 탈근대 페미니즘 이론과 교과 과정 재구성 이론을 추가하고, 최근에는 탈식민 이론과 복합문화주의 페다고지로 발전시키고 있다. 이 단계의 지루에게는 페다고지가 급진적 민주주의 사회 구성을 위한 필수불가결한 도구다.

이런 의미에서 지루의 교육사상 이론이 성립하는 과정은 바로 비판적 페다고지의 이론적 구성의 전개 과정과 평행을 이룬다고 볼 수 있다. 이 이론의 뿌리는 크게 셋으로 나눌 수 있다. 첫째, 프레리가 시작한 남미의 전통이다. 민중을 위한 해방신학, 성인 민주주의 교육이론이 있다. 그리고 유럽 전통으로는 안토니오 그람시의 헤게모니 이론, 칼 마르크스의 정치사회사상, 그리고 독일 프랑크푸르트학파의 비판 이론, 끝으로 미국의 배경인 존 듀이의 진보주의 교육 이론, 재구성주의, 페미니즘 페다고지, 포스트구조주의, 포스트모더니즘, 복합문화주의 이론 등이다.

파울로 프레리에게 크게 영향을 받은 훅스는 작가, 문학이론가, 교육운동가이자 흑인 여성 지식인이다. 훅스는 《위반을 가르치기: 자유의 실천으로서의 교육》(1994)에서 인종적·성적·계급적 경계에 대항하면서 '위반' 하는 법을 학생들에게 가르쳐야 한다고 역설한다. 모든 교사들은 이런 위반 교육을 통해 '자유' 라는 새로운 가치를 이루는 것을 가장 중요한 목표로 삼아야 한다는 것이다. 여기서 자유는 현대 자본주의 문명의 정치적·경제적·문화적·정신적 억압으로부터의 해방을 의미한다. 특히 훅스는 복합문화주의 시대의 교육이라는 실천 작업을 다시 생각하면서, 학생들이 변화를 받아들이고 현실 문제에 범세계적으로 개입하게 만드는 일종의 '참여적 페다고지' 를 옹호한다. 훅스는 미래를 위한 현실 사회의 변혁을 위하여 여러 가지 모순, 부조리, 억압, 착취에 대해 교수와 학생

모두가 함께 가르치고 배우는, 교실 안에서의 대화적 학습 활동을 구체적
으로 논의하였다.

2003년에 출간한 저서인 《지역사회를 가르치기: 희망의 페다고지》에서
훅스의 접근방법은 '참여적 페다고지engaged pedagogy' 이다. 훅스는 교
육이란 교실에서만이 아니라 가정·사회·서점 등 서로 모여서 의견 교
환이 이루어지는 모든 장소에서 가능하다고 말한다. 즉 진보적 변화를 위
한 사회 전체의 가르침이 중요한 것이다. 그녀는 공유된 지식과 학습의
이상인 영혼·투쟁·봉사·사랑 등의 가치를 강조하고, 인종·성·계급
영역에서의 사회적 불평등, 문화적 소외, 소수자 차별 등이 사라지는 정
치·경제적 평등과 문화적 다양성을 강조하는 사회를 소망한다. 결국 훅
스는 초기부터 주장해 온 비판 의식 고양을 위한 위반 교육의 중요성을
다시 강조한 것이다.

의미에서 위반의 페다고지는 참여적 페다고지이다. 훅스는 참여적 페
다고지를 실천하기 위한 다섯 가지 전략을 제시한다. 첫째, 지식 기반의
재개념화 전략이다. 백인 남성 지배계급의 가치와 이익을 대변하고 옹호
하는 지식 체계의 기반을 문제시하고 문화적 다양성을 고양시키기 위해
기존의 공식적 학교 교과과정을 재평가해야 한다. 둘째, 이론과 실천을
연계시키는 전략이다. 셋째, 학생들에게 능력을 부여해 주는 전략이다.
서로 배우고 성장하는 공동지역사회로서의 학교의 이미지를 만들어내고,
배우는 학생을 적극적으로 참여시켜 사회·학교·교사·학생의 유기적
인 상호 관계를 강조한다. 이를 위해 학생이 실생활에서 겪은 경험을 교
육에 통합시켜야 한다. 넷째, 복합문화적 전략이다. 이 전략은 미국과 같
은 인종이 다양한 복합문화적인 국가에서 중요하다. 종족적·언어적·종

교적·경제적·성별적 다원주의를 확인하고 복합문화 교육을 통해 소외
계층의 학생들이 겪는 생활경험에서 나타나는 차별적 요소에 관심을 가
지며, 다양한 계층의 학생들에게 정체성에 대한 자신감을 불어 넣어준다.
다섯째, 열정이 있는 교육 전략이다. 교실 경험을 좀 더 흥미 있게 만들
필요성이 있다. 학생들의 합리적인 삶뿐 아니라 정서적인 면도 중시하는
전인교육이 필요하고 위계적 사회 구성을 광정하기 위한 상호의존성을
인식시키는 일이 중요하다.

한국의 페다고지 교육

국내에서도 페다고지에 대한 관심은 왕성하다. 영문학계의 경우 페다
고지에 대한 관심은 사실 영미문학이 외국문학이라는 점 때문에 무엇을
어떻게 효과적으로 가르치는가 하는 문제를 놓고 일찍부터 고민하던 과
정에서 나타나기 시작했다. 1950년대 말에 한국영어교육학회가 결성되어
지금까지 적극적인 활동을 하고 있다. 그러나 영미문학 교육만을 전문적
으로 다루는 한국영미문학교육학회는 1992년에 결성되어 1996년 12월부
터 반년 간 학술지인 《영미문학 교육》을 출간하였다. 창간호를 내면서 학
회는 "우리나라 영문학 교육에 관한 이론과 방법을 개발하고 발전시키기
위하여 (중략) 인접 학문과 연계를 맺으며 보다 유일한 영문학 교육 방안
을 함께 논의하고 (중략) 우리나라 영문학 교육의 반성과 전망, 혹은 본격
적인 대안 제시의 출발점이 될 수 있다는 가능성"을 추구할 것이라고 천
명하였다.

페다고지의 세 영역은 기존의 지식을 습득하도록 훈련시키고 후세에
전달하는 전수모형, 기존의 지식 생산 방식과 전달 체계를 반성하고 비판

하는 변형 또는 비판의 모형, 그리고 새로운 지식을 생산하고 이론을 실천적으로 창출하는 생성 모형이다. 이 세 모형은 단계적으로 수행되는 것이 아니라 거의 동시에 또는 상호 침투적으로 수행되어야 한다. 그러나 현 단계에서 공적 지식인으로서의 문학교수들에게 중요한 것은 중간 단계인 비판적 모형(비판적 페다고지)이다. 중간 단계라고 말하는 까닭은 그것이 전수 모형과 생성 모형을 연결하는 중요한 연결고리이기 때문이다. 그러나 우리는 결국 세 모델을 역동적으로 통합하는, 변혁과 희망의 페다고지를 추구해야 한다. 그러기 위하여 우리는 스스로를 문학 교육을 통해 용기와 인내로 문학의 힘을 재활성화하여, 타자와 소수자까지도 돌보는 마음, 그리고 자신을 비판하는 안목을 겸비한 새로운 21세기의 '지혜의 페다고지'로 전환시켜야 한다.

김경한

서원대 영문과 교수

경력 : 서울대 영문과 및 동대학원 졸업. 미국 오클라호마 주립대 영문학 박사.

주요 논저 : 《서양의 고전 중세, 르네상스 휴머니즘의 발생 및 이념 연구를 통해 본 인문학의 새 방향》(공저), 역서 《유럽 문화사》 《자연·여성·환경》(이상 공역)

김상구

부산대 영문과 교수.

경력 : MLA, 국제 철학문학 연구회(IAPL), 에밀졸라 및 국제자연주의 학회(AIZEN) 회원. 서울대 사범대학 영어교육과, 부산대 대학원 졸업. 계명대 대학원 문학박사.

주요 논저 : 《이론의 창. 소설의 장》《타자의 타자성과 그 담론적 전략》(공저)《틈새공간의 시학》(공동 편저) 등.

김상률

숙명여대 영문과 교수.

경력 : 한양대 영문과 졸업. 한양대 영문학 박사 및 뉴욕주립대(버펄로) 영문학 박사.

주요 논저 : 《차이를 넘어서–탈식민시대의 미국문화읽기》, 역서 《백설공주》 등.

김성곤

서울대 영문과 교수. 문학평론가. 《문학사상》 편집주간. 한국현대영미소설학회 회장.

경력 : 서울대 미국학연구소장 및 언어교육원장. 국제비교한국학회 회장. 문학과 영상학회 초대 회장. 미국 펜실베이니아대 및 브리검 영대 객원교수. 미국 뉴욕주립대 영문학 박사, 미국 컬럼비아대 비교문학 박사 수료.

주요 논저 : 《뉴미디어 시대의 문학》《다문화시대의 한국인》《영화 에세이 : 영상시대의 문화론》《퓨전시대의 새로운 문화읽기》 《문화연구와 인문학의 미래》 등.

노승희　전남대 영문과 교수.

경력 : 한국외대 영어과 및 동대학원 졸업. 미국 털사대 영문학 박사. 《여/성이론》 편집위원.

주요 논저: 《아버지의 이름을 넘어서; "진지함의 중요성과 퀴어 페미니즘》《문화읽기; 빠리에서 사이버 문화까지》(공저) 등.

박은정　외대 외국학종합연구센터 영미연구소 연구원.

경력 : 미국 듀크대 객원학자. 미국 워싱턴대 연구학자. 서울대 미국학연구소 연구원. 외대 영문학과에서 영문학 박사.

주요 논저 : 《토머스 핀천 연구》 등.

박인찬　숙명여대 영문과 교수.

경력 : 영미문학연구회 《안과밖》 편집위원, 현대영미소설학회 총무이사. 성균관대 영문과 및 동대학원 졸업. 미국 듀크대 한국문화 강의교수. 미국 노스텍사스대 영문학 박사.

주요 논저 : 《영미문학의 길잡이》(공저), 《20세기 미국소설의 이해 1》(공저), 역서 《공간의 역사》《아시아계 미국문학의 길잡이》 등.

박진임　평택대 국제학부 교수, 문학평론가.

경력 : 한국 현대영미소설학회 이사. 서울대 국문과 졸업, 미국 오리건 주립대 비교문학 박사.

주요 논저 : 〈The Vietnam War Which Is Not One: A Comparative Study of Vietnam War Narratives by Korean Writers and American Writers〉〈글쓰기, 글 읽기, 그리고 여성주체〉 등

박찬부　경북대 영문과 교수.

경력 : 한국 비평이론학회 회장. 라캉과 현대정신분석학회 회장, 국제비교한국학회 부회장. 서울대 영문과 및 동 대학원 졸업. 미국 뉴욕 주립대(버펄로) 영문학 박사.

주요 논저 : 《현대 정신분석 비평》《현대 문학비평이론》(공저), 역
서《쾌락원칙을 넘어서》《페미니즘과 정신분석》(공역) 등.

변지연 문학평론가. 〈생태문화연구회〉 회원. 《내러티브》 편집위원.
경력 : 전남대 국어교육과 졸업. 동국대 대학원에서 석·박사.
주요 논저 : 〈화자이론의 역사와 그 전망―플라톤의 '공화국'에서
수전 랜서의 '시점의 시학' 까지〉〈다시 씌어진 차라투스투라,
세 겹의 읽기―박상륭론〉〈존재의 괴로움, 자연과 언어 사이―
생태주의의 쟁점과 생태문학의 특성〉 등.

송승철 한림대 영문과 교수.
경력 : 《안과 밖》 편집위원. 서울대 영문과 및 동대학원 졸업. 미국
사우스캐롤라이나대 박사.
주요 논저 : 〈영문학 위기론과 문화연구〉〈대중문학의 불온성 논
쟁〉〈탈식민주의 비평: 비판과 포섭 사이에서〉《박노해론: 외
로움에 갇히면 철인도 녹이 슨다》 등

안지현 서울대 영문과 교수.
경력 : 서울대 언어교육원 연구원. 서울대 영문과와 동대학원 졸업.
미국 시카고대 영문학 박사.
주요 논저 : 〈Modernity, Geography and 'Home' in Black
Women's Literature 1919~1959〉, 역서 《인터랙티브 스토리텔
링―사이버 서사의 미래》 등

여건종 숙명여대 영문과 교수. 《비평》 편집위원.
경력 : 미국 듀크대 한국문화 강의교수. 고려대 영문과 졸업. 미국
노스 캐롤라이나대 영문학 석사. 뉴욕 주립대(버펄로) 영문학
박사
주요 논저 : 《문화와 시장》《대중과 문화적 민주화》〈전지구적 자본
주의, 교환가치, 하이퍼리얼리티〉 등

유제분　　부산대 영어교육과 교수.

경력 : 미국 사우스 캐롤라이나대 영문학과 객원학자, 하버드대 · 캘리포니아대 객원학자. 서강대 영문과 졸업. 뉴욕주립대(올바니) 대학원 졸업. 서강대 영문학 박사.

주요 논저 : 《페미니즘의 경계와 여성문학 다시 읽기》, 번역서 《순수와 위험: 오염과 금기 개념의 분석》《치즈와 구더기》, 편역서 《탈식민 페미니즘과 탈식민 페미니스트들》 등.

이소영　　전문번역가.

경력 : 고려대 · 경희대 · 중앙대 · 한양대 강사 역임. 서울대 사범대 영어교육과 졸업. 미국 위스콘신대(밀워키) 영문학 석사.

주요 논저 : 역서 《페미니즘 사상》《읽기이론/이론읽기》《여성과 소설》(전 5권)《포스트모더니즘》《이브가 깨어날 때》《여행하는 이론》《테헤란에서 로리타를 읽다》 등.

이소희　　한양여대 영어과 교수. 한국현대영미소설학회 부회장 겸 편집위원장.

경력 : 한국페미니즘학회 부회장. 한양대 영문학 박사, 영국 헐대 영문학 박사.

주요 논저 : 〈로지 브라이도티의 유목적 페미니스트 주체형성론에 관한 연구〉〈종군위안부에 나타난 여성적 말하기와 글쓰기〉 등.

이재성　　부산대 영문과 교수.

경력 : 미국 뉴욕 주립대(버펄로) 졸업. 동대학원 영문학 석사 및 박사. 포스트 모던 윤리학을 이용한 문학과 예술의 비평 이론. 타자를 향한 자아의 욕망과 공포 등이 연구의 근본을 이룸. 전통적 도덕을 해체, 초월하는 윤리철학을 중심으로 하여 정신분석학, 포스트식민주의, 그리고 동양의 노장사상과 선사상을 조합하는 목적을 갖고 연구 중.

장경렬

서울대 영문과 교수. 문학평론가.

경력 : 《현대비평과 이론》 책임 편집위원. 《문학수첩》 편집위원. 서울대 영문과 및 동대학원 졸업. 미국 텍사스대 영문학 박사.

주요 논저 : 《미로에서 길 찾기》《신비의 거울을 찾아서》, 역서 《먹고, 쏘고, 튄다》《윌리엄 셰익스피어》 등.

정은귀

서울대 영문과 강사.

경력 : 외대 영어과 졸업. 서울대 대학원 석사 및 미국 뉴욕 주립대 (버펄로) 영문학 박사.

주요 논저 : 《미국시 연구》 등.

정정호

중앙대 영문과 교수. 중앙대 도서관 관장. 한국18세기영문학회 회장. 문학과 환경학회 회장. 한국비평이론학회 회장. 《현대비평과 이론》 편집위원.

경력 : 한국영어영문학회 부회장. 중앙대, 서울대 사범대학 영어교육과 및 대학원 영문과 졸업. 미국 위스콘신대 영문학 박사.

주요 논저 : 《다시읽기/새로 쓰기: 영미문학읽기》《탈근대 인식론과 생태학적 상상력》《전환기 문학과 대화적 상상력》《문학과 환경》《문화의 타작》《계몽과 근대의 대화》《탈근대의 영문학》《세계화시대의 비판적 페다고지》 등.

조준래

외대 외국문학연구소 책임연구원.

경력 : 외대 노문학 박사.

주요 논저 : 역서 《인문학과 문화》《러시아문화세미나》(공역)《동구문학의 세계》《발칸의 백색 도시 베오그라드》《보리스 다비도비치의 무덤》《제파 강의 다리 외》《물고기 비늘로 만든 모자》 등.

최　영　　　이화여대 영문과 교수. 이화여대 통역번역대학원 원장.

경력 : 한국아메리카학회 회장. 한국페미니즘학회 회장. 한국셰익
　　　스피어학회 회장. 이화여대 영문과 및 동대학원 졸업. 오클라
　　　호마 주립대 영문학 박사.

주요 논저 :《연극의 이해》《서양대표극작가선》《현대영어권 극작가
　　　15인》(공저) 등

최진영　　　중앙대 명예교수.

경력 : 한국아메리카학회 회장. 서울대 영문과 졸업. 미국 노스캐롤
　　　라이나대 영문학 석사. 서울대 영문학 박사. 미국 세인트 어거
　　　스틴대 교수.

주요 논저 :《시어도르 드라이저 연구》《The Wind and the River》
　　　《A Woman's Way》등.

최혜실　　　경희대 국문과 교수. 문학평론가.

경력 : 미국 하버드대 한국학 연구소 객원학자.《문학사상》편집기
　　　획위원.《문학수첩》편집위원. 한국과학기술대 교수. 서울대
　　　국문과 및 동대학원 졸업. 서울대 문학박사.

주요 논저 :《한국 근대문학의 몇 가지 주제》《한국모더니즘소설》
　　　《한국 현대소설의 이론》《디지털시대의 문화예술》《모든 견고
　　　한 것들은 하이퍼텍스트 속으로 사라진다》등.

황훈성　　　동국대 영문과 교수.

경력 : 미국 캘리포니아대(데이비스) 객원학자. 서울대 영문과 및
　　　동대학원 졸업. 캘리포니아대(데이비스) 영문학 박사.

주요 논저 :《기호학으로 본 연극세계》등.

21세기 문예이론

초판 1쇄 | 2005년 11월 15일
초판 3쇄 | 2010년 10월 22일

편저자 | 김 성 곤
펴낸이 | 임 대 현
펴낸곳 | (주)문학사상
주소 | 서울특별시 송파구 오금동 91번지(138-858)
등록 | 1973년 3월 21일 제1-137호

편집부 | 3401-8543~4
영업부 | 3401-8540~2
팩시밀리 | 3401-8741
한글도메인주소 | 문학사상
홈페이지 | www.munsa.co.kr
이메일 | munsa@munsa.co.kr
지로계좌 | 3006111

* 잘못 만들어진 책은 구입하신 서점에서 바꾸어 드립니다.
* 값은 표지 뒷면에 표시되어 있습니다.

ISBN 978-89-7012-717-0 03800